赵玫散文集

陪伴着你在暮色里闲坐

赵玫 著

高等教育出版社·北京

① 和女作家们前往喀什，在荒漠的戈壁中寻找古老的龟兹。
② 大学刚毕业，在迷茫中寻找着文学的梦。
③ 在圣彼得堡，虔诚地拜谒了伟大的普希金。
④ 一直喜欢这种古老的木格子。
⑤ 和女儿在一起的时光，是最幸福的。
⑥ 和女儿在巴黎左岸的咖啡馆，不远处是宿命的巴黎圣母院。
⑦ 再来美国时，已是来参加女儿的毕业典礼了。

作者近照

赵玫 散文集

目录

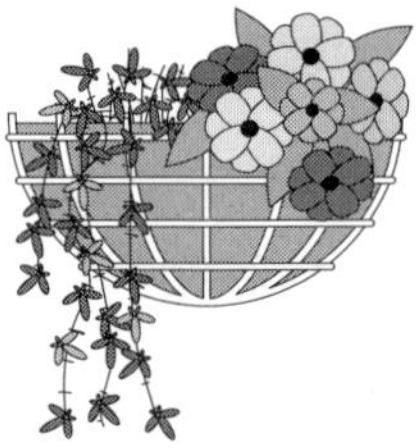

残阳如血

金戈铁马。

那一天当你读到了那段文字，你才真正懂了你自己的民族。

那是我在我的长篇小说《我们家族的女人》中所写的。这是我非常非常喜欢的一个篇章。诗篇。长歌以当哭的。悲壮。我记录下了那祖先的血。

那是1500名在青州蒙难的铁血将士。那故事发生在1842年那个炎热的夏天。7000名英军长驱直入。那日不落的大英帝国的精兵强将以席卷扫荡之势将青州四面围困，重炮轰击。一时间青州城炮火硝烟，城池中灰色的砖瓦飞落。城内旗兵奋力抵抗。旗兵。祖先的那些年轻的勇士们，那些义勇的儿子们。他们没有作战经验不通兵法，但他们却在炮火硝烟中在炎热夏季，战着。他们日夜鏖战死守，只有一个信念，那就是以死护城。有《中国近代史稿》记载，“参赞大臣齐慎、湖北提督刘允孝惧战逃跑，率万众之师歇马丹阳，解衣避暑。只有几百名青州旗兵自发地起来抵抗，和7000名英军发生了一场约3个小时的激烈巷战，英军损失极大。”

风萧萧兮。那提督那参赞那撤下去的刀枪和苟且。何以要堆积起旗军兵士那年轻而英勇的尸骨。一个个倒下。黑头发，蓝眼睛。交混着的旗兵和英军的血。到最后的时辰。

炎热的尸腐的气味蔓延了几个月。

那死难者的墓志铭上记载着

——血积刀柄，滑不可持，尚大呼杀贼。

——青州兵弁，何以异此？此以见忠心之气长存于天壤也。

哪儿去了？那参赞提督那万众之师？

只留下祖先。

祖先的血和祖先的尸骨。那英勇的墓志铭。浩气长存。

一位思想者说，他们绝不缺乏勇敢和锐气。尽管他们总共只有1500人，但却能殊死奋战，直到最后一个人。而这位思想者就是恩格斯。他远在德国，却也不能不被中国青州的这一幕壮举而慷慨激昂。

最后的一个人。最后的一个人的勇气。直到他满身鲜血地倒在他兄弟们的尸骨上。那剑柄仍在手中。

这便是祖先的故事。

等待着那个去凭吊的时辰。

然后在那片广袤的大地上，母亲们妻子们姊妹们就走来。正是壮丽的黄昏。残阳如血。她们哭泣。哭泣中穿过血泊去寻那1500具尸体中的亲人。她们的，丈夫、兄弟，和儿子。那些残肢断臂。她们因那残肢断臂曾经的英勇，因那惨烈的殊死抗争而成为悲愤的未亡人。她们寻着，自己的亲人。她们的双手和衣裙因此而沾满了鲜血和烧焦的草灰。最后的硝烟依然不散。天空是铅灰色的。铅灰色的呐喊。然而呐喊徒劳，她们所面对的，只能是：尸横遍野。

直到最后的一个族人英勇倒下。

一串牛骨的饰物。一个银制的手镯。她们就认出了她们的亲人。生命中的，将永远不会丢失。然后她们紧搂那血色的勇士。炎热的夏。太阳燃烧着。

这样的一群生活在苦难中的女人。

我们家族的女人。

她们，在经历着生命中的那怎样的疼痛。

未来的遥不可知，被冥冥中那最疯狂也是最庄重的力量，所统治。当那些家族的女人在不经意间纷纷陨落，她们竟不知那是血脉的报应。最终没有人能逃脱那命的主宰。无论你是谁。也无论你是怎样地决心与你的命抗争。

都是徒劳的。一代又一代。家族的血便是家族的历史。

从一路征战金戈铁马向腹地冲杀而来的那一刻，从出生入死浴血抗争的那个惨痛的瞬间，就注定了，女人的命。家族的女人必得承受。承受，那才是她们伟大的品质。

祖母说，爱是永恒的忍耐。

那浅灰色的教堂怎样接纳了祖母的虔诚。祖母的尖尖的小脚所踩出的，是一个乡下女人最有分量的印痕。祖母的觉悟在于她真实而彻底地参透了男人和女人。她从此独自膜拜上帝的诗篇：爱，是永恒的忍耐。

祖母是飘在天堂的女神。她将她编织的故事悬挂在家族的旗帜上。祖母是唯我才有的我的祖母。那是我毕生的骄傲和膜拜。

当所有的家族的女人消退，天际唯有祖母在不懈地闪烁着。她照耀一切。她是家族永恒的原则。

如此我走上了漫漫荆棘路。在遍布的血痕中破译勇敢的人生。我知道那是我自己的选择但同时也是天意。我选择了这个题目就将一生也解答不清。

如此走着坎坷而抵抗的路。总是很难。空空荡荡。在经历了那永无止境的漫长之后，才终于能够把自己，交付了命运交付了那难以摆脱的宿命。你并不孤单，不是你一个人，你是被系在家族女人的血的锁链上的，所以你与她们情同手足，有难同当。当你汇入了她们，你便与她们一道演绎着家族女人的悲欢离合。

爱最终是什么?

有遥远的声音在指引。说，有的女人情深似海，于是便有海一般的煎熬。对于这样的女人，坚韧之力是唯一重要的，她只有在漫漫人生之旅的终点，才可能悟出爱的徒然。

还有的女人，只生长在爱中，生命中唯此一项追求。她们大多不顾及后果，也不顾及自身。为了爱宁可将自身毁灭的女人，是最可敬佩的。但结局也最惨。

女人不可造就。而生活在爱中的女人就更是不可造就。

她们，总在走着一条悲哀的歧路，总是将生命与血混着爱情吞咽下去，来毒杀自己。也总是没有结果。最后，也总是只剩下女人自己，顽强地站立着。那凄冷，最终还是那大海那小船那灯塔那砂砌的古堡。在蒙蒙的雨雾中那崖上哀鸣的，是白色的鸥鸟。那便是女人的一切。爱情永不会终止。有一种永恒的观念如同海洋。那么遥远的秋的苇塘中有一片湖，那湖面闪烁着玫瑰色的光斑。有一种声音从天边传来，唤醒以往。那灵魂的窗。

然后是教堂。是关于爱的虔诚和信仰。爱是什么?对有的女人来说，爱就等于充实等于富有等于事业等于存在，也就等于是生命。而在我亲爱的祖母那里，爱，又等于忍耐。

这是教义。她以此律己并教育我影响我。她将基督的教义和儒家的信条美妙地融合在一起，就创造了她关于忍耐的体系。她便是在这平静而忍耐的原则里度过了她在家族中的坚忍的一生。乡村的那个简陋的尖顶的小教堂一直藏在她的心里。她是深怀着那信念和她的教堂回天国去的。我从未见到过她曾经无数次去过的那座乡村教堂。她活着时也从未对我说起过。那是她一个人的秘密。但我却总好像能看见那片在飒飒的衰草中，在傍晚的平原上，那灰砖砌成的宗教的圣地。我的一部中篇小说《教区的太阳》就是献给祖母的，发表时被改名为《那片衰败的教堂》。题目的更改使意味转换，那是那个年代无可奈何的改变。太阳是多么灿烂。那才是祖母的色调。她永远是乐观的、积极的，祖母的信念永远也不会凋谢。但是我听祖母说得最多的，还是，忍耐。尽管，乡村的大地上总是阳光普照。尽管，她永远不会让自己倒下。

教堂里发出的声音总是最最单纯的，就像祖母的心。

一个朋友问我，你不是汉族吧？

他说，从第一次见到，就这样认定了。他相信不会错。

回答，是的。是因为我的祖先。

我的祖先是被他的母亲在游牧的马背上生下来的。而临到我们，就不仅有了宫廷里皇族的高贵，也有了王朝覆灭之后的凄凉和悲怆。

我的祖先。游牧。在游牧中，漂泊流浪。他们好像从不喜欢平和宁静的生活，不希望有一个永久的家。他们不肯在一处久居。他们总是向前走。在路上。征战。哪怕要付出惨痛的代价。他们不惜代价。

然后战场上便到处是收敛尸骨的族中的女人们。她们不哭泣。将恨与悲伤忍在心底。再然后她们低头擦掉战刀上的血迹，生育出男人们遗留下来的后代。向前走的祖先就这样塑造了向前走的女人。直到有一天，她们跟着她们的父兄，在杀出的血路中，走进了那片未来将要建造他们辉煌殿堂的燕赵大地。

从此安营扎寨。

从此住下来，修建那座森严而幽深的紫禁城。

直到我长大成人。将家族的故事一页页读过。再去贴近那红墙，贴近那雕镂着图腾的汉白玉廊柱时，才听到了其间祖先的叹息和呼唤。

然后。在生命中的一个必然的时刻，我便像悟出天机一般悟出了族中女人的命运。那些皇室中的几乎所有女人，无论她们怎样地高高在上、富贵骄矜、颐指气使，到头来都不会有好的命运。或者，一生不幸于无声无息的民间；或者，刚烈地去殉了那不能完美的爱。于是我写了长篇小说《我们家族的女人》，用这篇作品完成了我1991年对于民族的认识。

在一路漫漫的征尘中，我们的祖先就来到了华北这片平原。

带来了家族的血。

往日的杀声依稀还在。那么辉煌的战场。冷武器的碰撞声。号角。还有杀戮。而矛与盾都已生满青铜的锈迹，被展览被收藏或是被掩埋。而古老祖先的辉煌故事，也像是一幅被蚀尽了的画，慢慢地被丢失被遗忘甚至被践踏。留下来的只有子孙。是血脉。世世代代地流淌着。家族的繁衍力惊人地强。哪怕战乱中只留下了一丝的香火。但是家族不死。永不断子绝孙。墓地浩大如一座起伏的山峦。石碑林立着。风从中间呼啸而过。

清朝的历史很辉煌。而我们的家族也在这辉煌的历史中。一个血的支脉。镶黄旗。祖先是把性命拴在马背上一路冲杀过来的。进关。因统一天下有功而跑马占圈占住了华北平原上这一片丰饶的土地。那浩浩荡荡不可一世骑在马上的威武将士们，就这样把家眷们从此永远留在了这里。

但从我的父亲记事起，家道就无以挽回地中衰了。再没有往日的辉煌，四野响起的都是不尽的荒凉和挽歌。只有家族高大的坟山依然还在，证明着那确曾有过的灿烂和繁盛。接下来没落的贵族就开始了没落的生存和繁衍。除了不停地生育所显示的人丁兴旺以外，家族就再没有任何可以炫耀的东西了。光荣的历史腐蚀着越来越没落的生存。像日薄西山，内囊尽上来，在束手待毙中津津乐道那皇族的血流。如此积习日深。所以大事做不来小事也不做。所以嫌贫爱富，独自清高。所以爷爷宁可去背《红楼梦》，也不去管土地的事。所以哪怕倾家荡产，也要硬撑着贵族的门面。所以我家的院落，总要一道、二道、三道门，很多的庭院。所以我家的胶轮车上，总要挂满张扬的铃铛，让四匹可怜的瘦马艰辛地拉着。所以我家过节，砸锅卖铁，也要摆上场子唱大戏。所以我家就是再穷，也要满堂的儿孙们浩浩荡荡地一排排走上来，一拜二拜三拜。撑起一片虚设的殷实与气派。

而最惹眼的是女人。那浓妆淡抹。那得体修长。那款款的步履，像风一般轻轻掠过。

那遥远的斜阳。我的祖母。她将一首永远的诗留下来。留给我。很多年以后，当我真的拥有了那所有的四季，那镂骨铭心的爱情，那能够任我随意安排挥洒的岁月，我便更是怀恋她。我亲爱的祖母。

她走的时候我没有去送她。那是个寒冷的冬季，她病了。咳嗽。昼夜盘腿坐在叔叔家烧着的土炕上。吃着药。最后的时辰她住在山区。一个骤然的瞬间，她便预感了死亡。然后是茫茫大雪。那生命的弦丝断了。便归于了寂静。她很平静。把死当作了又一个美丽而神秘的故事来诉说。来不及通知我们。那死之将至的期待。

她早就留下话说，她不葬。说把她烧化了之后就飘洒了她。

带着她的骨灰。赴家乡茫茫的平原。倘她的尸灰真飘洒至此，那平原的暮色中一定也弥漫着她的精神。

很久不相信她已死去。仿佛她的气息和话语，依然轻柔地绕在耳边。我时常想，是不是她已亡失的身体中那不懈的灵魂，正悄悄吸附在我的生命中。

我的亲爱的祖母。

说起来她是祖先中最光彩的一位。至少是我所能看到的最灿烂辉煌的一位。年轻的时候她嫁到了我们这个古老而自负的家族中，从此便把她杰出的说故事的血脉也汇了进来。她死去的时候不知道我已经把编织故事当作了一种生命的方式。她知道不知道并不重要，重要的是，作为后代，我正在拥有着她的光彩。

那只属于她的大地的诗篇。

她那时站在斜阳里。她那件蓝色粗布的大襟罩衫正被晚风吹得飘荡。身后是金黄的麦田。那是明媚的春季。米勒的画般温暖的农妇。她总能给你无限亲近。

其实祖母不过是一个乡下的女人。她蹒跚着那双被裹得尖尖的小脚，每日做普通农家的家事。祖母不识字，却总是能讲出那些令人震撼的故事。而故事中的主人公又常常是我们的祖先，甚或我们的亲人。将真实的说成是虚假的。这是怎样的能耐。一切的扑朔迷离，和总是神示的结局。我被她吸引。我迷恋她。到了很久很久她已经去世的日后，我才慢慢发现了她原来有着那么丰富的想象力和那么神奇的编织故事的能力。她总是用家族的往事或者先人的历史编织起无数神秘；又总是从那无数的神秘中抽象出或者道理，或者信仰，或者寄托。

她说一个干冷深秋的夜晚，父亲读书回来。因为很晚，便遇到了狐狸。父亲被狐狸追赶。他吓坏了。祖母远远就看到了狐狸那两只灯笼一样的亮眼睛，直到她举着火把在荒郊野岭接到了父亲，那狐狸才息了眼中的灯笼，不再为父亲照亮夜路。她描述那一切。她把自然界说成是有灵性的。她还说在兵荒马乱年间，她曾被匪徒追赶。深夜掉进了一口深井。上天竟赐她一口枯井。天上的星辰远远闪烁。没有人会找到她，也不会听到她的呼救。在任何人看来她都没有生还的可能了，然而就在她奄奄一息的时候，井口的枯藤骤然间转绿，并自动缠绕起来编成了一条拯救她的绳索。没有人知道她讲的是不是真实的，但是她确实获救了，她说那是因为她坚信祈祷中的奇迹。

祖母的故事是我所听到的故事中最神奇也是最令我难忘的。也许是因为她是我奶奶，也许是因为我那时很小。但无论如何，祖母是有才华的。而她的才华所形成的境界，后来就成为了我毕生的追求。

我所以选择了写作，作为我生命的一种外在的形式。

后来很久不曾见到她。只依稀记得她轻而飘浮的白发。直到很多年以后的那个冬季，我抱着她的骨灰，想还是将她葬在祖先的坟茔中吧。我们于是穿越漫漫的冬季的平原。冬小麦正将它们最后的青绿顽强地覆盖在就要上冻的大地上。一切寂静。就像祖母枯寂而落寞的死。

但是，她一直坚守着，不让灵魂失落。

这样描述着我的祖母。我的血管里奔涌的是她的血。对我来说，她的精神已无处不在。祖母的坟冢被一年一度绿色的小麦覆盖。没有墓碑，也没有墓志铭。但是她被镌刻着，在我生命的所有时刻。我将毕生爱她。爱她到永远。她代表着我的祖先；还献演着，残阳如血。

折一根竹枝看下午的日影

上午景娅来车接我去李庄。这个我一直魂牵梦绕的地方。同行者还有景娅的朋友一萍，她们刚刚从日本观光回来，还不曾卸下旅途劳顿。却再次上路，为了陪我。然恰逢清明，高速公路车流如潮，拥堵不堪。待终于抵达李庄，竟已近黄昏。幸好景娅此前到过这里，凭记忆将我们径直带进了月亮田。

那是一条坑坑洼洼的土路。路两边开败的油菜花田。向山坡的深处便慢慢葱茏起来，从丛簇簇的绿竹烂漫伸展着。到月亮田没有正式的路。汽车前不是嬉耍的娃子，就是孤零零躺在路中央的篓筐。然后是乡村的诸多气味在山野间升腾弥漫，鸡鸭猪狗，砖楼茅舍，也一番别样的蜀南丘陵景象。

步行朝向那个久已向往的所在。却不曾听到身边接踵而至的脚步。左右环顾才发现，事实上来此拜谒的仅我们这一行人，不知道是因为天色迟暮，还是从来就屋前冷落车马稀。

某种近乡情更迫的心境。毕竟我们所要亲近的，是我们早在灵魂中亲近过的。那些美丽的故事，和美丽的人。那些浪漫，为着一个世纪而诞生的，那些你将永不忘怀的人们。

然后门楣上赫然而见“中国营造学社旧址”的木匾，便立刻浮想起林徽因那优雅美丽的容颜。一个将诗和建筑都做得极好的女人，或者她的诗就是用来注解她的建筑的。于是最美的“人间四月天”，我们竟也是四月抵达了这里。尽管近日来天色晦暗，阴云低沉，但眼前的营造社，还是给了我们满心的灿烂。

文字中读遍李庄的逝水流年，但走进营造社的那一刻还是心生苍茫。迈过窄窄木门的门槛，便一片长屋，一片屋前的野草地。没有人在此修建草坪，任蓬蓬乱草恣肆妄为。也没有人因为这里曾客居过梁思成和林徽因，便对这座古屋精心呵护。一切都是自然的，甚至衰微破败的状态。而明明他们是做建筑的，却一片人去楼空的杳茫。

所有的房间都空空荡荡，空空荡荡的忧戚与仓皇。仿佛吸到了骨头缝里的那种悲凉，悲凉着，以至漫延出肌肤的疼痛。我们今天看到的景象尚且如此，遑论当年那艰苦卓绝的挣扎。

门厅里悬挂着梁思成和林徽因的照片，但显然已不是1940年前后的影像。那时候尽管贫病交加，但他们依然是年轻而静美的，便是在这里，他们完成了《中国建筑史》和《图像中国建筑史》的写作。

最尽头的房间是孩子们的。梁再冰和梁从诫的照片悬于空落落的白墙上。另外的两个镜框装载了他们对李庄岁月的回忆，沉沉黑夜怎样点燃油灯，母亲又怎样躺在行军床上，被残酷的肺病消损着美丽和年华。

所有的房子都是空的，墙上的照片就成了屋的主人。孩子房间的对面是外婆的住所，自徽因父亲过世后，母亲就一直和徽因住在一起。于是母亲的房间里就有了徽因和父亲林长民的照片。那是一张我们常见的合影，徽因和父亲形神相似。那或者是他们父女一道前往欧洲时的合影，却已经是1920年的往事了。

作为政治家的林长民和梁启超可谓志同道合，不知道林徽因和梁思成的婚姻是不是父母之命。也或者林长民在奉系军阀的战争中不幸遇难，使梁任公生出一种父亲般的体恤与关怀，好让远在海外留学的徽因从巨大的悲伤中拔脱出来。那时的徽因只有21岁，幸好身边一直有思成这样的伴侣。不知道有着诗的情怀的林徽因怎样远离了诗一般的志摩，或者只有思成这样厚学而持重的男人，才是徽因真正可以依靠的。

后来在《梁启超家书》中读到梁任公对徽因的欣赏，他说他对她就像对自己的女儿。尤其当得知徽因的父亲意外辞世，便即刻给思成写去家书：我从今以后把她和思庄一样看待，在无可慰藉之中，我愿意她领受我这种十二分的同情，度过她目前的苦境。她要鼓起勇气，发挥她的大才，完成她的学问，将来和你共同努力，替艺术界做些贡献……自此，梁启超承担了林徽因海外留学的全部费用。而当时林徽因和梁思成还未曾结婚。

穿过逼仄的走廊是客厅，林徽因躺在病床上的那张照片斜挂在木墙上。不知道是有意这样垂挂，还是经久不曾有人前来打理。于是心里酸楚楚的，以为那是对徽因的轻慢。

是的徽因就那样斜挂在木墙上，于是她的神情也是偏离的。将目光斜过去读照片上的文字，“1943年徽因在李庄上坝家中的病榻上”。但已无从考据当时的病榻摆放何处，总不会在这个黑漆漆的厅堂吧。照片中徽因尽管抱病卧床，却有光照在她的脸上身上，明暗反差极为鲜明。便是客厅前的那个大房间了，如今只留下了墙角的两个老旧的橱柜。四面白墙，凄凄冷冷，可谓家徒四壁。朝向天井的一面是木格的窗。很美的窗棂。阳光浸润过来。照在徽因身上。照亮她的苍白，和她的痛。

关于母亲，梁再冰和梁从诫都有过令人感伤的描述。再冰说，1945年，日本投降了，父亲所盼望的“朝辞白帝彩云间，千里江陵一日还”的日子快要到了，但是他已经苍老了许多，母亲的身体也很难恢复了。这一年，他陪母亲到重庆检查了一次身体，医生悄悄告诉他，母亲将不久于人世。

从诫的回忆更为凄苦，整个李庄没有一所医院，没有一位正式医生，没有任何药品。家里唯一的一支温度计被我失手打破，大半年母亲竟无法测量体温。在这样的条件下，她的病情一天天沉重，却得不到像样的治疗。眼看着她消瘦下去，眼窝深陷，面容苍白，几个月的工夫，母亲就失掉了她那一向焕发美丽的容颜……

便这样，徽因撑持着她那最后的体力和美丽，但凡不发烧时，便协助思成准备《中国建筑史》和《图像中国建筑史》的写作。如思成后来在出版“前言”中所言：我要感谢我的妻子、同事和旧日的同窗林徽因。二十多年来，她在我们共同的事业中不懈地贡献着力量。近年来，她虽罹患重病，却仍葆其天赋的机敏与坚毅；在战争时期的艰难日子里，营造学社的学术精神和士气得以维持，主要应归功于她。没有她的合作与启迪，无论是本书的撰写，还是我对中国建筑的任何一项研究工作，都是不能成功的。

自然其间也频有诗篇，点缀徽因贫病而又苦涩的生活。她的那张摇摇晃晃的行军床边，总是堆满各种中外书籍。她终日躺在那里，不停地咳喘，却依旧写出了大量读书笔记。

李庄期间，徽因和思成的挚友、美国的费正清曾专程前往探望，就住在这个勉强称之为客厅的地方。费先生见到思成夫妇后感慨万千，他后来将这景象写在了《费正清对华回忆录》中。他说，“二战”中，我们在中国的西部再度重逢，他们却都已成了半残的病人，但仍在不顾一切地、在极端艰苦的条件下致力于学术。当时林徽因身患肺结核，梁思成则因为青年时代一次车祸的后遗症而导致脊椎受伤。然而，无论疾病还是艰难的生活都无损于他们对自己的开创性研究工作的热情。就是在战时的这一时期，梁思成用英文写成了《图像中国建筑史》。在我们的心目中，他们是不畏困难、献身科学的崇高典范。

尽管生活窘迫，日子艰辛，徽因和思成还是给予了孩子们无限欢愉。他们从不气馁，亦绝不愁苦，而是以乐观而开朗的态度对待已经面临的一切。所谓的入乡随俗，或者是不得已而为之。却也在不得已中，寻出了几分学术的欢乐。

在徽因和思成的房中，挂着徽因和孩子们的照片。母亲是躺在病榻上的，床榻两边却是天真烂漫的儿女。依旧的恬静美好，哪怕在战乱和与病魔的抗争中。于是看到徽因作为母亲的一面，那风中之烛背后的慈爱。尽管消退了战前那灿烂的雍容，却还是坚守了病榻中的优雅。对不断咳喘的徽因来说，肺的折磨就如同敲骨吸髓，但她所坚守的依旧是留声机中的贝多芬和莫扎特，那些充满了艺术的美好时刻。

是的，走出这个房间就是洒满光亮的天井，太阳出来的时候定然暖洋洋的。但很多时日，徽因就是走不出她的房间，甚至离不开她那张帆布的床。她如囚徒般被病魔紧锁在晦暗和阴沉中，而那天井中的光亮就近在咫尺。阳光下鸡鸣狗叫，李庄的市声，或许还能传过来江上的号子。再向前便是那片叫做月亮田的坝子，那青绿的水田和竹林……

但徽因却只能被囚禁于她的房中。唯有思绪能将她带到床以外的地方。于是徽因在寂寞中文思泉涌，用诗行诠释她生命的况味。

她写了《一天》，李庄的十二个小时。她说，今天十二个钟头，是我十二个客人。每一个来了，又走了，最后夕阳拖着影子，也走了。最后黄昏黯然，无言地走开。孤单地，沉默地，我投入夜的怀抱。她又写《十一月的小村》，那凄寂的想望。是什么做成这十一月的心，十一月的灵魂又是谁的病？我的心头虽然烦乱，总像绕着许多云彩。但寂寂一弯水田，这几处荒坟，它们永说不清谁是这一切的主宰。我折一根竹枝看下午最长的日影，要等待十一月的回答微风中吹来。

在五年李庄的光景中，徽因也曾喜怒哀乐。快者，有远远近近的朋友前来探望。最远的来自大洋彼岸的费正清、费慰梅夫妇，而近处则是梁林最好的朋友金岳霖。金被大家称之为老金。与梁林在美国留学时就是好友。回国后陷入林徽因的“太太客厅”，又从此总是和梁家比邻而居。老金对徽因的爱慕人所共知，为此他竟能做到终身不娶。但金也是思成最好的朋友，进而如家人一般地毕生友爱。大凡老金来探望林梁，晦暗中总会生出很多曼妙。金来访友总不忘带上他《知识论》的手稿，闲时便龟缩进思成的绘图室潜心学问。足见那一代自觉身负使命的知识分子，是何等视知识为生命。

悲哀者，是战争中那些年轻飞行员的陨逝，其中就包括林徽因的三弟林恒。为此她悼念那些壮怀激烈的年轻生命：啊，你别难过，难过了我给不出安慰。我曾每日那样想过几回；你已给了你所有的，同你去的弟兄也是一样，献出你们的生命；已有的年轻的一切；你相信，你也做了，最后一切你交出。我既完全明白为何我还要为着你哭？只因你是个孩子却没有留什么给自己……

后来徽因在写给费正清的信中说：我的小弟弟，他是一个出色的飞行员，在一次空战中，在击落一架日寇飞机后，可怜的孩子，自己也被击中头部而坠落牺牲。思成瞒着徽因前往成都料理林恒后事。思成说，徽因尽管病中，却依旧勇敢地面对了这一悲惨的消息。

徽因所以和这些飞行员感情笃深，不单单因为林恒，还因为他们在逃亡昆明的路途中，曾接受过这些飞行员热诚的帮助。时遇徽因高烧，思成绝望无助，而整个县城中已没有一处房间。后来他们循着不远处飘来的悠扬的小提琴声，敲开了一处住着八位空军学院学员的房门。这些年轻人立刻让出房间，让病中的徽因终于有了栖身之所。后来他们在昆明重逢，梁家就成了这些年轻人临时的家庭。孩子们经常写信，或“回家”探望，一年后他们从航校毕业，思成和徽因就作为毕业生的“名誉家长”，在昆明巫家坝机场的毕业典礼上为他们致辞。

然而想不到来到李庄，他们不断收到的，却是那些年轻人的遗物和阵亡通知书。不久后那位拉小提琴的飞行员也在战斗中折翅，这无疑更加撕裂着徽因的心。如今这个为国捐躯的年轻人身影，我们只能在徽因昆明时期的照片中看到了。照片中所有的人都很灿烂，小提琴飞行员也低头笑着，笑意中那些微微的羞涩。最终的弦断人亡，那一定在徽因的意料之外。

还有一位飞行员来自澳门，他经常会给思成夫妇写信，哪怕是在战斗中。后来他作战负伤左肘被击穿，剧烈的疼痛让他难以熬过。医生知道他喜欢古典音乐，便建议他买留声机来镇痛。后来他恢复了手臂功能，重返战场前利用短暂的假期来李庄看望思成夫妇。行前他将留声机和唱片留给徽因，或者他前来李庄就为了这事。他说他已经用不着了。不久后留声机果然成为徽因永久的纪念，自此她再也没有飞行员朋友了。留下的唯有那首，为所有年轻飞行员的《哭三弟恒》。

天井里一排长长的窗棂，显然六七十年前就是如此格局。走进去就是营造学社的绘图室，破旧的桌椅依旧整齐地排列着。这是院子里最大的房间，木梁和窗格交错，形成了各种各样的方形图案。退后去，便仿佛可以看到当年思成和他的学生们伏案绘图的景象，天井的光从窗缝里照射进来，于是《中国建筑史》和《图像中国建筑史》便在这困苦与贫病中诞生了。而那时营造学社的经费来源已山穷水尽，耗尽了梁思成曾经的满腔抱负。

而这里却也是徽因走不到的地方，病痛已将她煎熬得寸步难行。幸好思成的办公室就在家中，他于是可以既工作又照顾病中的徽因。他祈祷徽因的病能尽快好起来，他说救救她吧，救救她。他一定也想到是徽因怂恿他选择了留学前自己几乎一无所知的建筑专业，进而成为中国建筑界最杰出的人。他也会想到如果不是徽因罹患重病，她在建筑业中的成就或者比他还要飞扬。

思成在建筑史中产生的影响，还包括他在战争中保护的那些文物古迹。他不仅以绘图的方式保护了国中许多重要的名胜景观免遭涂炭，还为盟军提供了日本国内文物古迹的分布图。当美军轰炸日本岛时果然略去了京都和奈良，后世将思成视为日本古都的恩人。

尽管李庄的日子残荷败叶，思成对徽因的爱却从未稀薄。他们显达时相亲相爱，困苦中更是不离不弃。日本投降的那一刻尤为肝胆相照，当时思成刚刚被任命为中国战地文物保护委员会副主席。1945年8月15日那天他正在重庆。当晚上八点左右山城开始沸腾，思成才得知战事终于结束。人们涌到街上奔走相告，尽情欢呼这胜利的来之不易。思成也被裹挟进如潮的人流中，释放他那压抑已久的国恨家仇。

入夜后思成落寞孤寂，他是在思念远在李庄的妻儿。为什么苦苦等了足足八年，却不能在终于等到的这一刻和徽因在一起。为什么在这个激动人心的一刻，他不在坝上的营造学社？

幸好费先生和费夫人体察了思成的心意，第二天便联系好直升机将思成带回徽因身边。思成曾告之费正清若坐船来李庄，上水需三天，回程下水要两天。然而美国的运输机只用了45分钟，就降落在简易的宜宾机场停机坪上。同来的费夫人和思成一道，用滑竿将徽因带到了李庄尽日的欢腾中。思成是得到胜利消息后第一个回李庄的人。这传奇般的经历，亦是思成对徽因挚爱的证明。

离开这陋屋时满心凄凉。斯人已逝的那种叹息。却知道这里装满了非凡岁月，装满了，思成所骄傲的那“我的迷人的病妻”。

从尘埃里开出花来

2005年是中国电影百年。

此前，我完成了三十集电视剧本《阮玲玉》的创作。一次疼痛的写作。长歌以当哭的。哪怕早已经完成，阮之于我，却仍旧地犹如镜中的水，瓶中的花。是只可以遥望，不可以切近的。之所以要做这样的事情，仅仅是因为我迷恋阮这个女人。一个如此璀璨的生命，而又是，那样灿烂地短暂。像一颗美丽的流星，在天空划过，燃烧着，而后坠落。那凋落的凄凉。

这又是我的一次关于女人的写作。阮的生平。她的爱情。以及她那倾城倾国的死亡。阮出身微贱，而却能献身于艺术。她热爱电影，却不曾拥有那完美的始终。而她崇尚爱情，但遭遇的，却又总是男人的负心和欺凌。

于是让人想到了那个骄矜无比的张爱玲。她的小说写得是那样的惊天地，而在送给胡兰成的照片背后，却写着这样美丽的微贱：

见了他，她变得很低很低，低到尘埃里，但她心里是欢喜的，从尘埃里开出花来。

这难道不是在说天下恋爱中的女人？这难道不是对那些糊涂女人的至理名言？当然，这也是阮玲玉毕生爱情的概括和印证。

阮于是在尘埃中开出花来，而后硕果累累。这大概也是阮所始料不及的，她的终于的辉煌。生前身后。而她的辉煌来自于两重的塑造。一重来自于电影，而另一重，则得益于爱情。自投身电影，阮就没有离开过这双重的滋养。在爱情的激励下投身艺术，又在艺术的滋养中感受爱情。于是她如此走过人生，直至，她的对人生的失望使她再不愿拥有人生，乃至生命。

这个女人曾经是怎样地光照天宇，以至于到了今天，我们依然能记住她。而她美丽的影像和非凡的表演，也就成为了历史的一部分。在黑白的无声的电影中，阮堪称女皇。她的短暂的一生为她留下了很多影片，而最后的一部，是“联华”为她拍摄的那无比美丽而悲哀的葬礼。她的谢幕依然是如此的辉煌，以至于被当时的《纽约时报》称之为“世界上最伟大的哀礼”。而紧随她身后的还有，鲁迅先生的那篇论及“人言可畏”的文章。

说红颜薄命，红颜何以就一定薄命？而阮玲玉就是证明。

那是1935年的3月8日。一个戏剧性的死期。一个刚刚完成了《新女性》拍摄的女人，却要在国际妇女节的这一天，结束她新女性的生命。这是讽刺？还是反抗？

所以阮的死被看作是社会的，但也许只有阮自己才最清楚，在事业的顶点让生命坠落，是因为她对她爱过的男人已经彻底失去了信念。于是阮采取了那种扭曲过激的方式——烧掉自己的船。然后将生命淹没。

我的故事是这样开始的——

天是阴沉的。下着早春的冷雨。人们急匆匆的脚步。仿佛在奔赴什么。雨打在油布雨伞上的细密的声响。

地方法院的门前人山人海。人们拥挤着。争先恐后。在雨中赶来旁听张达民状告阮玲玉案件的审判。他们脸上的神情是复杂的。兴奋却没有笑容。那是种古怪的肃穆。一些人的手中高举着阮玲玉的照片。照片上是阮生前甜美的微笑。但拿着照片的人却在哭泣。眼泪和雨水交织在一起。

法院黑色的雕花大门紧闭，将人们阻挡在阴冷中。

接下来一辆白色轿车驶来。人们无声让开道路。唐季珊出场。他一身素缟。脸上是哀戚的神情。人们当然知道这个男人是阮玲玉的丈夫，只是一时还难以辨别他在阮的死中所扮演的角色。于是人们茫然地看着他走进法院。

然后人们期待的另一辆汽车到来。车中的男人还没有下来，愤怒的人群就已经将汽车包围得水泄不通。显然人们对车中的那个男人深恶痛绝。咒骂声。唾沫。砸在那个男人身上的各种物品。于是男人只能在法警的护卫下捂着脑袋冲向法院。他高喊着，我不是原告。我不是张达民。我只是律师……

黑色的雕花大门轰然打开。

人们蜂拥而至。如潮水般。

放慢的镜头。法官走进法庭。

唐季珊代替阮玲玉站在牢笼一般的木桶中接受审判。

法官质询原告张达民何故不能到庭。律师答因病。旁听席中顿时一片嘘声。阮没有了，张的诉状还有什么意义呢？

接下来法官质询被告阮玲玉何故没有到庭。法庭内长久的沉寂。旁听席传出抽泣。一个旁听者缓缓举起阮玲玉的照片。将她的甜美的微笑朝向法官。

法官摇摇头不再追问。

谁都知道阮的何以不能到庭。

而此刻殡仪馆正在为阮举行隆重的悼念仪式。鲜花丛中沉睡着那个不幸的女人。她依然美。那种永恒的美。静美。她已经看不到人们在流泪。当然也再不会陪着那些爱她的人们欢乐或者悲伤了。

法庭审理的过程简捷而明晰。

法官起立宣判。驳回原告。阮玲玉无罪。

旁听席终于传出人们不再遮掩的哭声。像浪潮一般的。

阮玲玉出殡的宏大场面。

镜头从送葬的队伍推向阮玲玉的巨幅遗像。

口琴吹出阮玲玉悲伤而悠远的旋律。那是只属于她一个人的歌唱。

然后是阮玲玉萧索而悲凉的墓地。只有黄昏中的芦苇闪着点点忧伤的光斑。而如今，也许连这一片小小的墓地也已经无处寻觅了。

我之所以要让人们看到这个悲伤的结局，就是为了让人们看到那两个将阮推向死亡的男人。阮在她的短暂的生命中曾经是那样深爱着他们。而他们之间的明争暗斗又将阮推向了那个绝望的深渊。阮便是在这双重的挤兑中自绝于尘世的。在失败的爱中阮看不到光亮。前方似乎只有沉沉的黑雾。那么阮便只能去往她的天堂了。阮相信那里一定是没有痛苦烦恼和悲伤的。当一个人连死亡都不再惧怕，当一个人觉得死亡都是亲切而美好的，足见尘世所带给阮的是怎样的苦难与黑暗。以至于阮终于下定了决心——我欲乘风归去！

阮1905年出生于上海的一个工人家庭。阮从小生活在贫穷中，却从不乏亲人的爱，于是这爱便也锻造了阮的性情。父亲的早逝让母亲含辛茹苦地去做有钱人家的女佣。在十里洋场的旧上海，阮是透过地下室昏暗的窗户，了然了什么叫富有什么是贫困。于是阮不甘，向母亲索取更多。然而她向母亲要求的并不是财富，而是对母亲说，我要读书。

一个女佣的女儿。说她想要的是知识。足见阮从小就是一个怎样与众不同的女孩。然后便是在母亲的努力下，阮如愿以偿上了私塾，后来又从私塾转到了上海著名的崇德女子学校。从小学，到初中。阮尽管没有因此而改变她的贫穷，但是读书的感觉却让她无端地高贵了起来。而她在中学时最喜爱的书，竟然是那本《邓肯自传》。她崇尚那个自由而反叛的美国舞蹈家。于是她让自己以为渺小的人生，从此也随邓肯一道飞扬了起来。

紧接着爱情到来。

那时候阮只有十六岁。十六岁的花样年华。

然后我们就读到了著名电影导演费穆追忆阮玲玉的文字。

费穆的《小城之春》至今被视为中国电影史上的一部经典。然而费穆之于阮玲玉的意义却鲜为人们提起。阮的电影表演的巅峰时期竟有三部电影是与费穆合作。其中《城市之夜》是费穆的处女作，接下来便是《人生》和《香血海》，主角都是阮。尽管那时候的阮玲玉已经名声远扬，但费穆娓娓道来的叙事风格还是为阮开辟了一片崭新的表演空间。从此他们成为挚友。

当然我并不是想说费穆和阮之间艺术的和生活的友谊，我只是想说在合作了三部作品之后，费穆对阮玲玉应该是怎样的了解。尤其他作为一名电影导演，对一个演员的内心又该是怎样的洞悉。

于是费穆在阮玲玉死后无比悲伤。后来还深情叙写了关于阮的文章。

费穆说，阮的身世，谁都知道甚为凄凉。她第一次的爱情给了某先生，而未被某先生所珍视。

而费穆所说的那个某先生，就是给了阮初恋的张达民。而这个张达民竟然又是阮的母亲做女佣的那个富有家庭的少爷。所以无论阮是怎样地崇尚着自由和独立的思想，她的爱情还是终究没有能够脱出少爷和女仆的那个传统的窠臼。只可惜无论是阮，还是张，都不曾用文字记录下他们当初的青梅竹马、两心相悦。但显然身份地位的悬殊是存在的，日后也必然会在他们的爱情中发生作用。直到他们同居，阮始终没有改变过自己要从张家专供下人使用的后门出入的状况，而张的富有的家庭也从未认同过这种被他们所不齿的感情。

他们便是在这样的背景下开始了长达十年的感情的牵扯。而阮的电影的生涯也恰恰是在这十年中有了千曲百回的发展。最初的时刻，阮一定是抵挡过张的锲而不舍的追求。因为读书的经历告诉阮，依附于一个阔绰家庭的少爷并不是她的初衷。阮未来雄心勃勃要做的，是成就一番如邓肯一般独立自由的事业，是要像那个时代所有进步的女性那样，摆脱掉所有封建桎梏的束缚，让自己的生命附丽予美好的憧憬之上。所以她怎么能年纪轻轻，就将自己交付于富家子弟，让自己为之苦苦奋斗的理想毁于一旦呢？尽管，这已经是她那个时代的贫穷女孩最好的命运了。

阮的愿望固然是进步的，而张达民面对如此爱情所表现出来的，则是更为激进的选择。也许背叛自己的家庭，已经成为那个时代富家子弟的某种时髦，于是张坚定选择了和自己的家庭分道扬镳，下决心从那座大房子里搬出来，并用自己的零花钱，为阮玲玉母女租下了一套住房，让她们的生活从此衣食无忧。

张如此的毅然决然无疑证明了他对阮的爱情。张能这般以牺牲自己的前程为代价，无疑深深震撼了阮，并使她无限地感动。张所献演的，是一幕“金钱诚可贵，爱情价更高”的诗剧，这大概便是阮后来为什么在张已无与伦比地堕落之后，还不肯真正离开他的缘故吧。阮知道张在这场爱情中所付出的代价。于是一个新的压力呈现于阮的面前，那就是从此屈服于张的穷追不舍的爱情？还是继续留在崇德女中完成她的学业和理想？

可惜阮在面对人生如此重大选择时只有16岁。一个16岁的贫穷女孩在张所交付于她的那么复杂的选择面前，是很难做出准确选择的。或者阮已经被逼到了绝境，或者她满怀了感动，或者她也深爱着张，也或者，因为她怀了对张的难以释怀的深深的歉疚……

阮到底还是做出了选择。她流着眼泪告别了那个寄托着她毕生梦想的崇德女中。把自己，无条件地交给了张。她以为爱情就是一切。就是未来。

阮不知道她所迈出的这一步，事实上是将自己置于了死地。她也不曾知道死是方能后生的。她只是一味地沉浸于张的爱情之中，相信爱情是能够战胜一切，却不知道张在家庭的威逼利诱下也会软弱，也会有一去不返的时候。

直到张如“黄鹤一去”，阮大概才如梦方醒，幡然悔悟。当她终于睁开了眼睛，才发现没有了张的资助，她和母亲的生活几乎已经难以为继。母亲没有了工作，她没有了学上，连起码的生活都难以支撑，阮觉得这一切都是她的错，是她让她和母亲的生活变得如此水深火热的。于是在深深的忏悔中，阮读到了报纸上那条对她的未来将发生巨大影响的招聘广告，大上海大名鼎鼎的“明星影业公司”正在为即将拍摄的影片《挂名的夫妻》征聘女演员。

阮如获至宝。她的喜悦足可以抵消了爱的失意。尽管心怀惴惴，甚至对应招不抱信心，但是阮还是让自己大胆地迈出了人生的这一大步。当然她从未期待过电影会让她青云直上。在那样的时候，阮找工作，仅仅是为了含辛茹苦的母亲，为了能聊以为生。

阮的年代，比文明戏更先进的电影，已经慢慢地被上海的市民所接受，甚至当作了一种时髦的东西去欣赏。而中国早期从事电影这种外来艺术的，也大多是学贯中西，留学归来，既掌握了西方先进的文明，又拥有深厚的民族学养，同时还对现实生活满怀了责任感的杰出人士。于是电影中的女演员，也就不同于传统戏班中那些所谓的“戏子”，成为更多年轻人追求的理想，甚至许多富家子弟、世家闺秀，都成为了早期中国电影炙手可热的人物。

倘若阮的生活中没有张，倘若张没有将阮一家逼上绝境，阮或许不会这样背水一战，步入影坛。

这时候阮的爱情已经露出了晦暗的端倪，阮不是没有感觉，更不会毫无苦痛，但是阮宁可以一种乐观的姿态为自己争取未来。于是幸运降临。阮如愿以偿获得了那个角色。从此阮便阴差阳错地成为了“明星”的女演员。而《挂名的夫妻》也使她很快被家喻户晓，阮从此开始了向她的事业巅峰的攀援。

接下来阮的成功反倒刺激了逐渐淡泊的张。而张的家境也刚好因为张父的辞世而日渐式微。或者阮早就应该在那样的情境之下急流勇退，但是她犹豫徘徊。因为她的心软。她大概不是没有看清张的嘴脸，而只是觉得她不能落井下石，有负于人。毕竟，张曾经做出过那么大的牺牲，才换来了他们之间那段浪漫的青春爱情，那是阮不愿忘怀的。

于是阮根本就不可能了悟什么叫做“当断不断，必有后患”。阮只是一味地与浪子回头的张分享着她成功的喜悦，而忽略了已然埋下的那一抹永恒的阴云。阮的快乐在于她终于找到了她喜爱的并且能够胜任愉快的电影职业。她想既然她都能够征服电影，为什么不能征服张呢?

而这所有的一切，都发生在阮的16岁。这一年阮还不懂愁的滋味，更不可能了解爱情之于人生究竟意味了什么。

阮在“明星”迅速蹿红，影片一部接着一部，自然成为了越来越多的影迷的偶像。同时阮的收入也让她扬眉吐气，从此再不要母亲去做女佣，也再不要张的施舍了。这种经济的独立无疑让阮有了一种看不见的气盛，但以张和阮的亲密的关系，张大概是能感受得到的。

这种角色的换位对张来说不啻是暴风骤雨。张作为一个男人的心思一定是很彷徨的。他当然不甘于依附于一个女人，而那个女人竟然还是家中女佣的女儿。于是张忘却了当初他对阮是怎样地穷追不舍，一往情深。他的思想的斗争和灵魂的挣扎一定是经过了一个复杂的渐变过程。开始的时候他苦撑着一个大男子的面子，不向那个出身卑微的小女子臣服。但是随着阮的蒸蒸日上、如日中天，张终于意识到了阮的不可以改变。于是他越发地扭曲，以至于干脆矮下来，矮到尘埃中，从此寄生在大红大紫的阮的身上。而那个年代，十里洋场的大上海刚好就有那样一些白相的男人们肆意横行。而一旦张将自己真的放了下来，他就再没有什么可羞愧的了。他破罐破摔，不堪造就，无论阮后来怎样苦口婆心地激励他。

张如果仅仅被阮平平静静地养在家中还则罢了，可怕的是，张在心态的极端苦闷中，竟染上了赌博的恶习。可惜那时候忙于出名和拍摄的阮玲玉没有能够及时发现张的堕落。她只是一路神采激昂地演下去，风光下去，待到她终于发现了张的赌瘾的时候，张已经嗜赌成性，难以自拔了。但是阮依旧的没有因此而离开张，她大概也不会想到蜕变为寄生虫的张会给她日后的人生带来怎样的不幸。从此她任凭张像枯藤一样紧紧地缠绕着他，在她的身上吸收着无穷的养料，直到有一天将她轧干，看她死去。

然而阮的星途也并不是一帆风顺的。在起起落落之中，不久，远比阮的名声响亮许多的胡蝶加盟“明星”，从此抢走了阮的所有风光。于是阮只能渐渐地委顿，而至终于坐在了“明星”替补的冷板凳上，只剩下了看着胡蝶一人在银幕上飞舞的落寞。

这是阮演艺生涯中最黑暗的时期。事业的阻顿让她把目光重新投回家中。她以为毕竟她还有张。但是张已经远不是当年的那个翩翩少年了，他只是一味地沉溺于赌博之中，对阮的苦痛全然不能够体会，而对阮的金钱却无尽挥霍，这就是阮在那时候，为什么会顿生轻生的念头。

这是阮的第一次自杀。幸好被亲爱的母亲救下。而阮在急救室里返回人间的时候，睁开眼睛第一个想要见到的人，竟然还是那个把她逼上绝路的张。从此阮与张盟誓长相厮守。阮为了在那个晦暗的时期能获得张的支撑，她甚至对张赌博的恶习都忽略不计。

阮的自杀自然也给了张很大的震动。也许直到此刻，他才意识到没有了阮，他也就不可能再这样随兴无忧地活下去了。他可能还意识到了他是深爱着阮的，尽管他是在用自己的那种残酷的方式。

然后是峰回路转，柳暗花明，所谓的风水来回转。阮在困顿之中又一次做出了选择。她先是毅然离开了冷落她的“明星”，紧接着又加盟了“联华影业公司”，很快她成为了“联华”最光芒耀眼的女明星，这也是她始料不及的，她没有想到“联华”会给予她毕生的辉煌。

此时“联华”拍摄的格调雅致的文艺片，正在慢慢引起知识阶层的关注。于是阮在中国电影的这个伟大的转型期重整旗鼓，开始了她“联华”时代的新生活。对阮来说，这个由年轻知识分子组成的影业公司是一个完全不同的世界，她愿意和这些锐意探索的年轻导演们合作，愿意尝试各种不同的角色，只是那时候她却并没有意识到，这就是她将成为一个伟大演员的开始。

阮在“联华”先后拍摄了《故都春梦》和《野草闲花》，公映后大获成功。

新的电影培育了阮，也慢慢拉开了阮与张之间距离。阮慢慢觉得她与张的现实就像黑洞，看不到一丝的亮光，而她却正在向这个黑洞的深处沉下去。这也就是费穆所说的，阮演过很多戏，她对自己主演的戏，必然比别人得到的更多。她的思想无疑是颇受自己的作品的影响，因此她更发现了自己生活上的矛盾。

此间阮和张的关系，几乎只剩下了一种金钱的关系。阮知道张不可能改变他的以赌博为生，而阮为了能一心投身电影，便也只能息事宁人，甚至在金钱上更加地满足张的奢望。他们在那个时期之所以能够相安无事，完全是因为阮知道电影对她来说太重要了。她不想任何事情干扰了她对电影的投入，所以她宁可去过那种同床异梦的双重生活，宁可让张继续贪婪地缠绕着她，无论什么都可以答应，哪怕变卖了她贵重的衣物首饰，只要能让她安心地拍电影。

阮很多年就是过着这样一种从污秽中爬起来，而后在高贵的艺术中光鲜起来的生活。阮果然做到了出淤泥而不染，在尘埃中开出最美的花来。

其实阮又何尝不知道张已然成为寄生在她的身上的一个毒瘤？他们之间的隔膜已经很深很深，深到难以逾越。而张的希望阮玲玉的越来越好，也无非是把她当作了他得以尽兴赌博的一株茂盛的摇钱树罢了。

此时的张成为了阮生命中一个最大的伤痛。她是多么希冀着能够摆脱张。她一直都没有停止过对这种摆脱的愿望，却又终因张后来的无赖面目而摆脱不掉。张就像被黏合剂紧紧粘在了阮的身上和她的灵魂中。阮为此而挣扎了几乎一生。整整十年。而最终摆脱的方式，竟然还是以她自己的离开做了了结。一个沉重的了结。

阮在这个漫长的想要摆脱的路途上，之所以长久地没有能够痛下决心，还因为她目睹了胡蝶与她的未婚夫林雪怀的那场“解约案”所带给一个女演员的伤害。

林雪怀在胡蝶主演的第一部电影《秋扇怨》中与之相遇相爱。当时十六岁的胡蝶迷恋并崇拜林，视为艺术上的师长和知己。而林对胡蝶也如兄长般关爱呵护，情意深长。但随着胡蝶的声名日隆，林的心理便出现了落差。尽管胡蝶为了证明自己的忠诚，坚持与林隆重订婚，却依然不能挽回那破碎的爱情。林雪怀不能忍受自己深爱的女人超越自己，进而一蹶不振，苦闷消极，乃至自毁。当林雪怀将状告胡蝶的诉状递上法庭，他们的分手便在所难免。在长达一年的诉讼过程中，胡蝶不得不先后8次出庭，面对公众的谴责，而报纸对胡蝶的中伤也十分恶毒。

这场被闹得沸沸扬扬名人“解约案”令阮玲玉震惊，更让张达民恐惧。而当时阮和张的状况，与胡林之间的关系简直如兄如弟，难分伯仲。于是两人偶遇不睦，张便以胡林解约的丑闻相要挟，扬言阮如若提出分手，他就会像林雪怀那样，将阮告上法庭，使之当众受辱，身败名裂。

张当然知道阮最怕的是什么。

于是阮只好忍痛不再提分手的事。阮是那样爱惜羽毛。她别无选择。对阮来说，与其像胡蝶那样被世人说三道四，羞辱谩骂，她宁可承受张所带给她的这永无尽头的苦难。

后来阮在“联华”先后拍摄了卜万苍的《恋爱与义务》《三个摩登女性》，孙瑜的《小玩意》，费穆的《城市之光》《人生》，以及吴永刚的《神女》。

此时“联华”正在步入中国电影的黄金时代，而阮的演艺事业也随之蒸蒸日上。阮在默片时代的表演逐渐炉火纯青。无论是脸上的表情还是肢体的语言，都最大限度地表现了角色内心的世界。而阮为了不失去这个她好不容易才得到的明星位置，便也只能坚守着和张的没有感情也没有绯闻的生活。

然而，另一个男人还是出现了。那个被称为“茶叶大王”的富商唐季珊粉墨登场，也就是费穆文章所提到的那位与阮一道营造新的家庭生活的“唐先生”。

唐季珊在旧上海可谓大富大贵，名声远扬。而使他名声日隆的，不仅是他的风流潇洒，还因为他对电影女明星的格外的偏爱。在阮之前，他就曾有过与电影明星张织云云雨情深而至结百年之好的浪漫故事。张织云是比阮更早一代的明星，曾因《玉洁冰清》而成为最令人怜惜的“悲剧圣手”。后来与唐结好，便放弃了电影生涯，在家做阔太太，乃至于染上毒瘾，越发地颓唐了下去。而偏偏唐却是一个不肯停止猎艳的花花公子，单单是黄脸婆的形象他便难以承受，更不要说织云又堕落到已经离不开大烟枪的地步。于是唐的寻觅便转投他方。而以他的富有和他的品位，他所捕获的猎物，自然是要胜过织云一筹的。

而阮，在那个阶段，正大红大紫，是千万影迷的偶像，亦是普天大众的情人。

于是唐毫不犹豫地就将他的视线锁定在了惊鸿一瞥的阮玲玉身上。在唐，他迈出的这一步是清醒的；而在阮，却对唐的狼子野心毫不知情，自然也就毫无防备。

阮是在极其自然的环境下经朋友介绍认识唐季珊的。而在此之前，阮对这位专与电影女演员周旋的上海大亨其实早有耳闻。阮大概也听说了唐与织云之间的岌岌可危；而阮在与她合作最多的导演卜万苍那里，对唐的为人更是了如指掌，因为在唐之前，织云一直是卜万苍的未婚妻，他们曾海誓山盟，但织云还是被唐抢走了。

可惜唐的种种劣迹却没有能阻挡这位风流名士对阮的进击。他先是在舞会上对阮的美丽极尽赞美，对阮的艺术百般颂扬，而后便轻车熟路地或者将鲜花送到阮的化妆室，或者将汽车停在摄影棚的门外。

而阮对于唐的浪潮般的攻势一定曾经是抵挡的。一来她是有着男人的女人，尽管她的男人已经让她失望；同时她也知道唐是拥有着织云的，而当时的张织云尽管一蹶不振，但她旧日的名声还在，阮当然不会去惹这样的麻烦。于是阮远避唐的追求不舍，无论这个男人所给予阮的是怎样的好。

于是那句俗语被应验，苍蝇不叮无缝的蛋。阮的家庭生活的不幸，也刚好就印证了费穆先生所说的，在某先生的折磨下，她见过多少人生的悲剧，又尝过了多少人生的苦味，以她这样一个女子——感情丰富的女子，她必然会对人生失望的。

于是在润物细无声中，阮慢慢地接受了唐的温情。阮觉得与张相比，唐给了她太多太多的好。尽管阮以她辛勤的劳动挣得了银两千万，却经不得张达民的日夜赌博，醉生梦死，况且他们之间的感情早已荡然无存。阮是因为爱惜自己的名声才如此忍耐，抱残守缺的。其实阮早已经厌倦了这种不能称其为生活的生活。阮只是不愿意面对自己的苦难罢了。

于是唐就成为了阮得以离开张的那个契机。因为阮确实从唐那里感受到了一种温暖。唐不仅富有，而且做出了真心关心阮的样子。于是阮缴械。忽略了唐花花公子的名声，以为真如唐所信誓旦旦的，阮才是他的唯一。同时阮也忽略了织云的能量，忽略了织云也是深爱着唐的，不想离开他，于是她对阮便只能像所有的怨妇那样，除了怨愤，就是仇恨。

两相情愿的阮和唐便这样坠入了甜蜜的陷阱。接下来便是唐以天文数字的金钱了断了他与织云的婚姻契约，而阮也借张达民不在上海期间，搬出了他们原先的房子。

阮毫无戒备地接受了唐。她不仅接受了唐的风流往事，也不得不接受了织云在一份电影杂志上撰文对她进行的不点名的攻击。织云在《血泪凝成的控诉与自白》中字字血、声声泪。将唐揭露得可谓体无完肤。不仅如此，织云还深省了自己当初的爱慕虚荣，追求享乐，以至于堕落沉沦至此，不能自拔。织云的控诉在电影界掀起波澜，在获得诸多同情的同时，自然也损害到了阮的声誉。

尽管义愤填膺的织云并没有指名道姓，但是阮一直坚守的洁身自好还是被玷污了。然而至此阮还是执迷不悟，她说，我这个人就是经不起别人对我的好。要是有人对我好，我也会像疯了似的爱他的。

于是阮很快和唐同居，而后又搬进了唐沁园村的洋房里。阮在做出人生的这种几近于冒险的选择时竟然十分果断。那或者是因为张带给阮的苦难实在是太深重了，以至于她已经不堪其苦，疯了似的投进了唐的怀抱。

但是阮必得要有与张了断的那一刻。这是阮很多年来所不愿面对的。她一直抱有着不负他人的原则。幸好，唐有着数不尽的金钱来了结此事。而张也刚好是一个见钱眼开的没有了出息的无赖。于是阮与张的了断就变成了很轻而易举的事情，几乎不费吹灰之力，只要定一个合约，数出几摞钞票。

在律师的主持下，阮玲玉和张达民正式签署了脱离同居关系的约据。如此的轻易，这反而是阮所没有料到的了。难道漫长八年的关系，就这么易折易碎？阮于是才了然了赌博的毒素已经怎样深入地侵蚀了张的灵魂，以至于，他已经没有了人的感情，活着，也不过形同行尸走肉罢了。

于是阮轻松告别了她原先的生活。只是她心里还是有着某种唏嘘，总觉得也许是自己负了达民。她或者还常常记起当年张为她做出的那些牺牲，记起他们的曾经两小无猜心心相印。大概就是因为阮的善良，她才没有将张从她的心上彻底清除。对于张，她所怀的是一种悲天悯人的情怀，所以后来张无论怎样地向她索取财物，她都会慷慨给予。是因为她已经比张的境遇好了许多，她不愿看着张继续地沉沦下去。

阮本来以为这是个各得其所的结局。转过身来，她便可以更加专心地投入到她毕生挚爱的电影中。这以后，她又先后拍摄了费穆、吴永刚以及蔡楚生的电影。而每一次，她都是以一名杰出电影演员的身份，拍摄这些年轻导演的处女作，这让“联华”的年轻导演们都非常感动，对阮的人格也更加地敬重。是阮的表演使这些导演崛起，而阮却坚持认为是这些优秀的导演，将她的表演艺术推上了巅峰。

阮玲玉在拍摄《神女》时的表演简直是出神入化，炉火纯青。把一个母亲为了孩子不得不出卖肉体的故事，诠释得几近完美。《神女》被认为是阮最优秀的作品，接下来的《新女性》，阮的表演尽管依旧光彩照人，但这部影片却成为了将她逼向死亡的一个重要的因素。

《新女性》以女演员艾霞自杀的经历为原型，抨击了社会的丑陋黑暗和小报记者的造谣中伤。这是蔡楚生继《渔光曲》大获成功之后的又一部力作。蔡对阮的表演从来仰慕，也是几经周折之后，才请到了阮来出任影片的女主角。蔡当然也不会想到这部影片会导致阮的对生命的如此绝望，以至于唯有死，才能洗刷干净泼在她身上的那所有的污水。

阮一如既往地活动在电影中。这大概也是阮认为唐好的地方。因为唐的不要求金屋藏娇，阮才得以没有像张织云那样结婚之后就退出了影坛。阮坚定不移地为自己选择了继续工作。这足以证明了阮是有着进步意识的新女性，她是绝不会让自己落入传统窠臼的。

而让阮悲哀的，是她刚刚建立起来的那个平静的生活中又新起波澜。到底唐是个死不改悔的花花公子，他的目光又转向了另一位女明星，却恰巧阴差阳错地被阮玲玉洞悉。

于是，唐到底是个什么样的男人？开始令阮玲玉疑惑。但是阮没有回答。或者她不敢回答。她不敢面对唐的朝秦暮楚，更不敢面对自己的可怜结局。

慢慢地阮不再相信唐。她自己的感情也变得复杂而游移。她甚至曾经对好朋友说起，她是不该和唐季珊好的。但木已成舟，她又奈若何？

所以正像费穆先生说的：阮和唐先生的家庭生活，并不是怎样圆满；或者，她已看到更远的未来，而已有所畏惧。但，她却自安于那种生活，再不愿突破那种环境而憧憬于更理想的生活。因为，那时她的身心两面都已比较安定而平静。这一点点收获，是她自己苦心造成的局面，她决不肯自己来破坏。不然她将重新坠入精神生活的迷渊。

于是，阮只能把更多的热情投入到电影中，那已经是她生命和感情的最后的归所了。而此间同事们已经发现，阮在拍摄的间隙已经没有了往日的欢乐。她总是默默地坐在角落，眼睛里充满忧郁的目光。

然而即便如此，生活依旧在持续着。而致命的，是那个张达民在阮的如此的失望之中又来寻衅。他或者受不了阮如今的风光无限，或者，在他的凌乱的心灵的底处，还留有着一片对阮的爱。

张一副无赖嘴脸，向阮索要金钱。尽管此前，阮已经支付了他整整两年的生活费。以阮的心性，她是不在乎那几个钱的，但是她的生活中有了唐就完全不同了。唐以为张是负在阮身上的一个永远的累赘，一个无底洞，所以唐坚决不同意再给张哪怕是一块大洋，于是张立刻扬言要以通奸罪将阮告上法庭。

张达民如此破釜沉舟。自毁，并且也要毁了阮。

张当然了解阮的怯懦。他看到过阮是怎样用眼泪梳理自己的羽毛。张知道阮能够从一个女佣的女儿走到今天不容易。所以张才会如此要挟，他知道这样就能从阮的骨头里轧出血来。

果然。

但是这一次与往日不同了。因为阮已经不是一个人，阮的生活里有了唐。唐作为一个男人当然不能被如此无赖敲诈勒索。于是唐的回答是否定的。那么就去告吧！

阮的无助的目光。她的漫漫浸上来的眼泪。她才知道，唐之所以如此决定，是因为唐已经不再爱她。因为不爱，便才将她的羽毛丢弃，任凭蹂躏，甚至不如张达民的爱惜。张的威胁也许仅只是为了索要金钱，而唐的冷酷，却是要把她逼上绝路。

这所有的她爱过的也爱过她的男人。

而这个时期，阮在银幕上的表演已经没有了多少光彩。阮已经委顿而死了，只是她在慢慢地死去。所以费穆才会说，阮对于这种内心的冲突，正如对待生活中的矛盾一样，无时不在挣扎，无时不在斗争。她的自杀的念头就有意无意存在于这种挣扎斗争的博荡之中。

于是这两个男人将阮当作了争斗的砝码。一个咄咄逼人，一个毫不退让。阮为了平息这场斗争不知道做过了多少努力，她含泪请求唐季珊，又登门拜访张达民。但是她从这两个男人那里得到的回答却是一样的拒绝。于是，唐和张纷纷将对方告上了法庭，自然也连带了阮玲玉。同时这也就意味着，阮必须要出现在被世人所无限关切的法庭之上，当众接收来自四面八方的质询和凌辱，这当然是阮所不能承受的。

而热衷于花边新闻的小报也借机全力炒作。他们的目的仅仅是为了招揽看客，扩大印数。而阮玲玉却成了牺牲品，她的精神的创痛被转化成为了报纸的滚滚财源。

张和唐为了阮的争斗也许尚在情理之中，因为他们都曾和阮有过切肤的关系。而令人不解的是，阮刚刚拍竣的那部电影《新女性》，竟然也在这样的时刻推波助澜，将阮的悲剧推向了极端。

“上海新闻记者工会”以《新女性》“攻击新闻记者”为由，向“联华”提出强烈抗议。并威胁如不解决，电影将不能公映。阮本来就已经一无所有，《新女性》的不能公映，就更是扑灭了阮对生命的最后的热情。阮一步一步地向后退着。她已经对生活彻底失望。可是当她把仅存的一点希望都寄托在了她为之呕心沥血的电影上，如今。却连电影也抛弃了她……

由此便揭开了阮生命中最黑暗的篇章。

导演蔡楚生为了公司的利益只得将影片重新剪辑。想不到公映后《新女性》的票房竟出奇的好。于是在影片中被丑化的记者决计报复，既然他们不能打倒影片，那么就打倒阮玲玉好了，而刚好张达民与唐季珊的官司就是最好的武器。

阮便这样在三面的夹击之下被逼到了那个死角。所有人的明争暗斗都把无辜的阮当作了靶子，这对于一个原本柔弱的女人是怎样的残酷。很快阮便看到，她与张达民、唐季珊关系的丑闻，已经成为了各类小报的头条新闻。而且报纸上充斥着“诱奸”“通奸”一类污秽的字眼，被街头巷尾的人们放肆地议论。

如此阮玲玉已经无地自容。浪潮般的羞辱如芒刺在背。她觉得自己仿佛被扒光。任天下人宰割。这样还不够，出庭的时候，阮还要站在牢笼一样的木桶中接受审判，这是怎样的对人格的羞辱，对人性的践踏。而当时阮又正值表演艺术的高峰。如此的灿烂而完美。阮看重这些。以为这才是人的价值的体现。她不愿自己为之努力了毕生的这一切，就这样毁于那些可怕的“人言”。所以她恐惧。那么深刻地恐惧。以至于阮以为连死亡都要比这样的恐惧美丽了许多。

阮曾经说：这一切让她灰心、寒心，和痛心。张达民把她当作摇钱树，而唐季珊也只是把他当作专利品。在他们中间，阮根本就感受不到那种真正的爱情。阮的之所以如此绝望其实绝不仅仅是为了一场官司，而是环境逼得她已经无路可走了。

于是，在3月8日的那一天，阮选择了死亡。

那是发生在8日凌晨的一个决断。或者，阮是早就做出了这个最后的决断。

阮在3月7日的这一天是那样从容。为了终于完成的阮的最后一部影片《国风》，阮参加了夜晚与影界同仁的一次欢聚。为了这次聚会阮特意烫了头发，但是谁又能说清阮不是为了聚会而打扮自己，而只是为了那个美丽的死亡呢？

在那个晚会上阮喝了很多的酒。酒后她说，她之所以能有今天，首先要感谢“联华”，然后感谢你们这些优秀的导演。没有你们对电影艺术的执着追求，也就没有我的在演技上的不断向上。她说无论今后的情形怎样，她对电影的爱将是毕生乃至于来世都不会改变的。

然后阮玲玉回到了自己的家。

在寂静的午夜阮一个人留下来。很久。在家人的沉睡中，她独自挨着漫漫长夜。阮也许还对她的光辉灿烂的人生有着很多的期许，但是现实的逆境又让阮觉得未来已经看不到光明，尤其是3月9日的即将出庭，还有就是，人们已经将她在尘埃中开出的花又重新踩进了尘埃里。阮大概还想过她要“质本洁来还洁去”。如若不再能够是一个干净的灵魂，那么她的生命还有什么意义呢？

阮把三个安眠药瓶拿出来摆放在眼前。然后将30粒安眠药片倒了出来。她一粒一粒地数着。缓缓地做着这一切。却亦真亦幻，仿佛是在电影中。阮的内心依然充满恐惧。她知道夜已经很深了。没人来打扰她。但是她也许希望能有什么人能偶然醒来，阻拦她。

房间里的灯亮着。她在房间里来回走着。她来到窗前。掀开纱帘。她觉得应该有一个什么人站在那里，在路灯下。她果然看见，但又以为那是幻觉。她想自己如果不能把决定的事情立刻做好，也许她就会又一次错过死亡。

于是她回到桌前。把30粒药片一粒一粒地放进面条里。然后搅拌着，让它们融化。她做得依然很慢。她似乎还在犹豫，是不是真的要去……

然后阮开始慢慢吞下面条。她或许还在等待。但是没有人来阻拦她。就是说所有的人在这个深夜都放弃了她，让她自由，让她做她这辈子一直想做的这件事，让她彻底结束了这个卑微软弱、不幸而又屈辱的生命。

阮在吞服了整整三瓶安眠药后，一定还有过片刻的清醒。而她的语无伦次却又入木三分的“遗言”，大概也就是写于这个时刻。

阮对唐季珊说：我现在一死，人们一定以为我是畏罪，其实我何罪可畏？因为对于张达民，我没有一样对不住他的地方。可他却恩将仇报，以冤来报德。更加让外界不明，还以为是我对不住他。想之又想，唯有一死了之。我不死不能明我冤。现在我死了，总可以如他所愿。

接下来阮又写道：张达民，我已被你迫死，哪个人肯相信呢？你虽不曾杀我，但我是因你而死。现在我死了，你大概心满意足了。我不过悔恨不应该做你们两人的争夺品，但是太迟了！不必哭啊！我不会活了！也不用悔改，因为事情已到了这种地步。我一死何足惜，不过还是怕人言可畏，人言可畏罢了。

以上寥寥数语被当时认定为阮的“遗书”。而鲁迅先生关于“人言可畏”的那篇杂文，也是以此篇“遗书”作为基础。但是后来还是有人觉得阮的如此遗言有伪造之嫌，以为阮对唐的冷酷也是不会毫无怨言的。于是有人在当年的某杂志上又读到了阮的另外一份据说是真实的遗书文本，这篇同样也是写给唐季珊的。

阮说，没有你的迷恋某某，没有你那晚打我，今晚又打我，我大约不会这样做吧！我死之后，将来一定会有人说你是玩弄女性的恶魔，更加要说我是没有灵魂的女性。但，那时，我不在人世了，你自己去受吧！过去的织云，今日的我，明日是谁，我想你自己知道了就是。没有我，你可以做你喜欢的事了。我很快乐。玲玉绝笔。

只是，无论阮怎样的抱怨，阮毕竟在3月8日的这一天离去了。是她自己结束了自己。她自己的决定。那时候她一定是觉得，死比之于生，定然是更值得她去追求的。

那个深夜，阮的邻居看到阮在她的房间里走来走去。阮房间里的灯光直到凌晨一直明亮。后来便是黄浦江上的一片金红。

顷刻之间，玉碎宫倾。没有人相信阮就真的去了。从此在银幕上，人们就真的再也看不到她的甜美的笑容，她的贯穿于整个表演中的优雅的气质，以及她的戏里戏外演不尽的苦难和悲剧了？

阮就这样，勇敢地以她的“一死”，洗刷了她的所有的“罪名”。如她在“遗书”中所说的那样，“我何罪之有？”

为阮送葬的队伍长达数十里。沿途夹道送行者有三十万人之多。

“联华”的导演们抬着阮的灵柩悲愤地走向墓地……

不久，阮的墓地也已经枯草凄凄，满目苍凉。

只有几根芦苇在黄昏时分的阳光下闪着惨淡的光斑。

尘埃里的花。开了，又败了。然后是凋零。但却依然是花。永远地绽放着。

永久的谢幕

2001年末，我与田莉在北京京丰宾馆的咖啡厅里第一次见面。年轻的田莉兴致勃勃。她正在读电影学院的制片人专业。她想拍一部三十年代中国电影皇后胡蝶的电视剧，真诚地希望我能成为这部电视剧的编剧。她说她看过我的很多书，她相信我能够把握胡蝶这个人物。她并且在见面的第一天就给我带来了很多资料，单单是那些资料就足以证明了田莉的认真和诚意。

胡蝶的一生波澜起伏、甚至惊心动魄。她不仅是那个时代电影界的杰出代表，她还经历了在婚姻和感情方面的悲哀和痛苦，更经历那场可怕的日本侵华战争，以及战争带给她的无尽的心灵创伤。因为是明星，她还始终被媒体追踪曝光，并被纠缠在绵绵不绝的甚至是莫须有的绯闻中。一个柔弱的女子，怎样才能冲破这生命的种种禁忌和局限，越过这不幸的沟沟坎坎？

当把胡蝶的人生读遍，我惊讶地发现，胡蝶竟然也是一个命硬的女人，就像是我写过的那个大唐的高阳公主。其实原本仅仅是想写一个高阳公主和佛徒辩机的爱情故事，但写着写着才意识到，凡与这位大唐的公主有过感情牵连的男人，最终都死于非命。胡蝶的人生经历中竟然也是如此，她所爱过的和爱她的那些男人们几乎都没有善终。不是身染恶疾，就是不幸罹难，而她1989年仙逝于风景如画的温哥华的时候，已经是81岁的高寿。同样的，和她有过感情纠葛的那些男人就没有那么幸运了，她初恋的情人林雪怀与她青梅竹马，可说是把她真正引上银幕的恋人，他们曾经那样相亲相爱，海誓山盟，甚至订婚。但最终却走上解除婚约的道路，甚至诉诸法庭，在长达一年、八次开庭审理的官司中，心力交瘁，两败俱伤。而林雪怀就此郁郁寡欢，不能释怀，在一蹶不振中，殁于癌症。

接下来亡逝的是对胡蝶有着知遇之恩的、被誉为“中国电影之父”的郑正秋。是郑正秋和“明星影片公司”让丑小鸭的胡蝶真正的流光溢彩，灿烂辉煌，走上她事业的最高峰。郑正秋对于胡蝶，应当是那种精神父亲一样的男人，他喜欢她，欣赏她，保护她，给了她艺术的生命，但是他却在胡蝶访欧归来之后的第八天，突然地，溘然长逝。在47岁的年龄上，这无疑算作是英年早逝。

不幸中之大幸，是那位英俊宽厚、有如兄长般的潘有声终于成为了胡蝶的丈夫。这是和胡蝶有着情感关系的男人中唯一成为了她的丈夫的男人。胡蝶爱他，视他为感情的支柱。他们或许能够将幸福和谐的婚姻生活走到尽头，白头偕老，但依然是命定的，戴笠出现了，便无情破坏了他们原有的格局和平衡。

在戴笠进入他们家庭生活的短短一年中，那种在权利和感情中周旋的三角关系是怎样地惊恐而疲惫，是可想而知的。胡蝶被拉锯的关系所折磨，而作为丈夫的潘有声的痛苦更是难以言说。他要终日在刀光剑影下苦挨着事实上已经没有了胡蝶的生活，又要在名誉上维持着与胡蝶的那种早已形同虚设的夫妻关系。尽管只有一年，但却铭心刻骨，他在感情的撕裂中呐喊，他在精神的折磨中挣扎。当然，他所做的这一切都只能是无声的，因为他与之抗衡的那个人物是戴笠。戴笠便是恐怖，戴笠便是死亡。大概还因为他是深爱胡蝶的，甚至爱到了一种忘我的境界。他想如果胡蝶能接受戴笠，他为什么就不能接受这种苦难呢？既然他是那么深深地爱着自己的女人？于是他隐忍着自己。大概便是这无际的苦将那可怕的癌细胞潜伏在了他原本健康的身体内，以至于当胡蝶终于摆脱了戴笠的纠缠，重新回到他的身边，他却已回天无力。在勉力支撑了几年之后，撒手人寰。

接下来的那一段死亡才是真正的宿命。和戴笠的那一段关系是胡蝶一直不愿启齿的一页历史，是她心中一段永远的痛。站在胡蝶的角度，她不愿提及戴笠，也许并不是出于政治的考虑，而是那种羞辱的感觉。因为她被戴笠截获期间，始终还是潘有声的妻子。她是以潘有声的妻子的身份，陷入另一个男人的巢穴或是牢笼的，尽管身不由己，但毕竟事实是她背叛了自己的家庭，并且让自己的丈夫每一天都生活在死亡的痛苦和威胁中。那么万恶之源是什么？她的美丽。女人雍容优雅，光彩照人的美丽。当然还有另一种可能，那就是她对戴笠复杂而斑驳的感觉。慢慢地已经不是完全被强迫的了，而是有了某种莫名其妙的主动，甚至取悦于戴笠，这才是她真正不能原谅自己的地方。

所以酿成如此悲剧，当然首先要归结为戴笠对胡蝶的那种强迫性的、有着权力因素在其中的，挟带着某种疯狂的爱。而胡蝶的最终不得不屈从于这种爱，恐怕最主要的原因还是战争。记得一位意大利女导演在拍摄《夜间守门人》这部反思二战的电影时，曾经采访过很多纳粹集中营的犹太人。她记得那些犹太女人在回忆战争的时候，最让她们羞辱的，不是希特勒，而是她们自己在苦难中所表现出来的那种对于德国人不顾一切、不计后果的取悦。而她们这样做的全部原因，其实仅仅是为了能活着，能不被送进毒气室，那是她们求生的唯一手段了。所以她们才是真正可怜而又可悲的，同时又是可鄙的。她们自己认识了这一点。这种对于第二次世界大战的反思，在美国作家的小说《苏菲的选择》中也有同样的表述，那就是战后被提出的那种关于人类劣根性的话题。这种劣根性在人类求生的前提下似乎是可以被原谅的，就像是辛德勒在战争中救助了犹太人，他的其他缺点就可以被忽略不计一样。而胡蝶与戴笠的关系，大致也是如此。她经过逃难从香港到重庆，又经历了丢失所有贵重物品的失落。而在那个满目疮痍的战争年代，渴望在物质上得到补偿，进而在精神上受到安慰的胡蝶，恐怕就只能取悦于戴笠，甚至献出自己的身体了。而这样的一种关系，无论在什么样的背景下，都是不道德的。这便是胡蝶的羞辱。她自己认为那是她心灵上的一块永远也抹不去的污痕。

然而最终还是戴笠成全了胡蝶。没有让她在道德的歧路上走得太远。戴笠死亡的直接原因据说还是因为胡蝶。当时戴笠在北京。他本来是可以直接飞回重庆国民政府的。但是他又深爱胡蝶，不愿错过哪怕一分钟和她见面的机会。大概还因为在那个暴风雨的前夜，胡蝶的一声不恰当的，但却柔情似水的呼唤：你回来！他便一定要顶着雷电交加，大雨倾盆，义无反顾地回来，回到他此生最爱的女人身边。以至于电闪雷鸣的上海根本不能降落，他宁可又转飞依然雷声隆隆的南京，只要能离他的女人更近些。结果是，原本在政界扶摇直上的戴笠在南京附近的戴山坠机身亡，用生命演绎了一曲不爱江山爱美人的悲歌。

戴笠如此的死亡，无论如何在胡蝶的心上，还是留下了一道深深的印痕。哪怕是污痕。

那么接下来便是我们要问的，胡蝶生命中这悲剧性的一切，是她的命运所致？还是她的性格所致？

宿命显然是不可避免的，因为死在她前面的男人一而再，又再而三。但有时候命运也是性格之所然，那么这个极尽灿烂而又极尽苦痛的女人，她的性格又是怎样的呢？

不负他人。

这也是她人生的准则。

怎么会不负他人而又偏偏害了他人呢？

爱着，而又被爱着。这就是胡蝶的一生。在这一生中，特别是对她的感情生活，她一向是善良的，温和的，冷静的，而且达观的。她并且追求人与人之间的那种关系的完美。为此她宁可牺牲自己，也不愿伤害别人。譬如林雪怀。胡蝶何以在她与林雪怀的感情上已经出现了问题的情况下，还要坚持和他订婚，就是因为她不希望看到自己曾深深爱过的男人因他们之间日益的悬殊而堕落。所以为了挽救，她宁可牺牲自己的自由。再譬如戴笠。也许她本来是可以坚决拒绝的，但是她没有。在两难的困境中，她却一厢情愿地追求两全。她既不忍心拒绝戴笠那么疯狂的爱，又不忍心和潘有声彻底断绝。然后便伤了他们两个。

于是这种完美的原则便报应般地显现了它负面的效应。那就是她所做的牺牲，不但不能使那些男人获得拯救，反而让他们有了更大的压力。结果是，林雪怀并没有因为胡蝶婚约的许诺而停止沉沦，反而加速滑向了自毁的深渊。而潘有声也是在胡蝶当断不断的婚姻拉锯中，经历着痛彻肺腑的煎熬。

这种对于完美和不负他人的盲目的追求，还在于胡蝶想要获得的一种心理的虚荣。她希望她的所作所为都能给别人留下好印象，所以她就总是半推半就地承诺，模棱两可地应允，让所有爱着她的男人，都在对她的疑惑中怀抱着不灭的希望，结果最后倒霉的还是他们。

胡蝶的之所以将苦痛带给男人，还因为她的天生丽质，以及她对这天生丽质的一份成功地塑造。她太热爱她的电影了，以至于她义无反顾地献出了毕生。比起男人，电影在胡蝶生命中的分量显然更重。她因为电影而冷落了那些爱她的男人，但也是因为电影，那些男人就更爱她了，因为他们欣赏她对事业的这一份挚爱和投入，欣赏她对自我的塑造和把握，欣赏她的聪明和勤奋，欣赏她的名望，甚至欣赏她的富有。然而作为一个女人的这种努力和成功，对于男人来说到底还是一把锋利的双刃剑，因为在欣赏的同时，他们还不得不承受她的光环所带给他们的压力和自惭形秽。

让我对胡蝶的身世满怀了兴趣，还因为电影本身是一个非常有意思的话题。我虽然以文学为职业，却始终对电影满怀了一种热恋一般的感情。我并且写过很多关于电影的文章。而早在上个世纪初，中国的电影就是从美国引进的。好莱坞是全世界电影的发源地，是所有电影人的梦之城。而那个年代从事电影制作的那些人，也大多是从美国或是欧洲其他国家留学回来的。他们有着新的关于艺术的追求，他们是学贯中西的，又是满怀激情的，对社会、对人生都有着他们十分进步的思想和批判。是那种真正意义上的精英。他们希望通过电影这种将先进科技和艺术追求融为一体的形式来救国救民。所以在中国电影的这个拓荒的时代，是满含了一种东西文化的融合与冲突的。这将是一个非常有意思的文化背景，于是在这个背景之上的人物也会是非常有意思的。况且，在胡蝶那个时代中国电影的发展，几乎和世界是同步的。从默片时代向有声时代的转变，我们和美国几乎是同时完成的。这是中国电影史上的一个非常辉煌的时代，而这个辉煌时代的那些电影人们，也是风流万世，可歌可泣的。

因为胡蝶是主角，便自然地带出了电影界的那些郎才女貌的才子佳人们。而其中最最想要提到的，便是和胡蝶既是朋友又是对手的阮玲玉。她们是同乡，又差不多同时进入电影界，但是她们的枯与荣、盛与衰，却是交错进行，此起彼伏的。胡蝶风光之时，必是阮玲玉抑郁不得志；而当阮玲玉光芒四射，胡蝶又每每会被不幸所纠缠。当胡蝶又一次走出阴影，阮玲玉就干脆以死亡成为胡蝶鲜明的反差。这是怎样的命定。阮玲玉终结在26岁的青春上，以美丽生命的结束退出了竞争。然而胡蝶却也并没有因此而辉煌，因为没有对手的成功是寂寞的。阮玲玉选择了永远离开痛苦，而胡蝶却要在不尽的痛苦中长久地忍受。自杀让阮玲玉的人生更具有艺术的色彩，她到底是用生命孤注一掷，完成了一种与社会的抗争。而胡蝶却让一生在隐忍中度过，哪怕每一天都是度日如年。阮玲玉的死是激情的，而胡蝶的生却慢慢失去了光彩。于是比起阮玲玉短短的戏剧化的一生，胡蝶的一生便显得庸长而平淡了。没有生命的冲突，也就没有了戏剧性，因之也就更难以把握，更难见闪光。但这就是人生。就像流水。缓缓地流。但流动本身，或许也是有着很深的我们所看不到的湍流的。总之胡蝶的一生，尽管曾灿烂辉煌，但却痛苦多于欢乐，甚至，从来就没有过真正意义上的幸福。是比激情的阮玲玉，更悲的悲剧人生。

长达八年的抗日战争，不仅让人民遭受苦难，而且让电影长久地一蹶不振。那是致命的一种摧毁，在日军飞机的轰炸下，多少片场被焚之一炬。事实上，胡蝶自日军侵入上海之后，就再没有过真正堪称精彩的表演。幸好胡蝶在中国电影鼎盛的年代整整辉煌了十年，这十年对于一个电影明星来说，当然已足够证明她的才华了，但是如果世道清平，胡蝶肯定还能将她的这种繁盛继续下去。当八年抗战过去，胡蝶已青春不再，是战争毁了电影，也是战争毁了胡蝶。到了胡蝶勉强重回银幕的时候，已是美人迟暮。而对于一个女演员来说，这是致命的。

便是这样，胡蝶让我对她的描述有了一种强烈的兴趣。看着她默片时代的那些电影，慢慢地，便有了一种写作的激情。

晚年的胡蝶移居加拿大温哥华，住在靠近海峡的一座二十五层的公寓中。她每每透过阳台遥望太平洋，希望能看到当年大上海十里洋场的五光十色，能听到拍摄场中那依稀的笑语欢声……

风过留痕。

然后，胡蝶飞走了。

这是她生命中留下的最后一句话。

那是永久的谢幕。

文本背后

看到由经济出版社出版的那本张爱玲的《张看》，于是再度想到这个女人。张爱玲是一个无与伦比的小说家，但作为一个精神不朽的女人，她的人生到底是不幸的。尤其晚年的凄怆，想来更是令人惶惶。但张爱玲就是这样完成了自己，她的毕生在上海就仿佛已经全部完成。接下来无尽的岁月，客居美国的她显得默默无闻甚至行为诡异，她试图再创辉煌，但已经长风散尽，她来此世间大概就是为上海而爱而恨的。

最近看了一些关于张爱玲的书。她的小说文章，以及她的家事生平。慢慢地对这位四十年代的上海奇女子有了更为透彻的一些了悟。惊异于她人生的意气和抱负，特别是“出名要趁早啊”那样的纯朴宣言，让人真是看到了这个女人身上那种种毫不隐讳的大气磅礴。而不久前又收到老友凯雄寄来的那本《张看》，更是爱不释手，因为是张爱玲，还因为这本书的印刷无比精美。其中的一些散文篇什，我虽已曾在其他版本中读过，但这本《张看》是“迄今为止最为完备”的一本张爱玲散文结集。其中诸如《张爱玲语录》等很多文章均为首次与大陆读者见面，所以更觉得精美的《张看》是值得珍藏的。

其中《忆<西风>》是张爱玲的绝笔，读来令人惆怅。她在生命最后的时刻所忆所念依旧是50年前在《西风》杂志获奖的事情。你看，还是上海。可惜她再没有回来过，这应该也是人生的一重大悲哀吧。

张爱玲的之所以成为一个小说家，从天性上说首先得益于她的聪明绝顶。于是她的小说将所有她能想得出的琐细的智慧汇集起来，就成为了那些对他人有了深深震撼的故事。而《张看》中的那些散文和随笔，是另一种笔调的智慧，那便是她的认真的思考了。所谓“忽然觉得有些话要说”，于是说了，就成为了小说文本背后的那个文本，更老实和更真实的那些。诸如她写作的起因，人物的原型，她想要表达的意思，她追求的效果，以及她认为自己在哪些方面还不够完美，等等。这些无疑在她的小说中是看不到的，但是读了另一种文本，你就能对张爱玲以及她的故事有了更深刻的领悟。这有点像法国作家杜拉的那本《物质生活》，用一种文本注释着另一种文本，你便可以在蛛丝马迹中了解这位作家几乎全部的人生轨迹，尽管很多是极为隐秘的。

将这些散落于《张看》中不同文章里的思想汇集起来，我们发现在小说中如此感性的张爱玲，并不是仅凭着天性信马由缰，而是有着清晰的思考和明确的创作主张的。而她的那些理念在她所特定的那个时期，也是不同于任何文学流派的。其实这才是她更令人钦佩的地方，因为她有着自己的标新立异的创作原则。而对一个作家来说，这无疑是非常重要的。

比如说，她在不同的文章中所反复提到的那个关于“参差”的理论。张爱玲说，她喜欢参差对照的写法，因为它是较近事实的。她不喜欢采取善与恶、灵与肉斩钉截铁的冲突那种古典写法，因为她觉得极端病态和极端觉悟的人究竟不多。疯狂是疯狂，但终究还是有分寸的。于是在这样的写作态度中，我们了悟了她小说中的人物为什么总是那么斑驳而复杂，没有完全的好，也没有彻底的坏。无论在谁的身上，都有那么一点点好，一点点恶，而无论善恶，也都是有着无奈的背景的。对于张爱玲来说，这才是用她的眼睛看到的人生的真实。应当说这种人生的真实才是张爱玲追求的真正结果。她不愿把那种虚伪与真实写成强烈的对照，而是参差的反差，写出虚伪中的真实，或者浮华中的素朴。也因此她的小说总是模糊的，不会有分明的主题。因为她的人物从来就不是分明的，而生活本身也从不曾泾渭分明过。

这种参差的人生关照大概也影响了张爱玲看待事物的眼

光。事实上张爱玲的小说理论也就是她人生的态度。譬如现实中被张爱玲爱着的那个男人胡兰成。他们在短暂的婚姻之间大概是有爱的，但很快胡兰成就开始欺骗那个少年得志且心志很高的张爱玲了。于是就是在他作为汉奸的逃亡时期，也还是不断拈花惹草，一而再再而三地欺骗着痴痴等待着他的张爱玲。而以如此聪明、早已透彻了人生的张爱玲，怎么能看不出胡兰成的卑鄙呢？但是她还是不顾危险地去探望了这个早已和另外女人同居的丈夫，并竭尽全力用稿酬接济他。恐怕这就是参差的结果，她始终没有把胡兰成看作是一个纯粹的敌人。

然后便是张爱玲关于个性的张扬与稳定的辨析。她说她发现弄文学的人向来注重人生飞扬的一面，而忽视了人生安稳的一面。其实人生安稳的一面才具有永恒的意味，因为安稳所带来的是人生的和谐。飞扬在某种意义上其实也是为了追求最终的安稳。虽然这安稳常常是不可靠的，有时甚至被破坏，但仍是永恒的。

于是本不安稳的张爱玲便开始在她的小说中追求安稳。她不写那种纪念碑式的作品，而只写些男女间的“杯水风波”。而这些男女通常也少有那种个性的张扬，他们大都是些不彻底的人物，不是英雄，但却是时代的负荷者。虽不彻底，但却究竟认真地活过，所以在他们的身上没有悲壮，而只有琐细的苍凉。张爱玲认为这些不彻底的人物所组成的社会和人生，才是更近真实的，才是她真正的文学理想。

而这些都是我们从《张看》中得到的。那是她自己在明明白白地分析她小说中的追求，以及她创作中所有的得与失。

生活中的张爱玲就远没有如此明白了。其实她就是那个参差的人物。她率性、明朗，敢爱敢恨，但人生中的很多选择又是极为收敛克制，通达而至中庸，甚至是隐忍的，让人们总是觉得出乎意料，又时时判若两人。她一生用率性去爱过两个男人，这两个男人都让她看到了那种虚伪中的真实，和浮华中的素朴。无论是胡兰成还是美国作家赖雅。她在勇敢地获得了这份爱情之后，又都以一种极为克制的态度去费力坚守。这两个男人行踪不定的漂泊人生，让张爱玲先就为此付出了很多；而他们在经济上的窘迫，又让张爱玲为支撑这窘迫而艰苦写作，以至于殚精竭虑，疲惫不堪。不说和胡兰成的了断成为了她生命中的一种永远的疼痛，单单是被这个男人的汉奸身份所累，就殃及了她的名声、金钱，乃至于创作的热情。后来的赖雅亦是如此，原本在美国就没有保障的张爱玲，却偏偏要嫁给一个大她几十岁且居无定所、债务缠身的男人。但是透彻的张爱玲竟然也承受了这一切，在和赖雅长达11年的婚姻中，伴随着无望爱情和艰难生活的，是她艰辛地去写那些她本不想写的东西……

如此，张爱玲以一个女人的坚韧维持着生活中的真实，于是无形中她便成为了她的小说，成为了文本背后的那个真实无比的故事。其实这才是她用生命演绎的人物，尽管没有了辉煌，她也绝不是英雄，但她却是生活中真正的负荷者。结局是像她小说中的很多角色一样，终于在参差和安稳以及她所谓的和谐中，走完了一个聪明女人一生的路。

戴着镣铐的舞蹈

我急于接近那个女人。

我想再看到那女人眼中的所有景象。我知道那美丽的四季依旧。那永远的大自然。但毕竟洛河干涸了，宽大的河床上只遗留下一道混浊的小溪。宽大的梧桐树叶上落尽夏日的尘埃。而她，却坐在灿烂而又古老的车辇中，做很多女人想做而唯有她一个女人做到了的事情。

她戴着沉重而华丽的皇冠，在漫天的血红中从天边走来。光焰四射的美丽笼罩着她，而她手中握着的，却是一柄无情的权杖。于是她变成黑色的魔鬼。挥舞着生命在漫天的血红中，成为了那段永不逝去的历史。她失去至亲骨肉，脚下鲜血淋淋，但她却始终不渝地顽强爬向那天子的尊位。到处是血。血流成河。堆积如山的，尽是亲人的尸骨。而四面楚歌，无辜的鬼魂在诅咒。但是她全然不管不顾，只要能坐在皇帝的宝座上。她终于如愿以偿。以前无古人后无来者的气势，泱泱国中历史，竟唯有这唯一的女皇帝。

她笑着，灿烂而凄然地。她说她深知人的脆弱，所以为了生，便必得有人冤屈地死。她说她已身不由己，而杀人如麻是一切君王无奈的选择。她说她看不见血。血总是流淌在她视线以外的什么地方。她说她也听不到哭声看不见眼泪，那是因为，她面前永远矗立着一道由权力铸成的严酷屏障。她的丈夫情人兄弟姊妹子孙后代们。那些她以女人的胸膛所深爱过的诸多亲人。她不知道他们是怎样流血流泪的，她只是在那个时辰突然觉出了心的疼痛。然后他们便消失了。从此无影无踪，灰飞烟灭，化作她脚下的泥土，耳边的轻风了。于是她只能心有戚戚地遥望着天边的那一缕浮云，想着，那些曾与她心心相印的亲人的音容笑貌……

然而，她却依然不能停止她的残酷。那是她作为帝王的唯一选择。她一如既往地执着于帝国的梦想，她坚信那才是人类最伟大的诗篇。于是当有一天她终于坐在了那把至高无上的皇椅上，她才得知了她所要面对的，不是生存，便是死亡。那是宫廷中唯一的法则。她别无选择。她已经信誓旦旦地登上战车，唯有竭尽全力才不会辜负她对自己的誓言。

那么，谁来帮助她？

是的，她的天生丽质、百媚千娇。女人的资质无疑让她获得了无穷机会，她便也顺势杰出地运用了这“天赋神权”，一次一次地接近着龙床。她知道那是确保她不断升迁的唯一战场，她将不遗余力地同那些能够给予她生存权利的男人同床共枕，不论他们是皇帝还是太子。这样的故事从她14岁的时候就开始了。一个14岁的小姑娘。乳房正在懵懂中悄悄鼓胀。那时候她还不知道什么叫相爱，什么是做爱。然而她被强暴。在威严的龙床上。那个她所无限崇敬的唐王李世民。但转而又被莫名其妙地遗弃。她怎么会知道这就是她不平凡的人生的开始？怎么会知道从此她要尝尽人间的苦辣酸甜，方死而后生。

在后宫暗无天日的生活中，她终于懂得了争宠的意义。那所有的全部。听到的和看到的。生的和死的。从此她谙知了宫中女人必须争宠，这是她们得以活下来的唯一的路。于是她将40岁以前的全部智慧都用在了你死我活的争宠中。她为此战斗，不惜鲜血淋漓，哪怕九死一生。那时候她还不知道杀戮原来是一件很残酷但却也很轻易的事，或者她原本知道却故意以为自己不知道。她的手总是纤纤玉指鲜嫩白皙，人们不曾在她的指缝中看到过一丝的血污，她自己也从来没有看到过。

然而春去秋来。在四季的轮回中她一天天老去。那曾经属于她的青春无情凋落，美丽也在不经意间悄然而逝。尽管风韵犹存却再也追不回她对男人的魅力，于是她才像抓住救命稻草一般地紧紧抓住了皇宫里的那柄权杖。她于是对历来本属于男人的那些政事倍感兴趣。她觉得一个人（无论男女）能拥有整个王朝才是人生的极致。她从此将全部生命致力于此。她甚至不再热心于用女人的方式征服男人。

是的有天命在召唤她，她不能不走。

于是她毫不犹豫地走进了那个男人的世界。她英勇地，顽强地，虽九死而不悔地。幸运的是天下只有她一个宫婢气宇轩昂地如愿成为了那个男性世界的主宰。

这需要怎样的气魄与谋略？

从一个14岁的小姑娘，到年近80的女皇。那时候女皇躺在属于她自己的龙床上已经动转不能。而她的头上却依然是那么阔大的屋顶。那个时代的工匠总是建造恢宏的殿宇，所以她在那恢宏的笼罩下才会显得那么渺小而弱不禁风。是的，她享尽一生的辉煌又能怎样呢？

她不记述什么，只任着生命的流淌，任着她不息的灵魂在天命、权力和人性之间苦苦地挣扎。冥冥天意中当她闭上眼睛，不知道是否还记得作民间女孩时的那一段欢乐，或者，第一次被皇帝恩宠时那撕心裂肺的疼痛、抽搐、喊叫和眼泪？那从未经历过的女人的初夜？

所有的恩恩怨怨终于一笔勾销。她走了，不再记得那个属于她的波澜壮阔的人生。

有碑而无字。那是她自己的选择。唯有她如此选择了消解自己的一生。她觉得无论功与过、枯与荣，也无论灿烂还是凋敝，被后人敬仰还是唾骂。总之那都是她自己的事情，并且她再也听不到也看不见了。她没有了。

她寿终正寝，安息长眠，在雄伟而悲壮的陵墓中超越世俗。那种终于解脱了的自由与放松，她甚至都不再能感受得到。唯有死亡的宫殿，浩大的黄土，以及黄土上那苍远的青绿。这就是她。在权力的角逐中奔波了一生的那个女人。

是的，我急于接近她，接近她谜一般的美丽，和她作为女人的毕生；接近她充满神性的每一寸肌肤，以及她浩大心灵中的每一个角落；接近她孜孜以求的那个大唐帝国，还有她苦心建立的那个武周王朝。在接近的途中我想看清她。看清她生存的伎俩、与男人周旋的手腕、不断爬升的韬略，把玩众生的狡诈，以及操控社稷的胆魄……

便是这样的女人。

于是，我把自己藏进了故纸堆，在层层看不见但却分明能感觉得到的灰尘中，去寻觅她的踪迹。我感谢父亲书架里的那么多史书。我埋进去，拼命搜寻。在相关的每一本书中找她，并记录下来，融进思绪。如此殚精竭虑，直到有一天，我终于觉得自己仿佛已经和她很近了。然后我便带上十岁的女儿，在那个炎热的夏天踏上离她更近的那个旅程。从洛阳，到长安。我们穿越黄河。任凭酷暑。我们几乎走遍了她所有曾经驻足的地方。我们看她的树，望她的山。无数阶梯，漫漫古道，那所有曾经的她的景观。

一路上我感受她聆听她，努力去理解她为什么这样那样，又为什么不这样不那样。当我从中原大地和西北的荒远中返回的时候，我知道在我的心里，她已经不再那么让人捉摸不透，也不再那么神秘而高远了。我知道我与她的距离已经在旅途中被缩小，我觉得我已经慢慢了解她了，也能够尝试着用自己的方式去描述她了。

然后我便告别繁扰，拔掉电话，缩进了自己的小屋。我开始睡不好觉，也动不了笔，终日处在一种莫名的紧张和烦恼中。我继续读史。日以继夜。重温那些古人对她的记述和评判，直到有一天我彻底厌倦了，不再想听别人讲起的她的故事。然后在一个清晨五点的时候我突然醒来。天蒙蒙亮。蒙蒙亮的夏日的凉爽。我坐起来。我突然想，这个时辰是不是她也该起床了？

我知道这就是她那个时代早朝的时间。她要梳洗打扮，将天生丽质公之于众。那时候她刚刚进宫，住在掖庭的永巷中。永巷深远而狭长，伸展着后宫的悲哀。那时候她还不知道自己从此要远离亲人，住在永巷阴冷潮湿的房子里度日如年。她带着14岁少女的浪漫在这个灰蒙蒙的清晨走出她的小屋。她端着手中的铜盆到井边去打水。她揉着眼睛，然后抬起头，便刚好看见了从终南山飞来的一群乌鹊。那乌鹊鸣叫着穿越皇宫。她怀着憧憬怀着未曾脱尽的少女的童真。然后她走向聚集着宫女的井边。她知道新的生活开始了……

因为她天生是女人。是女人她便必然知道美貌之于女人的价值。

因为她又是这样的一个拥有美貌的女人，她便必得会为了获取男人的宠爱而使用美貌。

美貌是后宫女人相互倾轧的武器，也是她们为了活着而拼力奋争的一部分。她们妒忌自己以外的任何女人。她们认为女人便是女人的天敌。她们如此不惜伤害他人地争来争去，无非是为了保护属于自己的那一份天子的宠幸。

便是这种你死我活的后宫生活养育了武曌，让她慢慢体察到帝王的宠爱对一个后宫的嫔妃意味了什么。权力，是她过去不曾想的，过早开始的后宫生活让她在被冷落的痛苦和绝望中学会了做一个聪明人。她是在变得聪明起来之后才意识到，女人单靠美貌是不够的。要想获得更多的安全感，她必须不惜一切地拥有权力。于是她开始在权力的阶梯上步步攀升。从唐太宗那里成为才人，又在唐高宗身边荣膺皇后。几经风雨之后她终于大权在握，而权力又使她这样的女人逐渐超越了性别。在不断前行的路上她变得愈发地老谋深算，慢慢地竟也学会了将宫廷政治玩得炉火纯青。不过她的身上也有与众不同的地方，那就是残忍中附丽的那一份女性温婉的色彩。

后来她开始在政治的海洋中游泳。她游得很好，因此便成为了一个有野心的女人。但是为什么历史就不能把她说成是一个有理想的女人呢？野心和理想的差别究竟有多少？总之历史在一位女性的伟人面前摇摆着失去了公正。那历朝历代正统的历史学家们，似乎都被这个敢怒敢恨敢想敢做并最终登上王位的女人吓坏了。他们于是口诛笔伐，女人怎么可以当朝？天下岂不因此而失了方圆？他们甚至不愿在记述历史的文字中，将一丝的理解施舍给这个气吞山河的女皇帝。

我曾一直被这些男性文蠹的历史话语所控制，好像唯有经由他们的引导才能真正了解那段历史、那个女人。但他们却在很多方面不能够给我一个正确的结论，更不要说那种性别的起码公允。在他们的笔下，武曌始终是一个心狠手辣、荒淫无度的女人，她除了滥杀无辜，就是窃取国器。如此方圆百里，上下千年，武曌的作恶多端好像已是板上钉钉。一度我曾被他们的结论所左右，直到有一天，我想，去它的历史吧，我再不愿戴着他们的眼镜去思考了。于是我终于下定决心，当即把一摞摞的关于这个女人史书全都塞回了书架。

然后开始。

记得写作前我曾经反复对自己说：我一定要以我的方式，用我自己的目光。我要站在人性的立场，把她当做一个纯粹的女人来写。我要以我的一颗女人的心去理解另一颗女人的心，自始至终设身处地地为她着想。我要能够感觉得到她的所有情感情欲，还要触摸到她的那所有的魂牵梦绕，长歌当哭。我要在她做出的每一个选择背后看到她心灵的真实轨迹。我要写的，将不是一个女人的奋斗史，而是一个女人令人震撼的心史。

于是我想，此刻如果是我被关进了那个人间地狱般的感业寺？如果是我被迫弃绝世间的所有欲念与愿望？

是的她还那么年轻那么美丽。她已经知道了爱情是一个怎样的境界。她触摸过那些她爱与不爱的男人，她也承受过那些爱她与不爱她的帝王。她还需要那些男人就如同那些男人也需要她。她还有今生今世都不得相见的母亲和姐妹……但是她此刻却只能斩断这一切人间的丝丝缕缕。是的没有退路。她从此只能在这个与世隔绝的寺院中了此残生。

洛阳。

我并不能从这个古老的城市中寻到她一丝的踪影。这里没有她的痕迹。她仿佛从没有在这里生活过。这里哪里还有一丝的大周帝国气派？那女人的气息也仿佛早已荡然无存。

炎热的酷暑。没有风。硕大的梧桐树叶上落满灰蒙蒙的尘埃。空气是凝滞的，水也不流动。没有气象万千，而山，总是很遥远，很迷茫。

而我为什么要来这里？为什么还要那么费心费力地苦苦寻找？

天气那么热。唯有当我们的汽车穿越横跨在伊河的那座大桥时，风才会从很远的山中和水上吹来，而那深藏的浩大气象也才会赫然映入我们的视野……

终于看到，龙门石窟就那样气势恢宏地悬挂在峭壁之上，使人觉得那是天工。然后沿着崖壁的一个个佛龛向前走，直到终于看到了与武则天息息相关的那尊顶天立地的卢舍那佛像。佛像神圣宏伟、宁静庄严，就那样端坐在石壁中央，任江河日月。佛像是用武则天的脂粉钱建造，传说那就是女皇的模样。于是我为石壁上的那个女人拍照，不知道那是否真的就是那个仪态万方的武则天。总之我拍下多少张照片，那佛像就有多少种神态。她或者恬静超然，或者骄矜傲慢，或者目空一切，或者慈悲善良。总之你无法参透。那么的不可捉摸，但又是无限的完整。据说这里曾有一座叫做奉先寺的佛院，但终因年深日久，木结构的建筑被彻底毁坏，只留下石壁上镶嵌木榫的石眼供后人唏嘘。但幸好石雕的女皇在。永远矗立那里。闪动盛唐风采。

驱车穿越古隋唐东都城的遗址。在一片片绵延起伏的田野中。车没有停，只看到一块界碑匆匆闪过。而我一直寄厚望于洛河，因为那是助武则天最终登上王位的一脉神水。我想那水应当是滔滔滚滚，被两岸丛林掩映……但却依旧地事与愿违，我所看到的洛河竟然只是一道蜿蜒的断断续续的泛着浑浊污水的小水沟。我千里迢迢来寻的难道就是这样的一个所在？后来我只好安慰自己，毕竟沧海桑田，当年托起武则天的那条洛河肯定气象万千。

后来又去了那个声名赫赫的白马寺。如果不是武皇帝曾与这里的住持薛怀义献演过一段惊心动魄的爱情悲剧，我大概是不会在此驻足的。白马寺红色的高墙炫耀着一种热烈的情感，仿佛火在燃烧。可惜寺院中修行的僧人们都说不知道薛怀义这个人。我于是惶惑，想或许纯正的寺院历史中，不会记载薛怀义这种曾与女皇有过恋情感的和尚。于是不再抱希望，只随手买下了一本关于白马寺的小书。

回到宾馆后翻读那本书，得知白马寺历史悠久，甚至是中国最早的佛教寺院。它北依邙山，南望洛河，绿树红墙，梵殿宝塔，想来如此庄严肃穆的地方是容不得爱和欲的。但是读下去，竟读到了这样的文字：隋唐二代，佛教极为兴盛，寺院有了自己的产业，中国式的佛教业已形成。武则天极力提倡笃信佛教，特指派怀义为白马寺住持。从此怀义大兴土木，扩建寺院。武则天也曾多次亲临这里，形成风靡一时的崇佛热潮……

这本小书如此巧妙地暗示了武曌与薛怀义间的宗教关系，但却回避了他们之间被史书言之凿凿的淫乱。这种为尊者（尊者一为佛教，一为武则天）讳的传统自然应该尊崇。

据说武皇帝经常来此进香时的白马寺比现在气派许多，寺门前有高大的石牌坊，寺周有宽阔的河水环绕，寺内殿阁辉煌，偏院多处，栽满梅兰竹菊，杨柳梧桐……可惜这一切今天都没有了，只留下那袅袅香火和钟磬之声绕梁不去，也算是对斯人的某种怀旧吧。

疾驶的汽车沿着旧时古道离开白马寺。两岸是苍翠的耸入蓝天的梧桐。想这可能就是当年通往武曌寝宫的那条故道吧，我计算着这里与唐皇城遗址之间的距离，仿佛就已经看到了当夜色降临，高大伟岸的薛怀义便骑上他的高头白马，伴随着明月和璀璨的星辰，从这里直抵武曌温暖的怀抱。

后来又去了洛阳城外的邙山。在宽阔的山脊上看到了成群结队的墓冢。古往今来，九朝国都，邙山已是漫坡王公贵胄的尸骨。那是一派怎样苍凉的景象。由一座座隆起的坟冢组成的山脉。古墓展览馆陈列着无数从邙山挖掘出来的稀世珍宝。那些已深埋千年的陶器与彩俑。在那里我第一次看到了那个骑在马上的女人。那么生动的一个唐代的彩俑，就高傲地裸露在玻璃的展台中。这个骑马的女人穿着悬垂的长裙，头上裹着柔软的丝巾，丝巾外面是一顶男人的毡帽。马上的女人显得既优雅又英勇，那种女人骑马时独有的英勇和独有的美。那一刻我觉得自己仿佛真的看到了武曌。我知道她骑在马上狂奔的样子就该是这样的。

再后来又看了翠峰岗上的上清宫。据说这里也是唐时留下的一处行宫。只是宫门紧锁，锁住了那将近两千年的凋敝。这里凋敝得实在令人感伤。到处是散落的石碑，那石碑或深埋地下，或倾斜躺倒，或者干脆被当作半段墙基，支撑着荒无人烟的旧园。而你只能站得高远，才能透过古树看出这座唐时殿宇的旧时气象。

没有能去的那个地方是偏远的恭陵。我一直为此而心怀遗憾。想去恭陵是为了武曌留葬洛阳的太子李弘。后来高宗武后举家迁回长安，弘就被永远地留在了这个本不属于他的故乡。弘是武则天生下的第一个儿子，也是她最最疼爱的。弘的诞生无疑给武曌带来了无尽的欢愉和生存的安全感。她曾经那么爱弘，不愿把他单独留在任何地方。在她与高宗带着所有家人前往洛阳的路上，每当她想到弘要独自一人留在长安那冰冷的太极宫中监国，就不禁满心伤痛，潸然泪下，以至于必得让皇家浩荡的车队停下来，直到禁军把幼小的李弘接来，直到她以母亲的温暖把弘紧紧地裹在怀中。她是那么爱他，而他却偏偏要在24岁的青春上溘然长逝。弘的死至今是一个难解的谜。或说弘对残酷的母后已完全绝望，不愿再承受无辜的罪名了；或说弘的反叛激怒了武曌，于是她便用鸩酒毒死了自己的儿子。总之弘被埋在了景山的白云峰。高宗特意为这个早夭的太子修建了宏大的陵墓。墓地的气势体现了武曌的思念与哀伤。如今那绵延的墙基依然，一对对伟岸的石雕依然。而陵墓东侧与太子冢遥遥相对的，则是那个被谥号为哀皇后的凄凉坟冢……

登基并不是终点。

这个终于称帝的女人有着江河日月的气派，亦有着气壮山河的伟业。她还要怀抱起她的大周帝国，那曾是她多少年来梦寐以求的。如今那梦已经被她抱在了胸前。抱在胸前时的那一份沉重，那本不是一个女人所能承受的。一个偌大的建立在大唐基业上的来之不易的大周帝国。多么伟大。此时站在则天门楼上的女皇满眼所见，应该尽是大红的旗帜，血样地飘扬，还有如排山倒海般呼啸着的她的子民的欢呼……

红色。一个女人喜欢的颜色。而唯有武曌使那女人喜欢的颜色变成了国家的颜色，于是武曌不朽，不知道历史面对这样的景象，是应该骄傲，还是悲哀？

如此一个62岁的女人站在高高的门楼上。向天下宣布一个新的帝国诞生。而她就是这个帝国的创造者，并且还将引导帝国走向强盛……

在如此壮丽辉煌登峰造极的时刻戛然而止，结束对一个做了女皇的女人的全部描述，我原以为是明智的。于是我告别她，掩去了她生命中最后那十五年的沧桑岁月，也掩去了她白发苍苍、力不从心，最终无奈在上阳宫孤独死去的悲凉结局。然而随着时间的流转，慢慢地我才意识到，如武曌般古往今来绝无仅有的女人，止于62年岁月的描述是不能穷尽她轰轰烈烈的一生的。而她在最后的生命中所献演的那惊心动魄、跌宕起伏、镂骨铭心，亦是古往今来所绝无仅有的。

于是便有了我在结束了《武则天》“上篇”“中篇”“下篇”之后的那个详尽的“附录”，以作为这个女人登基后15年漫漫生涯的一个备忘。这个备忘仅仅是一个简单的交代，并不能将这个女皇帝最后15年的人生栩栩如生。所以我才决意将“附录”推衍开来，续写“终篇”，使之与以前的三“篇”汇合起来，形成整部小说的构架。应当说每一“篇”都是这个非凡女人的一段生命之河流，也是这位千秋帝王的奋斗之心路历程。尤其“终篇”将叙写这位女皇帝的霸业辉煌以及一个老女人的悲凉之殁。我要透过岁月的蚀痕去触摸那个女皇晚年的一颗苍凉的心。而此时距离我写作《武则天》的前三“篇”已经过去了整整三年。

从女皇继续与和尚薛怀义的恋情到这恋情的结束，从她和这个男人急不可耐的床笫之欢，到最终将他残忍地杖杀，发生在这15年。而女皇以其年近80的老迈年华，却还要在如花似玉的美少年张昌宗、张易之兄弟身边享尽风流的宫闱丑闻，也发生在这最后的15年。如此，我们可以判断则天大帝这个非凡的女人是有着卓越而饱满的情和欲的。她竟然不曾觉出四季的无情、时光的匆促，而只任凭着生命耽溺于她其实早已力不从心的激情中。

但毕竟不尽的年轮已经无法为武曌保住她昔日的美丽，而日复一日剥蚀着她的，还有大周帝国强加给她的那无尽的政务。边陲的战乱频仍。朝臣的钩心斗角。还有更让她疲惫不堪的，那就是李姓与武姓子嗣间为了争夺继承权的角斗。她对此总是心存犹疑，进退两难。李姓的子嗣是她亲生的，但让亲生儿子继承王位就等于是复辟了被她自己推翻的那个大唐王朝，就等于是背叛了自己。而坚持武周帝国，就等于是将王位交给武姓的远亲，而她又从来不曾真的信任过那些心怀叵测的“外人”。女皇被如此政治风云折磨着。她想急流勇退，但又不能不全力以赴。她忽而冲进急风暴雨，忽而又从风云变幻中淡出。在如此进退两难之间，她终于再也抵不过年轮的荏苒，以至于最终只能心力交瘁地躺在上阳宫的凄冷荒凉中，从此挨着动转不能的最后时光。

多么悲哀。

她最终将有滋有味有光有彩的生命坚持到了78岁。那一年由她钦定的年号叫“神龙”。

在女皇年老体衰、再无还手之力的时候，她被自己的儿子赶出了洛阳的皇宫。当生命垂危，她的政治的使命自然也就完结了。她终于失去了权杖——她一生的最爱。当那架昔日华丽的车辇载着奄奄一息的女皇离开宫城的时候，那是怎样的凄怆与悲凉……

当我看着已沦为“上皇帝”的武曌在上阳宫的荒寒中死去，我知道，我终于以我的方式完成了她。

算是寿终正寝，也算是无悔无憾了。女皇在“神龙革命”的剑戟中被迫离开了皇位，但她却幸运地没有死于非命。她死在已经先她而去的大周帝国的神都洛阳，沉没于中原大地的那一派浩大的气象中。她是半年后才被她的儿女浩浩荡荡地送回长安与高宗合葬的。她终于有了葬身之地，多不容易啊！她曾经为此而痛苦，痛苦到绝望。那时候她已经不再有任何奢望，唯一的要求是找到一个命的归宿。这归宿15年来困扰着她，那是因为她一直不能肯定，百年以后究竟是由她的儿子还是她的侄子来为她送葬。不过她最终还是以她的大智慧解决了这个难题。于是她也便如愿以偿地为自己找到了那个气势恢宏的去处。

与高宗李治的墓碑咫尺相对的，就是女皇武则天那高高耸入云天的无字碑。

是非功过留待未来，这也是她作为伟大女性的伟大情怀。

登基对于武曌来说当然是生命的巅峰。当她站在高高的则天门城楼上，她以为她的生命才刚刚开始。她是在拥有了武周帝国之后才开始凋落的，一天一天地，生命从巅峰之上坠落。但是她却很久很久都不曾自知。那是生命自己的流程。不是武曌的。所以它径自完成。缓缓地，循序渐进地，走向衰落。然后在茫茫的黑夜中，陨灭。

我知道创作历史小说对我来说是一个全新的领域。用今天的笔去驾驭那些尘封的往事并不是一件轻松的事。尽管我们有我们自己的方式，但历史似乎永远是真理性的。那些最基本的历史事实不容违背。所以我们必须要钻进故纸堆。我们要尽力弄清历史人物的复杂关系，以及历史事件的来龙去脉。我们还要了解当时的政治制度、意识形态、人文景观、风土民情，以及服饰的特点，建筑的风格，等等。繁琐考证无疑会扼杀想象力，但我们又不能不耗费大量的时间去研究大量珍贵的文献。只有当这一切被我们翔实地占有后，只有当我们对那段历史中所发生的所有事件都耳熟能详，此后似乎才谈得上我们的方式。总之我们的方式是建筑在坚实而博大的历史基础上的，拥有了这个基础，我们才能够真正地随心所欲，恣肆汪洋。

所以，写作历史小说其实很难。

我便是在这样的基础上创作了《武则天》。我知道，只有当我了悟了历史我才可以驾驭它，但是我又不愿沦为历史的应声虫。我不想在重塑历史时重陷历史的泥潭。我必须摆脱那种貌似公正的男权历史的圈套。为什么古人的论断就一定是不可逾越的呢？我只有坚持那种批判的意识，历史也许才会闪出新的光芒。

如此我选择了自己的方式。我的方式让我在写作中充满激情。而更加令我兴奋的，是这些历史话题所给予我的无限的创作空间。我可以在讲述一个古老的故事时，充满了想象力地去探讨一种人性的可能性、心灵的可能性，以及生存选择的可能性。一个怎样博大的可以供人性舞蹈的舞台！在历史提供的已变得僵硬的脉络中，你可以天马行空地填充进去鲜活的生命；在千年遗留的已经干枯了的骨骼中，你可以挥洒自如地让那些可感可触的血肉灵动起来。

在《武则天》的写作中，众多历史的禁忌多少束缚了我的感觉。所以我一直说写历史小说就如同戴着镣铐的舞蹈。你将永远被史实限制，但又永远想让人性飞扬。如此我完成了她。完成了这个女人。这就是我的方式，让武则天穿越遥远的时空，来到今天的你们面前。

当我终于记述完这个女人的一生，很深的深秋已经到来。棕色的落叶开始随风飘舞，手指神秘地疼痛着。那一刻我身边没有亲人。我突然觉得孤单。一种莫名的苍凉和恐慌。我知道告别她的时刻已经到了。

然后是温暖而又感伤的梦想。

我独自一人走在悠远的古道上。向前。向着那个将她深埋的墓地。有灵魂在飞舞。石人石马的仪仗在身边匆匆闪过。而我一直在想的，却只有那个曾经叱咤风云的女人。她需要怎样的勇气和意志，才能如此沉静地告别她喧嚣的一生。四季是永恒的。墓道向前伸延。有金黄的秋草在飒飒摇动，在山野的风中奋力支撑。大自然沉默。信守着忠诚。对那段血腥的往事秘而不宣。古老而沉重的，是那四季的永恒，就如同某些永恒的生命。我这样先前走着。那时候我已经心绪平静。因为我终于参透了一个天地之间的真理，那就是无论我怎样地企图接近她，我都无法真正地了悟她。她是那么遥远，我将无法靠近。

是的没有谁能改变那个大自然。斯人已逝，便带走了她的全部。全部的心灵与肉体。全部的思绪与真实。那么留给我们的还有什么？企图接近的愿望，费尽心机的揣度，以及，永远不可能与真正的真相吻合的那万般无奈。

所以我不再奢求。决意合上那本书，合上那段往事。

我独自站在高高的秦岭之上，想象着被掩埋在大自然中的那个女人，她真的拥有过那些吗？她的爱和她的帝国？她的心确曾破碎过吗？带着泪水和血滴？可我们为什么看不见？那一直被她掩藏的忧伤？

于是，在瑟瑟冷风中，唯有她的那一份女人的伟业，她的那一番英雄的壮举。留了下来。让人们看到。就是那样的一份惊心动魄，就是这样的一番地久天长。她因而融化在高山流水中，融化在四季的轮回中。她于是成为了大自然的一部分。成为了历史，也因此永恒。

但是，她心里的那只真实而凄婉的长歌呢？

我屏住呼吸向前走。很冷的山野的风吹过来。然后黄昏慢慢降临，黑夜张开了它无情的翅膀。一切无辜的或有罪的灵魂，又开始在旷野的弥漫中巡游。然后我便扭转身，在惊恐中离开了那条漫漫古道。

哦，我终于听到了背后的窃窃私语，还有那首被深深隐藏的悠远的长歌。

智性女人的社稷天下

这是一部女人的历史。

一个怎样的女人？

她的爱与恨。而她的爱与恨又是怎样地悬浮于那个巨大的政治背景之上。

上天降她于苦难之中，让她在襁褓里就沐浴了血雨腥风。那是亲人的血。是亲人的生命在流失。于是她在苦难中玉成。玉成一个非凡的女人。那是生命最初的时刻。从那一刻起就注定了她坚忍的人生。她便是凭靠着顽强的毅力，终于以横溢的才华走出了后宫黑暗的永巷。如此她摆脱了旧日的苦难，却又流落于仇人的营垒。她是在仇恨和复仇中生存并且成长的，她所面对的是那个曾将她的家族满门抄斩的女人……然而她竟然归顺了她。归顺了那个伟大的女皇。那是女皇的何等的魅力，又是这个女人怎样的胸怀。她竟然可以如此地尽释前嫌，乃至于忘了家族的血恨，忘了她所面对的就是她日日夜夜想杀死的仇人。她不仅抛却了心中的仇恨，甚至爱上了她的敌人。并且从此梦想着，有一天能为她的主子赴汤蹈火。

这究竟是个有着怎样经历的女人？而她的生命又是由什么构成的？她何以能够在宦海中沉浮？又能够久久不被淹没？

这就是我想要知道的。上官婉儿。那个几乎和武则天同样伟大的女人。她也同样热爱权力，热爱着女皇所给予她的政治的生命。对婉儿来说，政治的生命就等于是她的生命，因为她刚好是一个视政治为生命的女人，而又在政治的领域中拥有着非凡的才华。或者说婉儿就是个政治天才，她就像她那个时代帝国上空的一道长风。她只是被她的奴婢身份限制了。是生存的恶劣环境使她不得不止于人臣的位置。那是天意。否则，如果婉儿做了女皇，那天下不知又会是怎样一番壮观的景象。

婉儿之所以吸引我，当然首先是她的名字。很男性化的复姓的上官，和很女性化的甚至是柔媚的婉儿。这样组合着。上官婉儿。名字的魅力和意义很重要。那从来是我很在乎的。

婉儿生活在没有男人的环境中，然而她的骨子里却天然生成了一种男子的气概。婉儿又天生是一个女人，因此她只能以女人阴柔的方式来生存。上天赐予她聪明智慧，她便以此来雕琢自己。在艰难的尘世中，她慢慢成为了那个中庸狡黠、八面玲珑的女官。她学会了圆融的关照，学会了左右逢源，学会了不偏不倚不卑不亢，以至于在偌大的男性朝廷中，唯有婉儿才堪称智慧的主宰。也唯有婉儿才能够真正地权秉国政，叱咤风云。

婉儿几乎终其一生地生活在武则天的身边。在某种意义上，婉儿是比武则天更加了不起的女人。武则天靠着她的美貌和对权力的无比热衷，先是爬上了皇后这个作为女人最高的位置，进而登基称帝，又拥有了皇帝这个作为男人最高的位置。于是她扬眉吐气，颐指气使，她可以任性可以威严，因为她总是高高在上，总能将世人踩在脚下。然而婉儿不行。因为她是侍女，她是奴婢，所以纵然她有千种风流万般能耐，也只能把它们深深地隐藏起来，隐藏在女皇的光辉下，并在隐藏中使自己闪光璀璨，顽强地发出那躲躲闪闪的光芒。

永远被遮掩在武则天的阴影下，婉儿是压抑的。她的被武则天满门诛杀的身世，使她一出生就被烙上了仇恨的印记。这仇恨，是婉儿的，也是武则天的。就夹在她们这两个同样伟大的女人中间。像一道屏障，阻隔着。又像是一团燃烧的火，随时可以将她们中的任何一个人毁灭。而她们却要隔着那屏障那火焰朝夕相处终日纠缠在一起。没有选择。

上天就是这样安排的，让她们之间的关系始终充满了戏剧性的、生与死的冲突。这就是历史的魅力，也是真实的魅力。在吸引我。将两个有着夙愿的女人安置在一起，看她们是怎样以智慧来驾驭这重复杂的关系。这其中既充满了一种探寻的乐趣，又让你对那个充满了悬念的终局满怀了期待。终于，武则天到底没有杀婉儿；而婉儿，也没有去杀她的仇人武则天。那么她们是怎样荣辱泯恩仇的呢？这便是我在我的这部小说中所要探求的。于是把两个女人的内心铺排开来，沿着她们人生的轨迹，去寻找她们能将仇恨融解的真正原因。如此解释着并且描述着。但那或许终究不是真实的。真正的谜底不在今天。今天的我们只能猜测。往事被尘封。随着武则天在上阳宫悲凉而悲壮的死，随着婉儿被唐玄宗李隆基英勇地斩于刀下，历史便被这两个卓越的女人带走了。

所以，写婉儿便离不开武则天。武则天是这部作品中永远也绕不开的一座大山。女皇无法回避，甚至不可能仅仅把她当做一个伟大的背景，因为她是婉儿终生所附丽的一个权力最大位置最高也是最智慧最强大最杰出的女人。婉儿因她而生而死，又与她共同着政治和命运。27年的风风雨雨。婉儿始终和女皇生活在一起。她恨她爱她，甚至被她黥刑之后，在脸颊上毕生佩戴的羞辱中，她还依然死心塌地地效忠于她。她们是这部小说中互为存在互为作用互为依托的两个人。她们终生纠葛在一起，戏剧性地爱与恨生与死……然后，武则天死了，五年之后，婉儿便也死了。比起年迈的武皇帝，婉儿也许不该过早地离开人世。但婉儿还是死了。这是命数。因为自从她为武则天送别，就谙知了她的生命将尽。那是她们的心有灵犀。那是她们生命的默契。尽管婉儿又苟延残喘了五年，但那五年已形同虚设。尽管那五年她也曾辉煌灿烂，但那浮华的背后早已是命若悬丝。女皇的终结就是婉儿的终结。婉儿唯有去殉了她这伟大的宗教，她的生命才会是完整的。

也许婉儿并不是一个好女人。作史的人总是把她说得作恶多端，好像所有阴谋诡计的始作俑者，都是这个诡诈奸猾的女人。婉儿生于唐朝的混乱时代，她经历了大唐的衰败，武周的兴盛，李唐宗室的光复及至丑恶的武韦之乱。在如此纷繁的更朝换代中，婉儿能一次次逃脱灭顶之灾，大概就是靠了她这诡计多端、足智多谋。狡诈也好，聪明也罢，那是婉儿与生俱来的一种品质。其实她人生的目标并不高，无非是，活着。而她又不幸生为卑贱者。那么她怎样生？于是她便只能去逢迎那些能够给予她生存权利的权势者。譬如武则天，譬如唐中宗李显，甚至譬如那个被世人所不齿的奸佞之小人武三思。而婉儿接近他们的方式，就是运用她的天赋。婉儿是那种能够全方位使用她的灵魂和肉体来保护自己的女人。她用她的智慧为权势者出谋划策，厉兵秣马。同时，她也会利用她的身体愉悦男人，安身立命。在婉儿毕生的自我保护的战争中，她的身体就是一种智慧，一件武器，她要出色地利用它们，让她能够通过身体的桥，抵达那个她无比渴望的生命的岸。

然而婉儿是高贵的。甚至连她的卑鄙也是高贵的。婉儿到底是一个高贵于天下女人甚至高贵于武则天的女人。唯其高贵，婉儿才没有将那万千宠爱作为自己猎取权力的阶梯。没有。婉儿天生的高贵和优雅，使她更钟情于那往来唱和的千古诗篇，和文人雅士的风月清谈。婉儿的高贵还在于这个女人永远是有尺度的，她永远不会让自己去超越她自己的那个生存的限度。那种难得的清醒和难得的自知之明。那种世人皆醉我独醒的人生的把握。旁观者清并不难，难的是当局者清。这就是婉儿，她随时随地都能够清醒地知道，她是谁？她从哪里来？又向何处去？她还知道她的每一个动作的目的是什么，每一次交易的目标又是谁？在她的头顶总是明镜高悬，在她的身后总是夹紧的尾巴。她不停地用智慧和身体同有权势的男人做着各种各样的交换。她做得那么娴熟地道、流畅自然，以至看上去总是那么顺理成章、天衣无缝。但婉儿同时又知道她的这一份份交易有多肮脏多卑鄙，又是多么不得已而为之。她是在清醒地出卖着自己的身体和智慧。她别无选择。那也是她生为婉儿的悲哀。她知道什么是正义什么是非正义，她是清醒地去作恶，去伤及他人的。唯其清醒，婉儿也才会更痛苦，更自责，更难以解脱，无法救赎。她的高贵使她比世人更加懂得什么是道德良知什么是天良丧尽。她当然知道自己没有道德良知，她更知道她的道德良知就是生存。无论真善美还是假丑恶，婉儿都只有一个目的，那就是活着。活着是这个女人的唯一。

婉儿所谙知的另一条人生的道理，就是忍辱才能负重。于是在婉儿的性格中，忍性便成为了她挣扎于朝廷后宫之中的一个非常重要的品格。唯有忍。忍辱忍羞。那是她的宫婢地位所致，但后来竟成为了她做人处世的一项最基本的原则。她便在忍中周旋。那种方死而后生。那种山重水复。那种柳暗花明。婉儿的一生就是忍的一生。她忍受着做西台侍郎的祖父上官仪和父亲上官庭之的被诛杀；忍受着和年轻的母亲一道被赶进掖庭为奴；忍受着武则天在她的面颊刺上忤逆的墨迹；忍受着爱而不能、空房独守的女人的寂寞。婉儿便是在这不尽的忍中，才真正堪以大任的。只有忍辱，才能负重，又是一种人生品格与理想抱负的交易。婉儿认同了这种人生的游戏规则，于是那所有的痛苦、艰难和不幸，那所有的逼迫、伤残和羞辱，便都是可以承受的了。如此婉儿在忍中学会了承受，她也由此而拥有了一个女人的胸怀。那才是真正的虚怀若谷，后来便成为了婉儿一种生命的状态：在隐忍中的那种真正的英雄气概。也于是婉儿才得以真正地秉国权衡，参与朝政，在那个位同宰相、爵同诸王的昭容封号下，得心应手地在幕后操纵着整个王朝。

如此婉儿走在政治的路上。必得政治，她才终于成为皇帝的嫔妃。然而婉儿毕竟生为女人，她便也有着女人的爱和渴望。虚伪的或者真诚的，或者利用爱以达到别的什么人生的目标。

这便是我在我的书中所描写的另外的部分：婉儿的灵魂之爱和婉儿的身体之爱。那将为我们揭示这个女人更多的也是更深刻的层面。因为婉儿一直是生活在武则天的身边，便使她从少女时代就有了和皇室儿女们接近的可能。她几乎和他们一道长大。她的那一份天生的贵族资质和优雅的气息，便立刻赢得了皇子们对她生生不已的热情。那时候她刚刚走进男孩子们的视野。那时候她还是那么质朴，那么纯真，不懂得宫廷里的残酷和丑恶。于是在那个纯真的年代，婉儿以她清澈的心灵，周旋在李贤、李显和李旦这三个英姿勃勃的兄弟之间，任青春如流水。那是一段怎样短暂的欢乐时光。后来，所有由衷的爱情就全被政治剿杀了。真正的东风无力百花残。一个又一个的皇太子弃她而去。那是一段燃情的岁月。是一个女人和三个男人之间的恩恩怨怨，生命中充满了青春的爱和恨，还有反叛之后的变态与扭曲。无论爱有多深都会被政治的铁腕捣碎。当爱被毁灭，婉儿才开始成熟。青春的挽歌是婉儿参透人生的代价。她始才知道身体究竟意味了什么；而爱情这种东西又是怎样地脆弱怎样地不堪一击。

她不再眷恋那真正堪称爱的往事。接下来她便非常世俗地接受了武三思的身体的爱。史书中将婉儿与武三思的关系说成是淫乱。她与他之间应当是那种纯粹身体的关系，或者说是一种由身体所铸造的同盟的关系。他们彼此需要，彼此利用，同时又彼此帮助，相辅相成，狼狈为奸。同样是为了生存，婉儿同这个在宦海中风云的男人有着很深的也是很实际的关系。她不能离开他。她甚至依恋他。只是在他们的关系中，唯独没有爱。

而爱的男人是有的，就是那个风流倜傥的贵族公子崔湜。那是在婉儿中年的时代，崔湜的出现就像是婉儿心中的一道迷人的闪亮。他们之间的关系，应当是诗所编织的。诗便是理想便是浪漫也便是美好和忧伤。一种心心相印的绝望。仿佛被置身于地狱的煎熬中。他们在诗中彼此追求。他们用往来唱和，探求着精神和爱情的真谛。他们唯有通过这吟唱，才能彼此触摸相知相与灵肉相依。便是那诗的情愫，将他们的灵魂提升；也便是那诗的慰藉，才能让他们罪恶的心灵获得片刻的安宁和解脱。或者诗才是婉儿的真爱。她尽管置身于那尔虞我诈的丑陋关系中，但是在她心的深处还是孤傲地执着地迷恋着诗，迷恋着诗行所承载的那一份心情和洁净。诗是无以替代的。她便是因了这无以替代的诗，才爱上了那个诗情横溢的风流才子崔湜。她觉得唯有同这个男人在一起，才能有一种超越了肉体的沟通和提升。那便是精神。是婉儿的另一重至诚至圣的境界。

然而史书对婉儿与崔湜的这一重关系也大加挞伐，那是因为历史不能够理解一个身居高位、天生颖悟的女人为什么总是需要男人，而且是那些口碑不好甚至势利小人的男人。所以历史不容忍。所以历史将婉儿与所有男人的关系，统统称之为淫乱。历史不允许婉儿这样的女人有真情有欲望，当然历史更不能容忍那些有着卑鄙魅力的男人，对婉儿这种女人的吸引和诱惑。

便是因了这淫乱，婉儿才变得丰满了起来。那几乎无所不在的至情至爱的献身。于是婉儿在与她爱的男人的交往中，便表现出了一种女人的无私无畏的牺牲精神。她总是以一种两肋插刀的义气，竭尽全力地去帮助那些和她有着关系的男人，特别是当他们遭逢了灭顶之灾的时候。譬如当武三思处境艰难，婉儿宁愿将自己用身体爱着的这个男人献给当权的韦皇后，救三思于危难之中；再譬如她对那个崔湜，更是百般呵护，鼎立提拔。她不愿意自己用灵魂去爱的这个男人只是个抑郁不得志的小小的朝官，所以她才会不遗余力地举荐他，让他一步一步地升迁着，直到成为朝中那个举足轻重的宰相。而当这个得意忘形的男人遭遇弹劾、贬官、流放的灾难时，婉儿又一次置个人的安危于不顾，为这个危在旦夕的男人四处奔走，甚至再一次牺牲掉自己的爱和欲望，把崔湜送进那些能帮助他的女人的帷幄之中。所以历史疑问，这样的男人值得婉儿去帮助吗？婉儿这样做是显示了她忠贞不渝的美好品性，还是在助纣为虐呢？

婉儿不仅爱那些男人，帮助他们，并且还能够控制他们。婉儿拥有着卓越的控制能力，这一点是在她的教母武则天那里学来的。不同的是，武则天控制的是社稷天下，整个国家；而婉儿控制的则是那些身居要位并且爱她倾慕她的男人。从大唐皇帝中宗李显，到朝廷臣相武三思、崔湜。而婉儿控制他们的方式之一，就是利用这些男人对她的爱。男人痴迷于爱就自然英雄气短。而一旦英雄气短，他们便就自然被玩弄于婉儿的股掌之中了。从此他们徒有励精图治之志，因为他们全力以赴的，是怎样获取昭容娘娘的欢心。所以年少的唐玄宗李隆基强迫自己仇恨婉儿。他知道只有恨这个女人才能不被她控制。而只有彻底摆脱了这个女人的阴影，当时机到来的时候，他才能毫不犹豫、义无反顾地杀了她。

婉儿便是这样在皇室、朝廷和男人中周旋着。在各种各样的势力中，她总是能够审时度势，高瞻远瞩，不断地调整自己，寻找到自己在其中进退有据的理想位置。她纠缠于政治的漩涡中，又游离于那个可怕的相互倾轧的政治机器外。这需要怎样的智慧。而婉儿是智者。她总是能站在一个很高的高处，不仅看到眼前权力斗争各派势力的强弱，还能看到未来的天下将会是属于谁的。于是她才能未雨绸缪，今天就选好明天的位置，现在就开始依附未来的势力。这便是婉儿的眼光。也就是她何以能够在险恶的宫廷争斗中将生命坚持到了将近50岁，并且从一个小小的宫女，一直做到了那个掌握着朝中实际权力、操纵着王室各派势力的帝王的嫔妃。

这样的婉儿，任人评说。为什么会有那么多的人恨她畏惧她想杀掉她，而这所有仇恨她畏惧她又企图杀掉她的人又离不开她？婉儿就是有这样的能力，她总是让自己无比重要。她于是逃过了一劫又一劫，她于是永远立于不败之地。然而婉儿终于难逃厄运，皇室中到底有个人站了出来，将刀刃悬在了婉儿的头顶。这个英雄就是未来的那个伟大的君王李隆基。他挺身而出，英勇杀了婉儿，让这个权秉国政的女人万劫不复。但是杀了上官婉儿的李隆基便从此不得安宁。也许刚刚下令杀了那个女人，他就已经开始后悔了。他不知道该用什么来补救这个死于他的意气之下的生命。他终日提心吊胆，惶恐不安，总觉得被什么困扰着侵袭着，坐卧不宁。以至于在他刚刚登基的开元初年，就忙不迭地让爱卿张说将这位才女娘娘的诗文二十卷结集成册，并令其为婉儿作序。或许如此补偿，就安了这位大唐天子的心，他毕竟是敬佩这个了不起的女人的。他想由此而赶走那血腥的梦魇。

幸好婉儿有名垂千古的诗文。这就是为什么李隆基能找到救赎之路，毕竟是婉儿有诗文二十卷可供他完成这艰辛的良心与道德的自我完善。这也就是婉儿之于盛唐文化的意义，是古往今来的史学家们为什么总是将婉儿与男人的关系轻描淡写，一笔带过，却不遗余力地突出着她的贵族出身，和她在诗词中所表现出来的那非凡的才华。所以婉儿留给我们的就是这样一种很文化的形象了。与诗和文相联系的一个旷世才女，和大力提倡诗词歌赋的一位杰出女官。她总是奉劝当朝皇帝广置书馆，招揽学士；在她自己府邸开办的沙龙中，也总是文人汇集，诗意盎然。以至于在她的倾力倡导下，朝廷中竞相吟诗作赋，唱和往来，一时间竟靡然成风，那是一番怎样的文化景观。所以婉儿又代表了什么？她不单单是女人，是女官，是嫔妃，她还是一个地地道道的文化人。以婉儿为代表的宫廷文化，在某种意义上，就是盛唐的文化。

与此同时，婉儿还为提升女人的地位而竭尽全力。在古老的，封建的，男权的社会中，女人犹如草芥。是则天称帝这事实本身，开了女性多问政治的先河，从此妇女们便拥有了施展她们政治才华的无限可能和广阔空间。婉儿承前启后，继续鼎力为女性呼吁。她先是提出为母亲服丧三年；接着又建议提高公主待遇，视公主如皇子亲王，造成男女同权；再接下来婉儿鼓动所有被深锁后宫、不见天日的皇帝近嬖们搬出后宫，在长安市内置设私宅，开始她们作为人的新生活。如此，女人的地位在不经意中被迅速地提高着。婉儿的时代，女人们不仅多问政事，而且拥有了她们自己的感情生活。那是一个女性不断获得解放和自由的时代。那是一个止于此的、可望而不可即的，并且很难超越的女性权力的巅峰。想想古往今来，有哪个女人能在一个疆域如此广阔的国家享有如此的权力和威望——武则天的之于女皇；上官婉儿的权倾天下。

便是这样的婉儿，让我对她的故事心驰神往。我想走进她，想知道她在政治的涡流中怎样搏击，在精神的长河里又是怎样徜徉。但是有一点是确定的，那就是我绝不想让婉儿只是那个才华横溢的女诗人。而且在我看来，婉儿的诗并不是那么好，甚至根本不好。没有性情穿越其中，且多为应制之作。尽管词甚绮丽，但毕竟浮艳雕琢，不曾有一首甚或一行能够千古传诵。与她女诗人的作为相比较，倒是她在政治中的作为更令人钦佩。那才是她的真正价值。那种生存的方式，充满了戏剧性的人物关系，生命的哲学，与各种男人的纠葛，还有她对政治的病态的迷恋以及她对身体的智慧的运用……所有的这些，反倒令我激动。一种创作的欲望，想探询于这个女人那惊心动魄的生命流程中，想对她的一生扩展和深化，想在思想、在政治、在欲望、在感情、在心灵、在肉体，总之在这个女人的所有的层面上去揭示她，了解她，阐释她。我还想尝试着解释这个女人所有行为的动机和背景。单单是这种尝试就使我对描述婉儿充满了激情和兴致。所以这将是充满了挑战和探索的乐趣的一次写作的过程。想想看，你是在从蛛丝马迹中丝丝缕缕地走进一个女人的心。你是在一层一层地剥开她，一个层面一个层面地，政治地、历史地、文化的……这是个怎样令人兴奋的过程。在历史的框架中，用你所拥有的那一份解释历史的能力，重新解释这些人，重新解释这些人物的关系，重新解释历史，这便是一个创造的过程。这便是创造性。

这还是一部需要用智慧来结构故事、解释人物的小说，因为在官场中在权术中搏击的婉儿就是智慧的，所以你必得调动起你的全部智慧来丰满和丰富这个女人，使她恢复成那个有血有肉的真实的人。一个令人敬佩、使人同情，有时候又让人蔑视甚至厌恶仇恨的女人。一个真正的智者。

但是当然，我也许最终还是不能够穷尽这个非凡的女人。我只是把她同我曾经写过的武则天和高阳公主组合起来，使她们成为盛唐女性的一道奇异而壮丽的景观。这就是那个时代的那些美丽非凡而又成就非凡的女性们。在遥远的皇宫里，各自演绎着她们自己长歌以当哭的动人故事。

然后风流云散。

写作《上官婉儿》已拖了很久。我曾经很多次提到我要写的这部小说，但是直到今天才把它完成。能完成《上官婉儿》我非常高兴。这种高兴是过去不曾有过的。因为完成了这本书就意味着我用一百万字完成了我所了解的盛唐皇室女性的历史。无论如何这是个浩繁的工程。这工程让我很久以来一直处在艰辛的劳作和疲惫的思考中。于是当终结，我如释重负。我的心从此轻松，窗外是夏日的斜阳。

用婉儿来结束这一切，真好。在这个明媚的时刻，我只想告诉读者，婉儿是一个杰出的女人。她生活在古代。和我们今天毫无关系。但是你应该知道她。

编织爱与死的永恒

在唐宫那三位非凡的女性中，唯有高阳公主是我自己想写要写的。

一个为了人性和爱而最终被自己的皇帝哥哥赐死的大唐公主。

爱的故事发生在巍峨壮美的宫殿和那本应清冷幽远的佛家寺院中。在那里，人性之爱是怎样冲决着重重禁忌。于是爱才惊心动魄才被涂上了宿命的色彩。不忘1993年夏季黄昏时的法门寺。从此法门寺永远铭记。想不到那就是《高阳公主》的精魂的所在。从此知道世间还有如此宁静的处所。然而在高阳公主的年代，宁静的佛家空门中却有着不宁静的心性。那便是美丽非凡的大唐公主与禁中佛徒欲望的故事了。在人性与信仰中冲突。被撕裂着。然后便是死亡。是死亡使一切终止。死亡的怎样不可遏止的力量。于是我痴迷于这部小说中的各种各样的死亡。死亡的样式。或者很美丽，或者很屈辱，抑或凄凉而惨烈。而唯有在这部小说中，死亡是同爱联系在一起的。于是男人和女人，于是爱与死就都成为了永恒。

然后我还是要回过头来，还是要说五年前的那个冬季，我为什么非要把高阳公主的故事写出来，为什么一定要让今天的人们知道她。

其实一直有着强烈的想写高阳公主的欲望。一种难抑的思绪。自从1993年写过长篇小说《武则天》，这思绪就一直在纠缠着我。

高阳公主究竟是一个怎样的女人？这是我一直想探究的。也是这个女人为什么会经久不息地诱惑着我。

事实上最初想写的，只是她身为人妇而又与在禁规中的和尚辩机相爱。就是这相爱吸引了我，还因为这爱的困难重重。爱本身就不是一件轻松的事，而对于高阳公主和浮屠辩机这样的女人和男人来说，要使他们的爱成为可能，又要冲破多少道无情的封锁。首先高阳公主是当朝皇帝李世民最宠爱的女儿，又是当朝宰相房玄龄的儿媳，她还是散骑常侍房遗爱的妻子。而高阳这个女人的这些身份还只是来自外部的，她应当因这身份的制约还有着另一重心理上的压迫。那压迫应当是一重更为深重的封锁。而那个浮屠辩机呢？他的天然的禁忌便是他是佛门之人，而且他还不是一般的佛门之人，而是对佛教颇有造诣颇有建树的佛学才子。而这个年轻的矢志于宗教的辩机又是唐代高僧唐玄奘的得意门生，他并且始终对他的信仰抱有着一种非凡的热情。他曾以优美的文笔撰写了由唐僧玄奘口述的《大唐西域记》，并深得唐太宗李世民的赏识，这是史书上有过明确记载的。而一个佛门之人最本质的生存原则便是他一定要超凡脱俗，其中之一便是要远离女人，遏制情欲，做到色空。如此一个佛界才学俱佳的年轻和尚，当然就更不应该纠缠于那尘世的儿女情长了。

然而他们还是相爱了。

这便是历史所提供给我的一个史实。便是这史实让我激动不已。其实这就是历史的魅力。因为历史本身就是震撼人心的，而这震撼就在于这限制，这障碍，这压抑，这艰辛，和，这勇敢，这悲哀。

我于是了悟了这段历史真实背后的本质。我知道那本质其实就是爱。是高阳公主和她所爱的浮屠辩机在贞观年间他们都还年轻的时候，便以他们最炽热的爱情和最强烈的欲望冲破了这一重又一重的封锁，将爱演绎得轰轰烈烈。这是多么的了不起。爱本身就已经很不容易了，而爱却还要冲决重重障碍。

这就是高阳这样的女人为什么吸引我。

他们的爱情故事让我想到了雨果的《巴黎圣母院》，想到了那部人道主义的小说中那个圣母院的副主教克洛德，想到了他是怎样用拉丁文在巴黎圣母院的砖墙上刻下的“宿命”那两个字。克洛德也是禁忌中人，他也有着很丰厚的学养，并且还做了天主教中很高的官。但无论是虔诚的信仰、丰厚的学识，还是很高的职位，却都不能阻挡他对一个流浪的美丽女孩子爱斯梅拉达的欲望。那欲望是发自心灵的，也是发自身体的。那是人性。但是他不能。他身上有锁链。这便是冲突。在他自身之间的。于是他被扭曲了。被他自己扭曲了。他转而伤害那个姑娘。他是因得不到爱才重新记起他宗教的责任的。雨果塑造了这个阴暗的人物不单单是为了指责他，而是为了抨击欧洲中世纪宗教的非人性。

是克洛德副主教让我看到了浮屠辩机的灵魂。同样的禁忌中人，同样的饱学之士和同样在宗教中显赫的位置。而辨机生活在东方。而且是生活在相对文明开放的贞观时代。那个时代开放的气息一定也影响到了辩机的心灵。于是在美丽的女人面前，他没有像克洛德副主教那样，那么扭曲，那么抑制自己，那么深怀着不可动摇的宗教的责任和信仰。所以当高阳公主把她年轻而美丽的身体硬塞给他的时候，他便动摇了。紧接着不再抵抗，全线瓦解。他接受了那一切。或许是因为畏惧大唐公主的权威，或许是在他的人性中，也是深刻地渴望那一切的。尽管在他享有着那个女人的时候，他的心里也曾是痛苦矛盾的。

他们相爱了。而且做爱。他们不仅相爱做爱，而且这爱还很持久。

辩机没有伤害他用身心去爱的这个美丽的女人。他不管这个女人是不是皇帝的女儿，他人的妻子，不管她有时候是不是很任性。辩机只是爱她。毫无功利的。辩机在他的爱中也是很英勇的。他不顾一切。他是冒着生命的危险去爱他心爱的这个女人的。在那爱的八九年中，死亡每时每刻都悬在他的头顶。但是他没有躲闪，似乎也并不惧怕。辨机的扭曲最终表现在他对自身的虐待中。他是在享尽爱与性的快乐之后，自动割舍自我的。他选择了从此远离女人。他宁可在与世隔绝的寺院中以完整的男性之躯去过阉人的生活。当然最终还是对于宗教的道德信仰和对于自身的痛苦忏悔战胜了那凡世肉体的快乐。当然也许还有非常世俗的一面，那就是辩机也想在佛教界占有一席不朽之地，那是他宗教的野心。所以他忍痛割舍了他那么深爱着的女人，搬出他常常能与高阳公主幽会的会昌寺而将心性永远关闭在弘福寺译经的禅院中。为了悔过，他终日埋在翻译梵文经典的案台上。他远离尘世，将所剩不多的心血和精力毫无保留地献给了在中国佛教历史上很著名也是很浩大的译经工程，直至他被他所爱的那个女人的父亲唐太宗李世民送上长安城那可怕的刑台。

是突发的事件将这已不再延续的爱情断送。在此之前，高阳其实已有三年不曾见过她心里依然深爱的辩机了。她是已经为辩机的宗教事业做出牺牲了。

一个小偷无意间偷了弘福寺译经的浮屠辩机房中的玉枕。偷儿被抓获。而那玉枕恰恰是高阳公主送给辩机的定情之物，仅仅是为了纪念往昔。然而败露。于是那旧往的曾经美丽灿烂的爱情便成为了罪恶。

一个偶发的事件。而偶发的也是必然的。必然的便是天命。

天命也是吸引我的又一个十分重要的因素。

结果，一场如此艰辛如此凄切并且已经痛苦结束了的爱情，便败露在了一个偶发的事件中，败露在了一个无名小偷的偷盗行为上。

多么轻易，又是多么的不值得。

和尚辨机所爱的那个女人如果只是个平民的女子，他或许不会被刑杀。或者这个女子即或是他人的妻子，即或是当朝宰相的儿媳，但只要不是天子的女儿，他可能也不会被施以如此残酷的腰斩的极刑。

是皇帝亲自下诏。

因为是皇帝蒙受了大辱。

想高阳公主在得知了辩机的死时是何等地绝望。

因他是她的亲人。而一旦有人把她的这亲人夺走，无论这人是谁，想想她心中所郁积的，将会是一份怎样的仇恨。

她从此坐在仇恨的火山口上。

她随时准备爆发。她绝望到疯狂。而绝望和疯狂之后，便是对杀了她亲人的那个人的更加强烈的仇恨。而那个人竟也是她的亲人。那就是她的父亲。而她的父亲又是当朝的皇帝。他握有王国至高无上的权力。他想杀谁就杀谁。

高阳一直认为，她是她父亲权力的牺牲品。她身为大唐的公主可以颐指气使，但比起平民的女子却少了一层生存的自由。她只能对父亲的权力听之任之。但悲哀的是，她竟然还要顽强地坚守着她的个性。

所以在解释高阳公主的性格时，有三点是我特别注意的：一是她大小姐颐指气使的傲慢天性；一是她倾城倾国的美丽；再一点便是她的强烈的性欲。

高阳的颐指气使说一不二使很多的男人陷于绝境。她看上谁，想要谁，谁就必然能成为她帐幄之中的那个牺牲品。其实，这同样也是权力使然。她的权力虽然远不及她至高无上的皇帝父亲，但却在爱情的双方中占有绝对的优势。所以男人只能是服从她，做她欲望的奴仆，做她的阶下之囚。

性是高阳公主生命中的一个非常重要的部分。高阳所在的那个时代较为开放的性观念使她这种女人天然就拥有了一重她自己并不了解的女权的意识。她在生活中注重性，注重性的体验，她可能认为性是女人生命中不可或缺的一部分，所以她是一定要从性的交往中获得欢乐和幸福的。这一切都说明她是个并不保守的女人。

而高阳的悲哀却在于她除了纯粹的欲望之外还有着很深的感情。她若是只把性当作生命的需要，她就不会和禁忌中的和尚相爱得那么热烈那么长久，也就不会对杀死她情人的父亲怀有那么强烈的仇恨了。

高阳是个极致的女人。她总是把一切都做到极致。爱也极致，恨也极致，终局也极致。

然而高阳尽管享尽情爱，但她终究是权力的牺牲品。她难逃所有皇帝女儿们的厄运。她无论怎样地被宠爱，也依然是作为皇帝赏赐给功臣的一项奖品而任由朝廷摆布。皇帝当然是不会给予她婚姻自主的权利的，更不要说爱情的自由。皇帝亲自下诏杀了辩机，其实就是想告诉高阳：你尽管是公主，但你依然是一个女人。而一个女人怎么能擅自选择自己的爱情呢？所以唐太宗把他最爱的这个女儿给了房玄龄的儿子做妻子，他也许是为了女儿的幸福，但更重要的是为了告诉房玄龄，你是朕最最信任的朝臣。唐太宗当然不会去考虑他的女儿是不是喜欢房玄龄的儿子。他把女儿下嫁到房家只有一个目的，那就是要房玄龄日后更加死心塌地、忠心耿耿地为他效力。

而高阳公主便是这效力的凭证，和继续维持这效力的筹码。

高阳在这场皇室的联姻中是作为一个标志而不是作为一个人。

所以高阳很不幸。而更不幸的，是高阳的这位夫君竟然是天下最大的草包，是个高阳无论怎样也不会爱上更不情愿与之做爱的男人。还有更不幸的，那就是在这个草包男人身边的那些男人，竟都比高阳的这个笨蛋丈夫要出色得多。高阳怎么能够平衡?

对于高阳来说，房遗爱最大的优点是，他能够自始至终以奴仆自居。他听命于高阳，几近百依百顺。他从不敢过问高阳的事。他不过是跟在高阳裙后的一条摇尾乞怜的狗。于是这狗为高阳开辟了一个博大的可供高阳自由舞蹈的爱与性的空间。这又是高阳不幸之中的幸了。她于是才有了同房遗直，同辩机，后来又同智勖，同惠弘，同李晃，甚至同吴王恪的暧昧。

原本只是想写一个高阳与辩机间的惊心动魄的爱情故事，而且，仅仅是一个中篇。但后来写着写着就发现，故事其实并不是那么简单，高阳公主并不是那么简单，而且那小说越写越长。特别是在研读了更多的史料之后，在纠葛起高阳公主与她身边的各种男人的各种关系时，竟发现这已经不是一个简单的单线条的爱情故事了。于是小说的主题从一个事件变成了一个人。而这个人便是这部小说的标题——《高阳公主》。

我所以有了如此的变动是因为有一天我突然意识到，凡与高阳公主有过纠葛的男人竟没有一个是善终的。而且这纠葛几乎都是情欲的纠葛，即是说，凡被高阳公主爱过的或是与高阳公主睡过觉的男人最终都难免一死。多么可怕。这其中唯一得以逃脱的，是房遗爱的哥哥房遗直。他被高阳的爱和恨坑害得本已死过千回万回，但是他都阴差阳错地在夹缝和空隙或是事件的时间差中死里逃生。然而他虽最终免于一死，但却也被流放他乡，结局悲惨，那也是高阳所使然。

史书上说，房遗直这个人一向书生儒雅，名士风流。自高阳公主飞扬跋扈地踏进房府，他便格外小心谨慎，宽容大度。但尽管如此，却也难逃高阳这弟媳的攻讦和陷害。不知道为什么，高阳至死都对房遗直心怀仇恨。她不停地攻击他、诬陷他，甚至时常把谋反的罪名扣在他的头上。想必他们之间定然是有着某种不可告人的隐秘，和因为这隐秘而结下的仇恨。直到最后，高阳才终于向朝廷状告房遗直对她的非礼。这可能就是她始终不停地仇恨着房遗直的症结所在。这时候已经到了高宗李治的永徽年间。高阳公主在绝望中挣扎出如此的罪状，且史书上又如实摘录，想必也是为了向后人暗示高阳公主与房遗直之间可能有过的那段爱又不爱的经历。

房遗爱和辩机自是不用说了。他们一个是高阳的丈夫，一个是高阳的情人。他们也都是被拉到长安西市场的那个死刑台上被斩杀的。只不过一个是被高阳的父亲唐太宗下令刑杀，另一位则是被高阳的兄弟高宗李治送进地狱，不过那已经是另一个帝王的时代了。

而在这所有的与高阳有着牵涉的男人中，我最喜欢并且最钦佩的是最文武双全最风流倜傥的，是吴王李恪。恪才是真正的男人，真正的悲哀与壮丽。恪同高阳公主一道都是太宗的孩子。他们也都天生都带有着皇家的血统。恪这个男人令我激动。他是个值得让人激动的男人。他一出现我就知道唯有他是真正可歌可泣的。他当是任何的爱情中最最吸引女孩子的那一种。所以我赋予他坚硬的棱角、雄浑的体魄，还有一个男人所能有的最深的深情。我觉得恪应该是比辩机更富男子气的。辨机是真正的书生。他聪敏灵秀。他是大自然的产物。他从山林中来。他有着一对像天空和海洋一样的蓝的眼睛。他就是以这大自然的禀赋和资质而吸引高阳公主的，包括他天空一样高远的清洁的志向。而恪不一样。恪是宫廷里孕育出来的一个温文尔雅的又伟岸坚强的男人。他身上不仅流淌着唐太宗的血，还流淌着极尽奢欲的隋炀帝的血。所以恪是真正的王孙贵族。他拥有最最典雅的宫廷气质。那是李世民的任何其他子女都不能比的。恪的不幸是他的庶出。而庶出对恪来说却是致命的。同为庶出使他与高阳从小同病相怜，过从甚密。他们曾一道骑马一道打猎，在蓝天与山林之间。他们相亲相爱是因为他们是亲人是同父异母的兄妹，但同时他们又难以抵御对方的美丽英武和非凡的魅力。他们都认为，对方才是他们终生寻觅的理想，而这理想又是在离开了对方之后所不再能企及的。于是他们无望。随着岁月的流逝朝代的变更恪开始变得世故，变得审时度势。他天然帝王的资质，又深得太宗器重，仅仅是因为他的母亲是隋炀帝的爱女，他便只能与皇帝的权杖失之交臂。恪慢慢地对这一点看得很深也很透彻，所以他才能当机立断，决意远离长安这权力的中心，在偏远的江南做他天高皇帝远的吴王。恪以为他就安全了。然而最终，他依然难逃权力争斗的厄运，被莫名其妙地被连坐于房遗爱的谋反事件中。

他的唯一的把柄是和高阳公主过从甚密。他和高阳过从甚密本来和政治毫无牵涉。他只是深爱他的这个妹妹，她是他的亲人，他们心心相印，也许还因为他们曾有过的那段难以启齿的但却是非常美丽的乱伦的关系。然而就是为此，他竟也被从江南押解长安归案并赐死。这是他为他的感情所付出的代价。也许太不值得。但无奈恪是性情中人，他便也别无选择。

一段情感的暧昧就这样被国舅长孙无忌专权的政治所利用，所以新、旧《唐书》都声嘶力竭地为吴王鸣不平，说长孙的诛戮李恪是“以绝天下望”，是“以绝众望，海内冤之”。

总之也是因同高阳公主有了干系。

由此足见高阳公主是一个怎样的女人。一个女人因她的爱而把世界搅得昏天黑地，却要让众多优秀的男人为她搭上性命。这是为什么？因她爱得任性，而她任性的爱所导致的，便是政治的灾难。多么可怕。高阳是因爱而害人害己。当她把她所爱的那所有的男人全都送上了断头台，她的爱还有什么意义吗？她是胜利者，但胜利者也是失败者，最后的失败者。

结局是，她也被卷进了政治的风云中，最终也未能幸免一死。

于是，便开始选择高阳的死的方式。

这是很庄严的。

史书上说，赐死。这是对宗室罪人的客气，是给他们留面子。其实无论是斩杀还是赐死，最终都是一个死，死才是实质。

而高阳的死则应该有着她独特的方式。她的任情任性和她的欲望。还有，对吴王恪的歉疚和真情。我想她应当在死前见到吴王。而同被赐死的吴王也被史书描述成“甚为物情所向”的性情中人。于是他们死前的那相见就可以任由我们想象了。情和欲。如烈火在燃烧。最后的感天动地。那疯狂的美丽的兄妹之间的欲望的爱，便终于抚慰了死。

我想这该是个多么美丽而凄婉的结局。这不仅是高阳死前所最最需要的，也是死前的吴王所最最需要的。这两个都曾被他们的父皇无比宠爱的孩子，在此刻，便只能彼此宠爱彼此安慰了。然后，杀了自己。而在杀了自己的那一刻，他们的心与身都已因那性欲的得以释放和这释放所带来的生命的欢乐而死而无憾了。那便是死赋予生的永恒。

一种怎样的激情的死。

一种怎样的悲壮。

这就是我所要的高阳公主。高阳公主就是应当这样死的。在情与欲中。死得壮美。

这就是我所编织的一个女人的爱的历史。历史是真理性的。而对于一个人来说，爱也是真理性的。

关于高阳公主这个女人，我所参照的只有史书中的这么短短的几行字，以及与这几行字相关的其他人物的记载：

合浦公主，始封高阳。下嫁房玄龄子遗爱。主，帝所爱，故礼异它婿。主负所爱而骄。房遗直以嫡当拜银青光禄大夫，让弟遗爱，帝不许。玄龄卒，主导遗爱异赀，既而反谮之，遗直自言，帝痛让主，乃免。自是稍疏外，主怏怏。会御史劾盗，得浮屠辩机金宝神枕，自言主所赐。初，浮屠庐主之封地，会主与遗爱猎，见而悦之，具帐其庐，与之乱，更以二女子从遗爱，私饷亿计。至是，浮屠殊死，杀奴婢十余。主益望，帝崩无哀容。

又浮屠智勖迎占祸福，惠弘能视鬼，道士李晃高医，营私侍主。主使掖庭令陈玄运伺宫省祥，步星次。永徽中，与遗爱谋反，赐死。显庆时追赠。

《新唐书》卷八十三·列传第八·诸帝公主

当我将这几行简洁而又蕴藉无穷的文字繁衍开来，我觉得我便已触到这场有血有肉的爱的厮杀了。古往今来，高阳公主似乎一直是一种性爱的象征、淫欲的代表，是大逆不道。但是，又有谁肯去深究她何以淫欲何以总是以身试法呢？高阳是身上压着沉重的锁链而又要拼力反抗的那种女人。在某种意义上，她应当被看作是反叛的女英雄。她的出身和个性使她敢想敢做，敢同皇权较量，特别是敢于迷恋于性。而且，她追求这快乐。这有什么不好？难道性的快乐只是男人的权利吗？难道女人就不能成为性生活的主宰？也许高阳的先锋意义就在这对于性的追求中。而在中国漫长的无比压抑的封建社会中，对性的追求在某种意义上也是对人性的追求，对自由的追求。于是，高阳公主也就不仅仅是性的象征，她同时也该被看作是个性的、人道的和自由的象征。

这或者就是高阳公主何以能穿越千年风云，而至今仍被人们留意的缘故吧。

写完《高阳公主》是在一个温暖的春天的早晨。那个早晨吹拂着很温暖的春风。而重新改写修订新版的《高阳公主》竟也是在这样的早春。很认真也是很辛苦的劳作，仅仅是希望我自己所喜爱的这部作品能更加完美。因为《高阳公主》是一部我自己想写的，而且始终为之激动的作品。我想我倘不能将这高阳的故事讲出来，讲好，我是不会安心的。

当一切终于完成之后是一种被释放了的感觉。

春天来了。多么好。接下来是夏天。

感谢上海古籍出版社的朋友们，让我在这又一个早春到来的时候，能重新审视我的《高阳公主》。我几乎是在一个字一个字地重读五年前的这部作品，也是在一个字一个字地修改着。改过的每一个字都很费筹谋。我很认真。是为了自己，也是为了更多的可能会读到这本书的人。

这甚至是一个比写作还要艰辛的过程。眼睛被那黑色的汉字引导着，让我又回到了高阳公主当年的那一片美好而最终狼藉的生活景象中。那是一个惊心动魄而又起伏跌宕的生命的流程。我对她至今怀有着强烈的热情，那是高阳公主这个女人自身所禀赋的那生命的热情燃烧了我。重读她的人生，依然地被感染。印象中她依然是那样如火焰般地辉煌。有哪个女人敢如她般将自己抛置在爱与死亡的陷阱中。她真是勇敢，为了爱，她情愿将自己付之一炬。那是她自己对自己的安排。所以在某种程度上，她是掌握了她自己的。她要求自己为爱而死。所以在为爱而死的时候才能无所畏惧。这就是我为什么会不厌其烦地修改着那尾声。一遍又一遍。我说那尾声也是属于高阳的，属于这个女人自己的，因为那尾声包含了全部的爱与死。

就这样在四季的轮回中我把我的《高阳公主》送给我的读者。我衷心希望你们能从我的书中读出那字里行间我对世间所有女人的那一份真诚的关切。

写作之于激情

关于杜拉斯我已经说过很多。

我无法讲述我对杜拉斯的迷恋。这迷恋已经持续了很多年。近乎赌瘾一般的。杜拉斯就是那枝罂粟。开在遥远的法兰西。远远近近地诱惑着你。我曾将她的《琴声如诉》《痛苦》《情人》，以至于《广岛之恋》《物质生活》反复阅读。是那种无限愉悦的阅读。已经不单单是爱不释手，简直就是迷狂。去追随一种思绪，一份爱情，一种你自己心里的东西。而不是她的。不是杜拉斯的。以至于滥觞。弄得尽人皆知。于是突然地有一天，在拥有了杜拉斯的几乎所有作品之后，我开始拒绝。

不是因为我不再热爱不再迷恋这个用感性和激情写作的女人了。

杜拉斯之于我，就是写作和激情。

为了戒掉杜拉斯这份精神的毒剂，为了不再让自己在她的精神的笼罩下迷失，我甚至在我的文章中每每诋毁她，就像某个年龄段的青年的那种没有道理但却不顾一切地反叛。我想这对于杜拉斯一定是无足轻重的，因为她的特立独行在她自己的祖国就已经遭尽批评和指摘。

我拿她与我同样敬仰的另一位女作家弗吉尼亚·伍尔芙做比较。我说比起伍尔芙，杜拉斯简直就不是知识分子（其实在法国，杜拉斯是被经常称作为知识分子的，因为在有着丰厚文化涵养的法国读者心中，这个女人的那些难以读懂的小说是非常知识分子化的），甚至算不上一位知识的女性。她的小说更多地来自于物质的世界，而不是精神本身。如果说杜拉斯有思想，那么她的思想也是来自于她得天独厚的感觉。因为她更多的是生活在感官的世界中。感觉就已经足以让杜拉斯成为小说家了。于是她无须读书，更无须像伍尔芙那样每天费心费力地并永无尽头地去思索。

就是这样，杜拉斯在感觉的世界中行动，包括革命和激情。徜徉于惊世骇俗的两性关系中。崇拜或者去爱某个生命中的男人抑或女人。然后记录下来。真实或略带夸张地。有时候也会有些许的虚构（仅仅是为了避嫌）。尔后在漫长而缓慢的写作经历中，不停地重复。重复。变奏。然后依然是重复。除非有新的事件在她的生命中发生。于是新的激情。激情带来的新的对世界和人生的感悟，上升为杜拉斯式的真理。而她的这些对于人类的鞭辟入里的解析，又是在她那独到的无与伦比的话语指引下完成的。

我不知道我的这种比较和判定，是不是伤害了那个我如此挚爱的并且已经死去了的杜拉斯。其实我伤害了她，在某种意义上就等于是伤害了自己。是自伤。因为我的写作本来就是在她的阴影的庇护下成长的。很久以来，我也曾像她那样，不那么强调知性，任凭故事消失在被话语统治的迷茫中。于是我想摆脱。急于摆脱。去寻找一个更加丰富的文化背景。在那里，不是只有杜拉斯，还有伍尔芙、福克纳，以及风格迥然不同的昆德拉，或者，别的什么不朽的作家。

杜拉斯总是那样直接。她的几乎所有的思想，竟然都来自她自身的疼痛。有时候她会很匆忙地用文字记录下她刚刚经历过的那一段切肤之痛。大概也是因为她的无奈。她所爱的男人却逃离或者背叛了她。她怎么办？要安慰自己。浇心中块垒。所以写作。也许仅仅是为了生存的平衡。于是直接。于是感性。而她的过人之处，在于她会在事实的基础之上创造出一个动人的变调来（有时候干脆就是他人的故事）。那个变调的旋律又是那样地亦真亦幻，高贵而优雅，甚至是那样地接近着人生的真理（包括爱与仇恨）。这真理又不是那么深奥地悬浮于精神之上，而是飞扬着的灵动的激情的，被她的那些美丽的构想所负载，又被她那么通透精致的语言（也或者是我所敬重的那些杰出的翻译家的语言）所引领。

我一直以为在杜拉斯那里，经常是语言在先，而不是故事在先，更不会是思考在先。她首先看到，有所感受，然后描述。用墨水和笔。那些纸上的东西。动笔之前，有时候她甚至不知道那将是一个怎样的故事。是笔的行走带着她。也就是语言带着她。那么感性的。语言是第一要素。仅就杜拉斯而言。然后故事就有了。人物就有了。还有情节。那么栩栩如生的。思想自然也就在这一切之中悄然来到了。

很多年来阅读杜拉斯（顺便要说是的，我一直不习惯用杜拉斯称呼杜拉，这不仅仅是一个称谓的转换，是因为在过往的杜拉那里，曾经承载着我那么多的关于文学的梦想），或者我的所有的杜拉斯的书籍，对我来说，我所拥有的仅仅是印刷和装帧设计之外的那个杜拉斯的本质，当然也包括那些翻译家们的辛勤劳作。我从来没有想过那个承载着杜拉斯灵魂的包装也是我的一种拥有。

要说的是，2005年7月，当我得到了这套在中法文化年中由上海译文出版社出版、傅雷出版资助计划和法国外交部资助出版的这套《玛格丽特·杜拉斯作品系列》时，我的那种再度拥有了杜拉斯的心情是怎样的喜悦。而且是第一次，我把这套丛书精美的装帧，也当作了一种意外的拥有。那淡淡雅雅的只有着高贵色彩和黑色字体的封面，那略显粗糙的乳白色纸张，那若有似无的版型设计，那排列疏朗的清晰文字，特别是拿在手里时的那种大小适中的舒服的感觉……我才恍然，是啊，杜拉斯为什么久久不能这样地去拥有呢？那种真正意义上的内容和形式的完美统一。

何况，这又是出自我无比信赖的上海译文出版社。

此次出版的《玛格丽特·杜拉斯作品系列》，共包含了《情人》《写作》《广岛之恋》《昂代斯玛先生的午后》《夏夜十点半》《广场》和《劳儿之劫》七部作品。应当说这第一部分（但愿会有更多的作品不断问世）杜拉斯的作品系列是极富创意的，读者应当可以就此了然杜拉斯的一斑。

《情人》让杜拉斯获得了她曾经失之交臂的龚古尔奖，

而后是她的《痛苦》再度折桂。

《夏夜十点半》和《昂代斯玛先生的午后》是她的中期创作，此前有《琴声如诉》，此后是《劳儿之劫》。

《劳儿之劫》和《副领事》是杜拉斯非常重要的作品。她生命中的最重要的人物和地域都将在这两部作品中出现。无论劳儿，还是出现在劳儿舞会上的那个穿黑裙的女人，抑或那个因爱而疯狂的副领事。也许看过了才会知道，为什么这样的两个女人和那样的一个男人之于杜拉斯会那么重要。

《广岛之恋》在电影史上是永远不能忽略的经典之作。不是因为电影导演雷奈的新浪潮身份，而是电影编剧杜拉斯的新小说写作。应当是杜拉斯将这部电影带进了那个辉煌境界的，这毋庸置疑，但是不知道为什么谈到《广岛之恋》，却总是要首先提到雷奈。

过去看《广岛之恋》，只是单独看杜拉斯的这个文学剧本，从没有读到过现在这样的版本，除了剧本，还将杜拉斯所有关涉这个剧本的文字全部收录了进来。从“剧情”到“剧本”，再到附录中关于男女主人公的阐释，甚至，关于场景和画面的那种种无限文学的描述。这就让我们看到了杜拉斯创作这部电影剧本的整个的过程。那个流动的过程，交汇的过程，不同层面的思考，属于杜拉斯自己的那种独特的方式。

而《写作》又是什么？是杜拉斯的遗嘱？她说写作就是她的全部。生命的和生活的全部。对她来说，唯有写作。可是在今天这个如此多元化了的世界上，还有多少人敢于说写作是他的生命，或者，是他生存的全部的意义。那将不是被看作可笑、做作，就是被认定为煞有介事。但是写作难道不是某些人的生命抑或生存的意义吗？杜拉斯是。那是她死前说过的话。是对她人生的总结。她不讳言。她有什么好讳言的。她就是她。她的生命就是那样演绎过来的，唯有写作，然后不朽。

《情人》至今百看不厌。《情人》就是这样的一本书。你当初喜欢它，没有错。时间检验了你的选择。是的就是这样的一本书，你无论什么时候拿出来无论看过多少遍，却依然可以重读，依然能够心随书动。而且这是一件很轻易的事情，不用像重读雨果或者巴尔扎克或者托尔斯泰那样，需要做好“持久”的准备。唯有杜拉斯。她的很多作品都像《情人》。可以随时拿起，随时放下。譬如《物质生活》。我以为这首先取决于杜拉斯在形式上的标新立异。让思维跳动起来。挣脱死板、沉闷、冗长与僵化的窠臼。用跳跃勾连起一个个美丽而凄婉的故事。让轻捷的短句子遍布每一个思维的瞬间。哪怕那句子背后所承载的是无限的重量。但至少在表面上，你不用那么沉重地面对你正在沉入的那个境界。于是杜拉斯成为了那个时代法国文学批评界的众矢之的。因为不知道从哪里跳出来的这位女作家她竟敢破坏语法。法国的那么优雅的语言的语法。那么由来已久的，代表着伟大的法兰西文化的。但与此同时，杜拉斯也就成为了那个反叛的“英雄”。那个她自己。她自己的语气和腔调。她自己的那个话语的世界。

杜拉斯的这类小说所以能百看不厌，还因为她的任何的故事都勾连着她自己。那个她自己的真实。她自己的爱和恨。所以那不是小说而是作家本人的自传。尽管那自传是隐讳的，是若隐若现若即若离似是而非的。于是便调动起了读者们的那天生的窥私欲。于是他们认真阅读，在蛛丝马迹中奋力寻找。于是阅读在这样的前提下改变了味道。读者想要探知的不再是小说中的故事，而是字里行间中作者本人的隐私。

问题是杜拉斯给了读者这样的机会。有时候她甚至奋不顾身地站出来指证她小说中人物的原型，说那不是她杜撰的。然后，谁就都知道了《情人》中的那个湄公河上的情人确有其人，他就是来自中国的那个李云泰。再譬如，《琴声如诉》那段绝望恋情的男主人公也不完全是虚构的，那是她在与法国作家热拉尔·雅尔洛热烈相爱之后的产物。还譬如在《痛苦》中，她真实描写了二战期间，她和丈夫罗贝尔·昂泰尔姆，以及情人迪奥尼斯·马斯科罗之间复杂而真实的感情关系（尽管她用缩写的英文字母取代了他们的真实姓名）。他们都是现实生活中真实的人物，而且马斯科罗干脆就是她儿子让的父亲。所以《痛苦》也可以不当作小说来读，而是一些人在那个时期生存的真实写照。

是的，问题是杜拉斯给了读者这样的机会。是她让他们像考古学家或者侦探一样地在她设置的迷宫中四处搜寻。之于真正的文学来说这当然不是正确的阅读方式，但关键是，连杜拉斯本人都不肯回避，读者又能怎样？圈套。然后请君入瓮。来自于杜拉斯的坦诚。她就是这样在写作中坦坦荡荡，从来不对她的经历，特别是爱情讳莫如深。

《写作》一书是杜拉斯最后的作品。出版于1993年。三年之后，她长辞人间。而在最后的三年中，雅安（杜拉斯最后的情人）说，她的大部分时间都是用来等死的。等待着1996年3月3日的这一天。苦苦的。不知道这一天究竟何时到来。完成《写作》的时候杜拉斯已经八十岁。然而书中的语言却还是那么清新，那么富有魅力，那么，行云流水，哪怕，即将的，风流云散，流水落花。

杜拉斯将此书献给一位死于二战的英国飞行员。而在目录中，开篇的却是关于她自己的《写作》。《写作》可以被看作是杜拉斯对自己一生的一个诗意的总结。因为她的一生，就是写作的一生。大概还有爱情，但是她在这里没有渲染。她说她对写作永远充满激情。她热爱写作。视为生命的方式。她不知道世间还有别的什么东西可以附丽于她的生命之上。她是为写作而来到世间的，所以，当写作终止，生命也就终止了。

《写作》中的杜拉斯仿佛依旧年轻。依旧的如泣如诉，荡气回肠。而此前她曾经重病缠身，终日濒临于死之将至。但是在生命的最后岁月她还是写下了《写作》这本书。她也还依旧保持着那种永恒的裸露姿态，说她的房子，说房子里的写作，还有房子里来来去去的那些男人和爱情……

我们早已经知道的并且熟悉的那些。

一些生命中的人和事是永远不会忘记的。就有那么些，能记住的，便刻骨铭心。于是总是想起总是想起。于是重复。

在风中，她说——

诺弗勒这座房子，我原以为也是为朋友们买下的，好接待他们……这是最令人高兴的晚会，在座的总有罗贝尔·昂泰尔姆和迪奥尼斯·马斯科罗以及他们的朋友。还有我的情人们。特别是热拉尔·雅尔洛，他是魅力的化身……

是的都在这里了。我们所熟知的那些男人。他们就是杜拉斯的写作。在她到了八十岁的时候，还能说起他们。

就是这些。几乎所有的话题都是关于诺弗勒这座房子的。房子里的写作。来的来、去的去的过往。贮藏室濒死的苍蝇。还有她在这里完成的那所有作品……

于是只有将这座房子的话题反复重复反复重复，以至于无限。

于是，你便不能不留下关于这座房子的印象。诺弗勒的这座房子那难以磨灭的印象。那个，最后的杜拉斯。

《写作》中那大片的空白和频繁的分段也让我非常喜欢。那是因为我们早已经厌烦了那些密密麻麻的文字，如浪潮般向你涌来，侵袭着你的眼睛。所以尤其喜欢《写作》的分行与分段。喜欢那短小的一如既往的杜拉斯式的句子。那所有的空白的张力。那尽在不言中的深渊。那停顿中的疲惫的思索。还有，文字以外的那个广袤的空间。

后来杜拉斯告诉我们，《写作》是为她而拍摄的一部影片。镜头外只有一个声音。那就是她。她自己。她的娓娓道来，以及，她悲凉的诉说。我曾经以为那是她事先写好的。但是很可能不。她为什么要事先写好呢？声音是从她的生命中发出的。所以不用写出（只是后来被雅安录音整理了出来）。因为是说，所以循环往复，所以荡气回肠。

想象着行将就木的杜拉斯坐在她诺弗勒的大房子里。

想象着窗外是花园，曾经有千万株马斯科罗的玫瑰盛开。

想象着在她的书桌的后面有黄昏的阳光照射进来。金色的。

想象着金色余晖在杜拉斯那张布满皱纹的脸上，落下。

她说。

她的声音已变得苍老。

她甚至不认识那个声音了。

但是她依然一如既往地站在镜前。任雅安梳理着她湿漉的头发。

她还能看到自己。在镜中。

然后，她说。

她说——

写作像风一样吹过来，赤裸裸的，它是墨水，是笔下的东西，它和生活中的其他东西不一样，仅此而已，除了生活以外……

那是她最后的声音。

飞扬而去了的那个杜拉斯。那个永恒。

打开的书也是黑夜。

后来我们才懂，她为什么要这样说。

怎样拥有杜拉

很多朋友知道我喜欢杜拉。

后来这成为了一种持续不断的状态。这样无论好还是不好，却是我无法选择的。让生命中有一个女人，与你心心相印。在她的灯塔一般的照耀下，走你的路。你便有了依托。仿佛始终有人做伴。而且是一个熟人。在你的身边，说着她的故事。而你听。与她分享她的痛苦与爱情。那痛苦与爱情也是你所熟悉的。因为你了解她，就像了解你自己。

这就是一种关系。一种关于灵魂的关系。你不管那个女人是不是有时会让人难以忍受，但她就是那个亲近着你的灵魂的人。你无法脱离她，是因为你无法改变的忠诚。

便是杜拉。长久以来能和她建立起一种这样的联系，我真的很为自己高兴。想想人有的时候就是要这样。拉来一种无形的牵挂。为自己。于是便有了信念。仿佛为那牵挂而活。为什么。那是无法回答的。

最初结识杜拉，是在吴亮寄来的那本有着《琴声如诉》的

《外国文艺》上。那是80年代中期，杜拉刚刚走进中国。吴亮向我推荐杜拉，说杜拉可能是一个适合我的作家。于是读《琴声如诉》。在一个很大的房子里。从此被诱惑。听这个谜一样的法国女人那如歌般的诉说。就记住了琴声。还有海，海浪，男孩儿的手，那手的冰冷的骨骼。就像是我自己的故事。牵着女儿的手。那真是一篇适合我的小说。如此，我结识了杜拉。那时候她还健在。已经遇到了扬，并和这个疯狂爱她的年轻男子生活在一起。是扬给了她写作的欲望。多么奇妙。在诺弗勒城堡或者特鲁维尔的黑岩旅馆，她正满怀激情地写着日后使她名声大振并获得龚古尔奖的《情人》和《痛苦》。慢慢地开始走进杜拉。一个如此深邃的女人。很多年后，又见到吴亮，他那时正在读杜拉的《物质生活》。吴亮说他读着很过瘾。那也是吴亮对杜拉不变的态度。

此时杜拉已与我水乳交融。那是一种心灵的契合。感慨于杜拉竟然是那样的纯粹。她是那么彻底地把爱当作生命。或者，永远满怀期待地等着新的、伟大的爱情的到来。一个年迈的女人怎么能这样？那是我们不能与之相比的，因为，我们的内心永远不会具备她那么强大的爱情的力量。她仿佛是为爱而生。当没有了生命，爱情才会死亡。所以扬始终陪伴着她。直到那个寒冷的早春她告别了巴黎。而我们只有聆听。在她的书中。那所有的字和句，还有，她所独有的她的标点。

很多年来我热爱杜拉。那是一种持经久不息的，也是非常疲惫的爱。

很多年来我用我的文字说出这爱，让朋友们知道。

我开始迷恋这个写作的女人的时候，她在中国的读者中还很寂寞。那时候她被翻译过来的作品凤毛麟角，她的名声也远没有今天这么响亮。所以在那个时代追踪杜拉是一件很辛苦的事。我要到处去寻找她的书，不停地走进书店，询问着，是不是听说过一个叫杜拉的女人？我还要在各种报纸杂志上，奋力搜寻所有关于她的文字和信息，哪怕只言片语。我便是在这样的追逐中，慢慢了解了杜拉，并且把自己培养成为了中国最早的“杜拉迷”。慢慢地我对她有了独自的认识。那来自于多年来我对她的潜心而刻苦的研究。

没有谁要求我这样做，但是我做了。那是因为我的心灵在要求我，让我真的能与她灵肉相依。也是慢慢地，我觉得我似乎已经可以算得上一个研究杜拉的专家了，只是因为我还在日新月异地写作。但迟早有一天我也要像那些专家一样，写一本关于杜拉的专著，仅仅是为了我的一份纪念，为了我心里的那一片永远的圣地。

如同不愿忘记杜拉，我也不愿忘记那位同样已经故去的王道乾先生。因为是儒雅的王先生最早把杜拉带来中国，也是儒雅的王先生把杜拉翻译得至善至美。王先生的《琴声如诉》，王先生的《情人》《痛苦》，还有王先生的《物质生活》。我几乎都是在第一时间读到了他的译文，都是在杂志上。然后我便把那些杂志精心地保存了起来。因为杜拉，我便也熟悉了王先生的译本。先生的文笔如诗如画，想来文如其人。他不仅翻译了杜拉的短句子，还翻译了她的灵魂。后来我格外偏爱王先生翻译的杜拉小说。总觉得唯有王先生是和杜拉同着呼吸的。

还有一种感觉是不能忘记的，那是关于我自己的。在很难买到杜拉的书的年代，因为其难，所以一旦买到，我就会把它存放到一个别人看不到的地方。即使是最好的朋友，我也绝不把杜拉的书借给他们。还有的时候，同样的一本书我会买上几本，仅仅是害怕有一天它们会遗失。为了杜拉的书我几乎有了一种心理的疾患，其实我知道那是不好的，但就是难以改变。我不仅仅是杜拉忠实的读者，还对这个女人充满了一种近乎病态的迷恋。一度我喜欢沉溺于她的文字，或者干脆让她的书时时刻刻就在身边。不看，但却感觉着。那个杜拉的意象——仿佛一座哥特式教堂。

然而在1999年这个千年与世纪之末，已然仙逝三年之久的杜拉，竟突然在我们的图书市场中火爆了起来。频频在报纸上读到消息，说某某出版社正在筹备出版或者已经出版了杜拉或者关于杜拉的书，他们纷纷向法国的“子夜出版社”或是“伽利玛出版社”购得杜拉的版权，然后便以一种商业操作的方式让这位法国已故女作家火遍中国大陆。寂寞的杜拉终于在身后声名鹊起，不知道她对此会有怎样的态度。但总之，活着时她曾经是穷的。她要以写作维持她拮据的生活，她还要求过她的出版商为她买衣物。

但无论如何对于我们这些喜欢杜拉的人来说，能读到她的或是关于她的更多的书，当然是我们求之不得的。从此我开始更加热烈地追逐杜拉的书。好像在追赶着某个一去不回的浪潮。我留意各类报刊上关于杜拉的书讯。并继续经常不断地跑进书店，问，有没有杜拉的书？

我是怀着一种怎样急切的心情。仿佛一旦错过了这个挡期，我就将永远失去她。于是，在得知漓江出版社的四卷本《杜拉斯小丛书》已经问世，而我又没有在第一时间买到这套书的时候，简直是心急如焚。那真是一种渴望，渴望而至的一种惶惶不安的感觉。早晚想的都是《外面的世界》或者《黑夜号轮船》。我日日夜夜期盼着，寻遍了附近的所有书店。我从未如此地渴望过一本书，也从未为了一本书而如此地焦虑。那真是一种望穿秋水的心境。后来我便只能是翻开我的通讯录，幸好在那里找到了我认识的在漓江出版社工作的作家鬼子。我是不得已才给鬼子写信索要那套书的。我说在漓江社我只认识你了，所以我只能拜托你。信发出去后的一种安心的感觉。我想这可能是出于我对鬼子的信任。然后我等待着。想不到我等待的那个时间之短，简直令人难以置信。不曾想到的快。我就收到了鬼子为我寄来的那套杜拉的书和他的一封短信，让我无比感动。是因为鬼子让我拥有了我爱的那个女人留下来的书。多么好。后来我为鬼子和他办公室里的同事寄去了一些我的书。因为他们说喜欢。不是作为交换，而是为了一份心意。再后来，我竟然有了一次和漓江出版社合作的机会。在2000年，我的一部新书《欲望旅程》将由他们出版。漓江出版社一直是我喜欢的出版社，因为他们曾出版过很多优秀的，而且是对中国文学发生过深刻影响的外国文学作品，特别是，他们还出版了杜拉的书。

《杜拉斯小丛书》让我享受了很多的夜晚。那是一种灯塔般的照耀，在我的夜航中。

与此同时，我还得知海天出版社和作家出版社也都将分别出版杜拉的和关于杜拉的书。我依然想我必得买到它们，要买到杜拉在中国出版的每一本书，就像我拥有另一位我无比热爱的作家福克纳在中国出版的每一本书：《喧哗与骚动》《我弥留之际》《圣殿》《八月之光》《熊》，以及此时李文俊先生正在翻译的那本《押沙龙！押沙龙！》。

能够拥有杜拉的书对我来说确实是一种幸福。想不到这种幸福在不久前又不期而至。那是在编辑部。那一天我收到了很多的信。在很多的信件中有一个很大的信封。那信件寄自北京的法国大使馆。我不知道那个很大的信封里装的是什么，但却知道那是戴鹤白先生给我寄来的。不久前我们曾和法国使馆的文化官员们一道研讨了那个历经200年风风雨雨而依然伟大不朽的巴尔扎克。在那次活动中我见到了法国外交官戴鹤白。说起来戴还是我南开大学中文系的同学。他一口纯正流利的汉语就源自我们共同听过课的那间阶梯教室。只是当时在很多的留学生中不记得戴了。总之旧日同窗使身为法国人的戴不再陌生。打开那个信封最先拿出来的竟是一本《杜拉斯的情人》，紧接着又是一本《杜拉斯传》。当时的那种感觉真是无以言说。就仿佛是一种天赐的幸福。那正是我非常想得到的两本海天出版社出版的杜拉的书。我高兴得不知道该说什么。后来才读了戴的信，他说知道您对杜拉斯感兴趣，就把这两本关于她的书给您寄去，希望您会喜欢。戴把这句话用法文和中文各写了一遍。我不懂法文，只从法文字母中拼出了杜拉斯（Duras）的字样；但却从那歪歪扭扭的汉字中，读出了戴鹤白的那一份心意，这比什么都重要。

那么短短的两句话。确实比什么都重要。不知道戴从哪里得知了我对杜拉的那一份热爱，而他得知了就把我喜欢的杜拉的书为我寄了来。我为戴的善解人意而感动。我想戴这个法国朋友就像所有的中国朋友一样，给予了我最可宝贵的理解和友情。而戴不同的是，他一定为他祖国那位了不起的作家而无比骄傲。

戴使我想到了我在济南的朋友苏葵．想到在三年前早春的那个无声的傍晚，苏葵打来长途。苏葵在电话中告诉我，杜拉死了。然后是长长的沉默。苏葵为我读了那段法新社的新闻稿。苏葵在那个傍晚打来长途电话，仅仅是为了对我说杜拉。那时候我们才仅有一面之交，但是苏葵懂得了我，她知道这个消息对我来说有多重要。戴鹤白亦是如此。他也是因对我的了解，才觉得应该把这两本杜拉的书寄给我。戴寄来的书又让我享受了很多美好时光。有两个夜晚，我关掉电视。直到夜深人静，依然不能中止地读着杜拉的书。

那是那个叫做扬的男人对杜拉的描述。用杜拉的语言。因为他已经没有了自己的话语。扬被彻头彻尾地浸泡在了杜拉的毒汁里。扬多么可怜。他多少次逃跑但终是无法离开。于是他只能守护着这个祖母一样的、但却被他深爱的女人。扬为什么要这样？这也是扬不愿回答的。所以杜拉死后，这个依然年轻的男子便隐居了起来，人们很久找不到他。

在那个不眠之夜我还从《杜拉斯传》中获知了杜拉的另一段缠绵悱恻的爱情。其实那也是我很久以来一直在探究的。不知道杜拉作品中那个令她不忘的男人同现实有着怎样的联系。从《琴声如诉》，到《物质生活》，“说谎的男人”或是“夜里的最后一个顾客”。我知道一直有个男人在那儿，被杜拉爱着，或者不爱。她为这个男人说了、写了很多。她说他们做爱。身体的热情和欲望无处不在。但后来才知道他们原来并不相爱。于是他们哭。杜拉还说这个男人很优雅智慧。他说谎并且爱女人。但杜拉认为连他做这些都是很高贵的。她欣赏这个男人。不悔曾与他的激情。杜拉在晚年时说，她至今还能看见他从街上走过。但其实那个男人早已经死了。他竟然连死也死在做爱中。死在那个最辉煌灿烂的瞬间。他为此而生，又为此而死。那是他的本性。一个多么彻底的男人。原来他就是那个叫做热拉尔·雅尔洛的男人。曾获得过1963年的美第奇文学奖。杜拉曾经那么爱他，所以她才会那么持续不断地提起他，怀念他。只是后来这爱变得超然了。毕竟往事如逝水。但杜拉不忘。

不断地拥有杜拉的书，使我有了一种非常满足的感觉。但这种满足感并没有阻止我对杜拉的书产生新的期盼。因为我知道作家出版社也将出版一套由法国非常著名的子夜出版社授权的《杜拉斯选集》。于是我的期盼依旧热烈，我想我一定要去书店把它们买回来。就在我心有所想的时刻，我甚至还没有来得及到书店去搜寻，有一天，我竟然又不期而至地收到了它们。那真正堪称一种惊喜。那是作家半岛寄给我的。他不仅是作家出版社的编辑，还是《杜拉斯选集》这套丛书的责编。半岛编辑之余的乐趣是写作，而写作之余，就是为他的朋友寄那些他编的好书。

感谢半岛，因为他让我再一次感到了朋友的宝贵。半岛没有信。只是在大邮件中装满了杜拉的《毁灭吧，她说》《死亡的疾病》，还有《话多的女人》。是尽在不言中。同样地令人感动。选集中所收入的诸如《琴声如诉》《80年夏》《L·埃米莉》，以及《坐在走廊里的男人》都是些能陪伴我们终生的文字。它们是最好的，也是最能代表杜拉的。

能以这样的方式得到杜拉的书是一种完美的感受。我要感谢朋友，也要感谢杜拉。是上天把她给予了人世，给予了法国，又给予了我们，才让我们今天能拥有这样一份精神的财富。所以杜拉是值得感谢的。她成功运用了上天赋予她的爱和写作的能力，而她又把这生命的成果留给了我们。

而我，依然期待着。因为又有消息说，曾经出版过我好几本书的“布老虎公司”，最近又购得杜拉的全部著作权，准备出一套完整的《杜拉全集》。而策划这套丛书的法语专家许均先生刚好是我未曾见过面的朋友，他刚刚在法国获得了一枚法兰西金质勋章。那是迄今为止法国政府授予中国学者的最高荣誉。许均曾多次在电话中兴奋地同我谈起他主编的这套《杜拉全集》。其实也完全是因为杜拉，因为我写的那些关于杜拉的文章，才得以结识了许均这样的学者，并有了许多共同的话题。那说不尽的法国文学，那至今活跃在法国文坛的“新小说派”大师，那巴黎深街陋巷中的子夜出版社……

总之，在意外惊喜和深重的友情中，得到自己所喜欢的书是一种非常了不起的欢乐。就为了这些书，我想有一天，我会认认真真地坐下来，而不是匆忙的，读它们。杜拉。我可能会为我一页一页在读的杜拉写一点什么。不单单是感悟，还有我的思想。关于一个写作的女人的思想。我期待着能有这一天。有一段时光。不太忙。而且心如静水。希望这一天不会遥远。我知道那也是一种拥有。一种更加深刻的拥有。

一个女人的精神生活

一个美丽的女人和她美丽的精神生活。读着她，心中便会充满了一种欢乐。那是唯有她能给予你的。记住她，弗吉尼亚·伍尔芙。

伍尔芙是个美丽的女人。她并且是一个作家。她并且不单单写小说，还写了很多批评的文字。像伍尔芙般在小说和评论中都取得辉煌成就的，古今中外，凤毛麟角。所以伍尔芙才堪称知识分子。那种真正意义上的知识女性。她有她的思想。她才能穿越时空地流传下来，至今，影响着后世的许多人。

尽管我总是在谈论着杜拉，但其实更深刻影响着我的那个女人，是弗吉尼亚·伍尔芙。她和杜拉是全然不同的两个人，虽然她们都是女人，也虽然她们都写小说，又都把小说写得惊天动地。但真的伍尔芙更像知识分子。因为她没有杜拉般那种躁动不安的爱情，和堪称绝唱的悲欢离合。她的生活很平静。而平静的下面，又总是向着那个很深的地方，并且深不可测。那是种宁静的深邃。那是唯有伍尔芙才会有的一种生命的品质。或者她只能如此。

最早读伍尔芙的文字是在1986年的海边。那是我至今不能忘怀的一种阅读，以及阅读所给我带来的欢乐。在蓝色的夏季。北戴河海滨那个小小的有着很多人的阅览室。记得我曾怎样走进去，怎样在书架上取下了那本不知道哪个年代的《外国文艺》，然后就第一次读到了伍尔芙，并看到了那些文字背后的那个女人。曾经怎样的惊喜。她为我带来了什么？那时候我甚至还没有开始写小说，我正在一种莫名的欲望和冲突中挣扎。我立刻便被伍尔芙那诱人的理论攫住了。我当时也并不知道这个女人会那么美。我当然不是因为她美而迷上她的，而是因为她在文字中所表现出来的那种优雅和力量。还有她告诉了我，小说原来还有另一种写法。那种我不曾见过，而又无比亲和的一种方式。于是我执着地把那本书借到我和我的家人在海边暂住的6号别墅。那一次我们在那里住了很久。因为很久便有了机会慢慢地读伍尔芙。记得我当时还非常认真地记了很多笔记。她的那所有令我震动的词语。还有关于她的“意识流”。

伍尔芙无疑是用意识流写作的最伟大的作家之一。她不仅如此写作，她还有关于意识流创作的理论。在她看来，生活就是纷纷坠落的意识的碎片。那么如果真正地忠实于生活，也许小说就该是流动的。很奇怪第一次阅读伍尔芙不是她的小说，而是她的关于小说的理论。不知道如果最先读到的是她的小说而不是她的理论，那她还会不会成为我的明灯。或者我就是在她的小说理论的照耀下开始创作的。因为是伍尔芙让我知道，我终于可以用新的方法尝试着写一种新的小说了。否则我可能永远都不会写小说。那时候我对小说是如何充满了恐惧。是伍尔芙给了我勇敢。只是那些当年的卡片今天早已不知去向。但是我知道其实它们并没有丢失，而是早已深藏在了我心中的某个地方。让我从那里向伍尔芙索取那思维的财富。

从此我便对这个女人一往情深。那时候尽管不曾读到她的小说，却已经对她小说的名字心驰神往。《海浪》，还有《到灯塔去》。那是多么好的关于“海浪”和“灯塔”的意象。为什么要“到灯塔去”？就单单是为了这意象和愿望。伍尔芙便成为我心中最重要的那个女人。

在那个蓝色的夏季之后，我写了《再度抵达》。我至今以为那是我的一个不错的中篇小说，因为我在那里写了海，和海边的故事。所有对往事的记忆，还有在海边的那种懒洋洋的感觉，都是我不愿忘记的。我觉得哪怕残酷的往事也是美丽的，值得记忆的。还有尝试。那种字体、时空、意识的转换，以及对灯塔包含着无限诗意的意象的追求。那是我今天已经无法达到的境界。那么忧郁地，为大海的正在变成灰色而伤痛。还有，在黑夜中游泳，向着灯塔。在残酷的爱情中成长。

我喜欢海。喜欢海所包含的所有意象。喜欢发生在海边的一切故事。进而喜欢那些喜欢海的作家。譬如，弗吉尼亚·伍尔芙。当然还有杜拉。

然而我要说的并不是伍尔芙的小说，而是这个女人的思想和理论，以及她每日每夜在过的那种沉重的知识分子的生活。她于是很艰辛。在每天的思考和表述中，还有她不断寻找的那种表述的方式。是伍尔芙让我意识到，有时候做一个小说家并不难，他只要拥有对生活的敏锐，和他的那种天才的语言能力。但拥有思想和理论就不仅仅是天才所能够解决的了。那是思维的一个创造性的冶炼和涅槃的过程。那要通过艰苦而勤奋的思想的劳作。那要付出心血和精力，乃至于毕生。那是生命中很苦的一种煎熬。不是所有人都能承受的。

总说理论是灰色的。灰色的意旨可想而知。理论当然如灰色般枯燥且乏味。男人做这样的思想者尚嫌疲惫，何况伍尔芙是个女人。而且她不仅仅是个女人，她还是个漂亮的女人。她还不仅仅漂亮，她基本上还是富有的。一个富有的漂亮的女人为什么还要苦苦思索？

当然那是伍尔芙自愿选择的一种生活。她一定是觉得她的美丽和富有并不重要，或者，不足以使她的生命闪烁出夺目的光彩。她不想用她的美丽去取悦男人，亦不想被她富有的生活所禁锢。如果她不能挣脱那个所有美丽富有的女人的必然的牢笼，那她的生活还有什么意义？

从海边回来便开始思念伍尔芙。很庆幸在海边我读到了伍尔芙的理论。那显然是一种有点功利的索取，因为当时，我正在批评的行当中奋力行走着，写一些印象式的评论。所以感谢伍尔芙那些充满了知性色彩的文字，她给了我工作的勇气和乐趣。

所以我说，伍尔芙才是真正启迪了我的那个人。她从最初的时刻就开始影响我了，她甚至塑造了我。我是在她的文学方式的笼罩下成长的，所以我一直把她视为文学的楷模。或者说，我希望自己能成为她那样的女人。因为她不单单是一个小说家，她还是一个名副其实的，并且在任何评论家面前都毫不逊色的评论家。她是兼而有之的那个作家，并且是将小说和评论都做得异常之好的那个人。

于是伍尔芙成为了理想。

也于是从此，我开始在伍尔芙的引导下寻找文学中的那个我自己。

这就是后来我为什么会在写小说的同时，始终坚持着写一些印象式的批评或者随笔。并且能够在那种近乎灰色的写作中，感受到一种思维的欢乐。我知道那种批评的文字是无可替代的，而唯有被那样的文字不停地滋养着，也许才能保持住小说创作中的某种深度。

想不到我最初读到的伍尔芙的书是那本《论小说与小说家》。而不是《海浪》，不是《到灯塔去》，也不是《达洛威夫人》。那是一本纯粹理论的书籍，但读时的感觉却绝不艰辛，甚至美丽至极。到今天，那本书已经被我读过了很多遍。很多遍之后，它才能总是那么远远近近、不离不弃地滋养着我。而当林宋瑜要我推荐世纪经典的时候，我第一个想到的竟还是这本书。

这本书的译者瞿世镜先生告诉我们：如果我们要研究伍尔芙，那么除了她的小说之外，还必须兼顾她的理论，因为她不仅是有成就的小说家，也是著名的评论家。她是《泰晤士报文学副刊》《耶鲁评论》《纽约先驱论坛报》《大西洋月刊》等重要报纸杂志的特约撰稿人。她一生中共写过350多篇论文、随笔和书评。伍尔芙的评论范围极广，但以小说评论为主。她以小说家的身份来讨论小说艺术，对于此中甘苦自有深切的体会。因此往往能抓住关键，避免浮泛的空论。甚至一些不太喜欢"意识流"小说的读者，对于伍尔芙的文章也很欢迎，因为这些文章写得亲切、生动，可以帮助他们更深地了解和欣赏小说的艺术。对于文艺理论和小说创作的研究者而言，它们更是有价值的。因为它可以帮助他们了解西方现代小说与传统小说的区别，了解西方现代小说的特征和局限，以及小说体裁发展变化的各种可能性。

在现代文学史中，被公认的意识流小说代表人物有普鲁斯特、乔伊斯、伍尔芙和福克纳。普鲁斯特比伍尔芙早生了11年，又早死了19年。既是说当普鲁斯特在法国去世时，英国的伍尔芙已经40岁了。尽管他们不曾相识，但他们在世界的不同角落，一定共享了那西方现代主义的空气。普鲁斯特的《追忆逝水年华》始终是伍尔芙最为欣赏的作品。作者混乱的思维刚好是伍尔芙意识流小说理论的最好注解。她并不认为那是普鲁斯特因致命的肺病所导致的患者的呓语，而恰恰是他有悖于他那个时代其他作家们正常表述方式的偏执和大胆创新，才引起了伍尔芙的极大兴趣。还也许是他们惺惺相惜。因为他们的身体都不够强健。伍尔芙患有神经病，她一生几乎都是在与精神失常做斗争中度过的，就如同普鲁斯特一生是在各种医治肺病的疗养院中度过的一样。

而乔伊斯和伍尔芙几乎是同一代人。他们不仅生活在同一个年代，他们甚至是同一年出生，又同一年谢世。但是伍尔芙却宁愿把乔伊斯说成是年轻人，是那个时代青年作家中的佼佼者。尽管伍尔芙对这个有着无限颠覆勇气的《尤利西斯》的作者多少持一点保留的态度，甚至批评过他的思想贫乏，和写作方式上的某种做作。但是基于他们对意识流小说这种流派的共同追求，伍尔芙便还是满怀热诚地赞赏了这位与她同龄的“青年作家”。她承认他的创作无疑是更接近生活的，是开拓了小说新样式的。她说，无论什么人，只要他阅读过《一个画家青年时代的肖像》或是有趣得多的那部《尤利西斯》，你都会觉得不论全书的意图是什么，它毫无疑问是极端真诚，也是非常重要的。和我们称之为物质主义者的那些人相反，乔伊斯先生是精神主义者。他不惜任何代价来揭示内心火焰的闪光，那种内心火焰所传递的信息在头脑中一闪而过，为了把它纪录和保存下来，乔伊斯先生鼓足勇气，他为此甚至不惜抛弃一般小说家所遵循的大部分常规，将那些按照原子纷纷坠落到人们心灵上的顺序记录下来，让我们来追踪这种不论从表面上看来多么不连贯又是多么不一致的模式。而按照这种模式，每一个情景和细节都会在人的意识中留下痕迹。毫无疑问，这将更接近于内心活动的本质。伍尔芙甚至在她为自己的新书《普通读者》所做的序言中，还特地满怀热诚地谈到了乔伊斯。而就在她如此赞赏乔伊斯的独创性时，这个“年轻人”的《尤利西斯》还正在《小说评论》杂志上连载着，他甚至正在遭受着评论界无情的批评和诋毁。

稍晚的那个意识流小说代表人物是美国的福克纳。在艺术的表现方面，他无疑是一个更具探索精神的大胆的尝试者。《喧哗与骚动》堪称福克纳意识流小说的登峰造极之作。而他的意识流较之他的前辈们显然又有了新的拓展和开创。他似乎已经不再满足于那种线性的意识的流动，而是让来自四面八方的不同人物的不同思绪不停地跳跃和转换着。那是一种环绕着的流动的声音，复杂的，模糊的，多元的，由此便造成了他小说中的那种非常独特的立体的感觉。这无疑也是更接近生活的原生态的。可惜伍尔芙也许根本就没有读到过福克纳的作品，否则，她一定会说，福克纳是美国乃至世界当之无愧的那个最伟大的作家。

是的，普鲁斯特、乔伊斯和福克纳都写出过最优秀的意识流小说。但是他们却不曾有过对这种写作方式的详尽、系统，而又精辟的论述。而伍尔芙不同。伍尔芙写作，写作并且阐述。她希望她的理论和创作并行。因为她的知性，她的思考的能力，以及她所拥有的那种思想的力量和深度。所以，她在写着《海浪》、写着《到灯塔去》的时候，就不能不对这种崭新的写作方式进行分析和总结。或许，她唯有想得清楚，做得才能更清楚。

然后让我们跟随着那本《论小说与小说家》，跟随着伍尔芙的眼睛，去解读历史中的那些不朽的小说和小说家们。她读了那么多，又写了那么多。而不论她写谁，都会在行云流水的文字中，闪烁出智慧的光芒，透露出深刻的思索。

记得一个晚上我和女儿独自在家。我们独自在家的那个晚上令人难忘。那时候女儿只有15岁。15岁的时候她读了《简·爱》和《呼啸山庄》。她觉得她更喜欢艾米莉的《呼啸山庄》，但是她说不出为什么。她觉得这对勃朗特姐妹是那么不同。但又说不清她们的差异究竟在哪里。于是她拿着这两本书来找我，她问我，妈妈你是怎么看这两部小说的。

我说我和你的感觉差不多。《呼啸山庄》更使我震动。然后女儿追问，为什么？是的，为什么？当我要回答这个为什么的时候，我却突然茫然了。但是倏然之间我又不再迷茫。因为我蓦地就想到了伍尔芙，就像心头亮过了一道闪电。那是我曾读过很多遍的《〈简·爱〉与〈呼啸山庄〉》。于是我对女儿说，你等等。然后我就从书架上找出了伍尔芙的那本《论小说与小说家》，并开始如获至宝地在灯下为女儿读伍尔芙为勃朗特姐妹所做的那篇精彩的评论。她是那么深邃地了解着她们，我知道对女儿来说，那就是所有的答案。

在伍尔芙看来，对于像勃朗特姐妹那样带着诗人气质的作家，她要表达的意义和她所使用的文字不可分离，而那意义本身，与其说是一种独特的观察，还不如说是一种情绪。《呼啸山庄》是一部比《简·爱》更难理解的作品，因为艾米莉是一位比夏洛蒂更伟大的诗人。当夏洛蒂写作之时，她以雄辩、华丽而热情的语言来倾诉“我爱”“我恨”“我痛苦”。她的经验虽然更为强烈，却和我们本身的经验处于同一个水平上。然而，《呼啸山庄》中却没有这个“我”。没有家庭女教师。也没有雇用教师的主人。有爱，然而却不是男女之爱。艾米莉是被某种更为广泛的思想观念所激动。那促使她去创作的动力，并非她自己所受的痛苦和伤害。她朝外面望去，看到一个四分五裂、混乱不堪的世界，于是她觉得她的内心有一股力量，要在一部作品中把那分裂的世界重新合为一体。在整部作品中，从头至尾都可以感觉到那巨大的抱负——这是一场战斗，虽然受到一点挫折，但依然信心百倍。她要通过她的人物来倾诉的不仅仅是“我爱”或“我恨”，而是“我们，整个人类”和“你们，永恒的力量”。

是的，这就是伍尔芙心中的艾米莉。她认为艾米莉能够把我们赖以识别人们的一切外部标志都撕得粉碎，然后再把一股如此强烈的生命气息灌注到这些不可辨认的透明的幻影中去，使它们超越了现实。那么，艾米莉的力量就是一切力量中最为罕见的一种了……只要她说起荒野沼泽，我们便听到狂风呼啸，雷声隆隆。

这就是那个夜晚。和女儿在灯下。读伍尔芙。谁能说那不是一个享受的时刻呢？让伍尔芙和伍尔芙眼中的勃朗特姐妹与我们在一起。浸润着我们的思想，和我们心中的生活。

然后你听她又在满怀敬意地谈论着谁？哈代。是的，哈代。她的前辈。她曾经在1926年夏季的某一天专门去探望了这位作家。然后，她便以无比诗意的语言描述了哈代的小说。她认为，哈代比任何小说家都更能把那种物质世界的感觉带到我们面前，让我们感觉到人的生存的渺小前途被一种自然的景色所包围。这景色独立存在着，然而它又给予哈代的人生戏剧一种深沉而庄严的美。那黑色的低地，点缀着埋有尸骨的古冢和牧羊人的茅舍，它和苍穹相颉颃，像海面上的波纹一般光滑，但是坚实而永恒，向一望无际的远方延伸过去，在它的皱褶中隐藏着幽静的村舍，它们的炊烟在白天袅袅上升，它们的灯光在夜晚广袤无垠的黑暗中闪耀。加布利艾尔·欧克（《远离尘嚣》中的人物）在大地的脊背上放牧着羊群。他就是那个永恒的牧羊人。多少年来，他一直在他的羊群旁边守望。

多美的语言。这就是伍尔芙感觉中的哈代。哈代让她觉出了大自然那宁静的力量，又让她听到了那种拉丁化的响亮音调。还有，哈代告诉我们，人类是在一种不均衡的对抗中支撑着人性的。这大概便是哈代的永恒的主题。而这主题就这样被聪慧的伍尔芙洞穿了。

接下来伍尔芙又说到了劳伦斯。那个她同时代的作家。那个写了《儿子和情人》，写了《查泰莱夫人的情人》的作家。那个曾经被英国政府禁止甚而抛弃的男人。她在1932年的日记中说她是怎样带着常有的挫折感去读劳伦斯的作品。她说她觉得她与劳伦斯有着太多的相似之处，他们都想走自己的路，因而忍受着同样的压力。所以她在读着劳伦斯的时候没有逃避，她希望能从他的作品中找到一种从另一个世界中摆脱出来的声音。但是劳伦斯的沉闷与闭塞又让她失望和沮丧。因为劳伦斯到底是一个矿工的儿子，他永远不能像普鲁斯特那样真正地发出天籁一般的声音。然而，阅读劳伦斯终究让她获得了一种能够深入解读这个男人的机会。于是，在劳伦斯去世一年之后，她便写出了那篇对这个作家满怀热情又入木三分的文章。她看到了他的灵魂的深处，那是因为她能从她心中的一个很深的地方去了解这个奇特的男人。

伍尔芙认为《儿子和情人》是一部心智不凡的小说。它的奇特之处就是你会在劳伦斯的字里行间时时刻刻感觉到一种不安，一种轻微的颤动和闪光，好像它是由一些分散的闪光物体构成的。这部书中的世界，永远处于凝聚和解体的过程中。到处充满着被压抑的激动、不安和欲望，就像男主人公的躯体一样。因此，不论什么东西展现在我们面前，似乎都有片刻时间是属于它自己的。没有什么东西安心停留在那儿被人观看。所有的东西都被某种不满足的渴望，某种更高的美感或可能性所吸引开去。因此这部书兴奋、刺激、感动并改变着我们。

然后伍尔芙笔锋一转，便离开了这部小说，去谈论劳伦斯这个人了。也许她真正想要谈论的，就是这部作品的那个创作者。她似乎觉得作家本人的故事或者本质更能吸引她，并使她为他的人生而震撼。她是从矿工的儿子这一点来解释劳伦斯的。她一针见血地指出了劳伦斯对他生存的环境的不满，指出他渴望脱离他自己的阶级而进入另一个阶级。他相信中产阶级具有他所没有的东西。他觉得中产阶级有理想，有道德，或者有他希望自己具有的某种其他的东西。所以，伍尔芙认为这就是劳伦斯为什么总是心情不安的原因之一。他不喜欢他的环境，这使他对于写作的态度和别人不同。而那些拥有稳定地位的中产阶级作家则欣赏他们的环境，他们的优越条件允许他们忘却那些环境的压力，而劳伦斯不行。

伍尔芙说，劳伦斯便是从他的出身获得了一种强烈的动力。他似乎并不是为了文学本身而对文学感兴趣，所以他不附和任何人，也不继承任何传统。他无视过去，也不理会现在，除非它影响到未来。作为一个作家，这种缺乏传统的情况，对他的影响极大。于是他才能毫无禁忌地让思想直接地蓦然闯进他的头脑，让那些自由的不来自任何传承的字句迸射出来，就像一颗石子投入水中之时向四面八方飞溅的水珠。

这就是劳伦斯。

伍尔芙将他无情穿透。

然后便是伍尔芙最最欣赏的普鲁斯特，也是她说得最多的作家。她读他的《追忆逝水年华》，她便禁不住地总是要谈论他，足见《追忆逝水年华》对她的震撼。她欣赏他。那是因为她和他有着太多的相似之处：他们都养尊处优，他们都高贵优雅，他们都脆弱敏感，并且他们都被某种疾病侵袭着。于是她对他便有了一种深刻的亲和力，那是一种生命的相通、气质的相近。所以伍尔芙在谈论普鲁斯特的时候，其实在某种意义上，就等于是在谈论她自己。

普鲁斯特之于伍尔芙，就像是她手中的一把钻石。她总是任意将它们镶嵌在她几乎所有理论的所有地方，无论她的哪一篇文章从你的眼前闪过，你都会觉出那个普鲁斯特在闪着远远近近的耀眼的光。不管是她专门评论普鲁斯特的文章，还是她评论其他作家的文章，甚至她信手写来的那些日记，都会有普鲁斯特的字样在不断地出现着，闪烁着，诱惑着，就仿佛一个迷人的陷阱。而被陷进去的那个人，当然首先是她。

她认为，在阅读普鲁斯特的作品时所遇到的困难，大部分来自一种内涵丰富的转弯抹角的表达方法。那么普鲁斯特又是怎样表达的呢？于是伍尔芙便为我们找到了一个例子。那是在她看来最典型的那一种，那大概也是只有她和普鲁斯特才懂的一种方式，一种他们共同的追求。

当他的母亲叫他来到弥留之际的祖母的病榻旁，普鲁斯特写道：“我醒过来回答道：‘我并没有睡着。’”就这么一句。然后伍尔芙说你们看，这就是普鲁斯特。他甚至在此关键的时刻，都要停下来细致入微地解释，为什么在醒来之时，我们往往在一刹那间会觉得自己并没有睡过。伍尔芙认为作品中的这种停顿尤其引人注目，因为这不是人物“我”本人的反省，而是由叙述者非个人化地提出来的，从一个不同的角度。由此，它便给心灵留下了一种强烈的紧张感，而很自然地就把焦点集中在了隔壁房间里的那位临终的老妇人身上。

这就是伍尔芙所欣赏的普鲁斯特式的方式。他的环绕着一个中心点的事物积累是如此丰富，又是如此遥远，如此难以接近和领会，以至于这个积累的过程是逐步的、艰苦的，而那最终的关系是极端复杂难解的。有许多关于它们的东西要思索，大大超乎人们原来的预料。一个人物不仅要与另一个人物发生关系，还要与气候、食物、衣服、各种气味，艺术、宗教、科学、历史，以及千百种其他的影响发生关系。

所以，伍尔芙觉得，只有像普鲁斯特那样来解释人物，也许才更接近人的本质。因为一旦你分析意识，你就会发现，意识是被千百种微小的、不相关的意念所搅动着，而这意念中又充斥着杂七杂八的信息。也所以，普鲁斯特的人物才总是由一种不同的复杂而斑驳的实质构成，而在他们的身上，又总是充满了无穷无尽的思想、梦幻和信息……

当离开了个人，伍尔芙又把她评论的欲望转向了群体。转向了英国以外的那些伟大而杰出的作家的群体。而在所有的国度中，最令伍尔芙震撼的，大概就是俄国文学了。她一直为人们不能用原文来阅读伟大的俄罗斯文学而深感遗憾，她相信在俄文转化为英文的过程中，一定有什么非常重要的东西流失了。她说拙劣的译文让那些伟大的俄国作家们好比经历了一场地震或铁路交通事故，他们不但丢失了他们所有的衣服，还失去了一些更微妙、更重要的东西——他们的风度和他们的性格特征。所以那些盲目追逐俄国文学的人就难免显得可笑，因为他们所热衷的俄国文学已经是残缺不全的了。

然而伍尔芙还是写出了《俄国人的观点》那篇文章。那是她非常优秀、非常深刻，而且至今读来依然耳目一新的一篇文章。

在阅读了大量的俄国文学之后，伍尔芙终于发现：俄国小说中的主要角色是什么呢？那就是灵魂。灵魂是几乎所有俄国作家都要探究的问题。只不过在契诃夫那里，灵魂是细腻微妙的，容易被无穷无尽的幽默或愠怒所左右；而在陀思妥耶夫斯基的作品中，则有着更大的深度和容量，就仿佛始终被剧病和高热所纠缠着。

显然伍尔芙更喜欢陀思妥耶夫斯基的作品。因为在某种意义上，陀思妥耶夫斯基也被视为现代派小说的鼻祖，因为他比他同时代的作家更注重人的内心。而恰恰这也是伍尔芙所特别看重的。

听她用怎样疯狂的语言来描述俄国的这个疯子一般的作家吧。

她说，陀思妥耶夫斯基的小说是波涛翻腾的漩涡，飞沙走石的风暴，会把我们吸进去的嘶嘶作响、沸腾滚泡的排水口。它是完全纯粹用灵魂做原料来构成的。我们被身不由己地吸了进去，在里面旋转，头昏眼花，几乎窒息，同时又充满着一种眩晕的狂喜。

陀思妥耶夫斯基所要说的唯一，就是灵魂。我们受折磨的、不幸的灵魂。而他要做的唯一，就是谈论揭露和忏悔，就是从肉体和神经的伤口中，把那些在我们心底的沙滩上蠕动着的难以辨认的罪恶拽出来。

是的，这就是陀思妥耶夫斯基。对他来说，最要紧的就是灵魂，以及它的热情，它的骚动，它的美丽和邪恶相交织的惊人的大杂烩。它们是如此一层夹一层地纠缠在一起，无法分解地混杂为一团。原先各自分离的因素，现在互相融合在一起。人们同时是恶棍又是圣徒；他们的行为既美好又卑鄙。我们热爱他们，同时又痛恨他们。我们惯常所说的那种善恶之间明确的分界线，是不存在的。我们所最钟爱的人往往就是最大的罪犯，而那最可怜的罪人往往使我们感动，以至于产生最强烈的赞赏和爱慕。

是的，这就是陀思妥耶夫斯基。在他激烈的情绪中，使我们着迷的永远是人的心灵。而令我们关心的，也永远是那些心灵的轶事。他所向我们显示的，是粗糙外表下的混乱和复杂，而这混乱和复杂又是怎样地单纯，强烈，深刻动人。所以他的小说看上去，总像是出自一个狂热者的呓语，他甚至准备牺牲掉所有的技巧，甚至艺术，以揭示灵魂的困惑和骚乱。

是的，这就是陀思妥耶夫斯基。哪怕是当他疲乏之时，他也绝不停止。他无法限制自己，他只能不停地写下去。因那灵魂在他的胸中郁结着，他必得要让它们热烈地、滚烫地、混杂地、惊人地、可怕地、令人压抑地向我们翻腾而来。

是的，这就是陀思妥耶夫斯基，他将永远和他的灵魂焦灼在一起。

伍尔芙看到了这一点。她说了出来。关于陀思妥耶夫斯基的最经典、最准确、最深沉，也是最激动人心的评语。她代替了我的眼睛。她说出了我们的感觉。

而在伟大的俄罗斯文学中，又有谁能与陀思妥耶夫斯基交相辉映呢？在伍尔芙看来，唯有托尔斯泰。以追求前卫思潮而著称的伍尔芙竟然宣称，托尔斯泰才是所有小说家中最伟大的一位。如此对托尔斯泰的倍加推崇，无疑证明了崇尚现代主义的伍尔芙并不是站在狭隘的现代主义的立场去判断那些优秀的写实主义作家们的。尽管她小说的风格和追求与托尔斯泰的相去甚远，但她还是看到了托尔斯泰的批判现实主义是怎样地深刻，而他的小说又是怎样地如史诗般壮丽辉煌。

伍尔芙在谈论这位大师的时候说，正如灵魂支配着陀思妥耶夫斯基，是生活在支配着托尔斯泰。她说，托尔斯泰作品中的人物所要思考的最多的问题，就是为什么要生活？这便成为托尔斯泰的永恒的主题。于是在他的作品中，总会有一位皮埃尔或列文，他们已经取得了所有的人生经历，能够随心所欲地对付这个世界，但他们还总是不停地问，甚至在他们享受生活的乐趣之时也还是要问：生活的意义是什么，人生的目的又应该是什么。伍尔夫认为，这可能就是托尔斯泰的为什么会崇高和不朽。

当告别了沉重的俄罗斯文学，伍尔芙又让她的声音来到了美国。她浏览那片新大陆上操着英语写作的移民作家们的作品，她知道他们是乘着“五月花”号登陆美洲的，她也知道从此他们所发出的，将是怎样来自新大陆的令人振奋的交响乐。

来看看伍尔芙是怎样看待新生的几乎没有历史更没有传统的美国文学吧。不知道为什么，过去读伍尔芙的理论时，我好像一直忽略了伍尔芙论美国文学的那一章。或者因为那时候我并不关心美国文学，所以当这一次重读，就像读一篇新的文章。而读过之后，才忽然发现这篇写于1925年的文章是怎样的地道和准确。因为当76年过去，你竟会觉得，还没有谁能超越伍尔芙当年对美国早期文学的真知灼见。这大概就是伍尔芙为什么不朽。她超越了时空。

伍尔芙在这篇1925年的文章中，开宗明义的第一句话就是，到一个外国的文学领域中去漫游与我们到国外旅游极其相似。于是，这便成为了她看待美国文学的一个最巧妙的视角。接下来，她就可以毫无顾忌地以一个旅游者的心态，开始对惠特曼、对霍桑、对德莱塞、对安德森和刘易斯他们这些新大陆上的名士风流们品头论足、说三道四。她看待他们就像是看待美国广袤大地上的那一处处粗糙、荒蛮而又美丽的风景。而她对新生的美国文学的评价，便也是这样边走边看边感觉。她对他们的思索，就如同她的意识流小说，不停地从她的大脑坠落到文字中，散乱着，但却闪光。

伍尔芙首先指出美国是一个不同于英国的新的国家。尽管早期的美国移民大多是来自英国，但是当他们一旦开始在新大陆上的写作，他们抢先要解决的问题，就是要宣言他们是美国人而不是英国人，哪怕他们依然是在用英语写作。伍尔芙认为安德森就是这样的美国人的典型代表，因为自从写作开始，他急于要做的，就是把自己从英国文学那伟大而僵化而Gentle Man的传统中分离出来。他甚至声嘶力竭地要让世界知道，我就是那个美国人。这句话意味了什么？伍尔芙以她游客的眼光解释说，这句话是带着一种被淹没的然而却是最基本的欲望，顽强不屈地涌上安德森的心头的。是的，他就是那个美国人。这是一种可怕的厄运，又是一个大大的机会。但是，不论好坏，他就是那个美国人：苦苦挣扎着，要意识到他的自我，充满对自己和别人的惊奇之感，试图悠然自得，而不是假装悠然自得。

多么精辟。她说，这就是成为美国人的过程中的第一步——不当英国人。一位美国作家所接受的教育的第一步，就是把一直在已故的英国将军们指挥之下前进的整套英国话语的大军统统解散。他必须训练并且强迫那数量不多的美国文字来为他服务；他必须忘却他在菲尔丁和萨克雷的学校中所学到的一切东西；他必须学会像他在芝加哥的酒吧和印第安纳的工厂中和人们说话那样来写作。而美国文学，事实上也如伍尔芙预期的那样，是在这种“我就是那个美国人”的叫嚣中成长起来的。因为他们真的发出了自己的声音，美国的声音。

然后伍尔芙比较这有着千丝万缕联系的美国和英国的文学。她说英国的传统建立在一片小小的国土之上，它的中心是一幢古老的住宅，其中有许多房间，每一个房间都塞满了东西，挤满了人。他们彼此之间互相熟悉，关系密切，他们的举止、思想、言论在不知不觉之间一直被过去的精神统治着。然而，在美国，棒球代替了社会活动；一片崭新的土地代替了在无数的春天和夏季激动了人们情绪的古老风景。在这片土地上，锡罐、大草原、玉米田无规则地四散分布着，就像是一件不合适的镶嵌工艺品，等待着艺术家们的手来把它整顿得井然有序。

生活在古老英国被英国的文化所浸透的伍尔芙，尽管对美国文学的太要传统和太不要传统这两种倾向进行了批评，但她对新生的美国文学还是非常欣赏的，甚至是满怀了激情的。她认为英国的文化传统尽管深厚，但它已经不足以面对一个新的时代。而要使文学能适应不断向前发展的时代，能表现现代人的心灵，就需要一种新的艺术以及一种新的传统的控制。而美国文学中不断发展的语言，就证明了这种新的传统的诞生何等重要。因为，在伍尔芙看来，那些美国人正在做着伊丽莎白时代人们所做的事情——他们正在铸造新词。而你要想在英国的小说中寻找到新词，往往会徒劳无功。伍尔芙说此事可谓意味深长：因为当我们想要更新我们的语言时，我们竟然要向美国借用新词。而所有那些富于表现力的、不登大雅之堂的、生气勃勃的俚语，也竟然悄悄在我们中间通行了起来，开始只是口头使用，后来就日渐增多地见诸文字，而它们竟然都来自大西洋的彼岸。

于是伍尔芙说，我们不需要十分有远见就可以预言：

当词汇被铸造出来之时，一种新的文学就会从这些词汇中产生出来了。

接下来我最想说的，就是伍尔芙对她所处的那个时代的文学所采取的那种最辩证也是最宽容的立场。也许是因为她身处其中，但更重要的是她的那种平和的心态，和她的那种发自内心深处的对本时代文学的关切与支持。所以她不满意那些对现代文学总是苛责批评、心怀不满的评论家们。当然她并不否认她所处的那个时代的英国文学不够伟大。她反复说，这是个支离破碎的时代，这个时代很荒芜，以至于没有任何一个姓名能够鹤立鸡群，也没有一位老师傅的工场，可以使年轻人在那儿当学徒而引以为荣。那么文学就更是如此。在有着司各特、华兹华斯、拜伦、奥斯汀、济慈以及雪莱的那个天才时代之后，英国文学所余的似乎就只有几节诗，几页书，这一章那一篇，这部小说的开端和那部小说的结尾，堪与任何时代或任何作家的佳作媲美了。是的，伍尔芙承认这一点，承认这种带着某种悲观主义色彩的现实。

然而，她却最终不愿以这种悲观的态度来面对今天。她是希望能张开双臂拥抱现实的那种作家，何况，她自己的思想和创作就深深植根于这样的现实中。对伍尔芙来说，那是个她与之有着亲密关系、她甚至赖以生存其中的世界。所以她不愿总是生活在那些被大师们笼罩的伟大阴影中，她不停地呼吁那种对现实的乐观主义态度，她说：不错，我们确实不得不怀着嫉妒之心去回顾往昔，但毕竟，这是初春晴朗日子中的第一天，生活并非完全缺乏色彩。

伍尔芙的乐观主义是来自本能的，来自晴朗的日子，来自美酒和谈话，来自这样的事实——当生活每天献出这样的珍宝，每天使人想起的东西比最善辞令的人所表达的还要多，那么人们虽然十分仰慕死去的一代，但还是宁愿拥有现在这样的生活。

而当代文学亦如此。它尽管有它的不足之处，但对于人们仍有着支配能力和同样的魅力。伍尔芙认为没有任何过去时代的人，比我们这一代更需要珍惜和爱护我们当代的作家。我们需要过分鲜明地意识到现在。每天我们都会发现自己在做着、说着、想着对我们的父辈说来是不可能的事情。而新的书籍之所以能诱惑我们去阅读，就是它能反映出我们所处的这个时代，能表达和过去时代相分离的差异之处，而不是去表达那些与过去时代相联系之处。而天才的时代过后，接踵而至的，必然是一个竭力挣扎的时代：人们通过纯洁而艰苦的工作，来表达他们骚乱而越轨的思想。

伍尔芙的时代和我们今天的时代难道不似曾相识吗？

伍尔芙半个多世纪之前的话语，难道不是对我们今天的启迪吗？

然后，再让我们听一听伍尔芙对那些以当代文学评论为己任的评论家们（她承认那些评论家所说的，一位伟大的评论家是最为罕见的人物。但，那要他自己就是一位伟大的诗人，而不是从时代的挥霍浪费中孵化繁殖出来的）是怎样评价的：让我们承认，他们的工作是困难的，危险的，而且往往是讨厌乏味的。让我们恳求他们慷慨大方地给人以鼓励，但要节约花环和桂冠。因为它们很容易扭曲枯萎，在六个月之内，就会使戴上它们的人看上去有点滑稽。让他们对于现代文学采取一种更为宽广而较少个人色彩的见解，并且确实把作家们看作正从事某项宏伟建筑的人们，这座建筑是由集体共同努力完成的，那么作为个体的工人就不妨默默无闻。让我们请求他们仔细眺望远处的地平线，为未来的杰作准备道路吧。

这是伍尔芙的肺腑之言。是的，难道不是那个时代的乔伊斯、劳伦斯，还有亲爱的弗吉尼亚·伍尔芙铸造了那个时代的英国文学的辉煌吗？

时间会拯救真正伟大的文学，并让它们成为不朽。

这就是这个女人的生活。这是她每日读书每日思考的结果。可以为她的这些理论作注脚的，还有她的那本日记选。那是当那个被思想所困的女人投河自尽之后，由她的丈夫为她编选的。同样的思想，每天很累的生活，精神的劳累，和与灵魂的抗争。不，我不是想说伍尔芙是在用怎样的方式来写她的日记，我只是想说读了她的日记才会更了解这个女人是怎样生活的。因为她在她的日记中所写的，几乎全是她怎样读书，又是怎样写作。她似乎只有这一种生活的样式，独自坐在花园的玻璃房子中，读书并且思考。日复一日，又年复一年。

她便是这样选择了她自己的生活。自己与自己在一起。自己用文字诉说自己的心灵。自己平静地过独自灿烂的精神生活。平静而充实，便铸造了她的一生。

所以伍尔芙才堪称知识分子。她所具有的知识分子的特征之一，就是她内心的平静。不是说她的作品中没有激情和热烈，而是说她的能够接受平静并肯于平静就证明了她所拥有的那种深邃的力量。一个知识分子的力量。

于是便要说到杜拉。因为比起伍尔芙，杜拉几乎就不是知识分子，她甚至算不上一个知识的女性。杜拉的小说更多的是来自物质的世界。如果说杜拉有思想，那她的思想也是来自感觉。因为她更多地生活在感觉中。感觉就足以让她成为一个小说家了。她甚至无需读书，无需费力地去思考什么，也无需一定要成为一个理论家。

大概因为有了杜拉做比较，伍尔芙才显得更知识。她就是那样永远生活在理性中，并且面对一切时，她只选择知性的态度和立场。所以她的生存才会很平静，至少看上去是平静的。她总是被纠缠在思考和读书中。她因此而不会放纵自己，更不允许自己任情任性，无休无止地去恋爱，或是做出什么越轨的事。她更不会像杜拉那样去酗酒，糟蹋自己，把自己的生活弄得一团糟。伍尔芙是智者。哪怕是在最最痛苦和无望的时刻，在自己的精神彻底崩溃的时刻，在不能读书也不能思想的时刻，伍尔芙也只是让纯净的河水淹没自己的生命和烦恼，从此结束那沉重的智慧和美丽，结束那不能再平静下去的深邃的一生。你看，就是死，伍尔芙也选择了知识分子的死。

伍尔芙是个美丽的女人。她美丽是因为有思想和知识在她的容貌中驻足，是因为她拥有着知识分子的烙印和立场。

去读伍尔芙的《论小说和小说家》和《伍尔芙日记选》吧。那一定是人生的一种最深沉的享受。然后，你会觉得你拥有了一个美丽的精神家园。伍尔芙将与你永远相伴。

各自孤独地灭亡了

她突然觉得满目苍凉。而满目苍凉是因为，满心的苍凉。但是她依旧坐在海风瑟瑟的阳台上。这里是离海最近的地方，也是她觉得能够静心读书的地方。她总是把她正在读的和想要读的书放在桌子下的竹筐里。她希望那里的书都是她所喜欢的。那些书灯塔一般地，仿佛能照亮你的灵魂。她把这当作生活中最好也最有意思的事情来做，所以她从来没有厌烦过读书。她像喜欢大海一样地喜欢读书。

而此刻，她正在翻看的是一本伍尔芙的书。看伍尔芙的小说总是让她很疲累。那种身心俱损的，甚至每个字都不能不去思索的阅读。

她已将伍尔芙的《到灯塔去》不知看过了多少遍。但年轻时读后的那种感觉，她竟然倏忽间全都忘光了。留下的只有灯塔的意象。这意象年深日久，却历久弥新。仿佛在她的生命中，又仿佛在遥远的什么地方，照耀着，并无形地引导着她。

不久前，她又读到了另一本关于大海的书，《海》。她喜欢小说中那种影影绰绰的方式。无须有什么故事。只是些细微的记忆、破碎的现实、感人的思绪就足够了。那朦胧的爱，濒死，或者死亡，故园不堪回首的悲凉，年华老去，是的，还能有什么比这更让人痛彻心扉的吗？

再读《到灯塔去》，依旧地，很疲累。这或者就是伍尔芙留给世界的方式。这个女人说，意识，就如同纷纷落下的思维的碎片，而记录下这些没有规则的意识的瞬间，才是真正的真实。在《到灯塔去》中，伍尔芙又说，许多念头纷至沓来，就如同，一群蚊子在上下飞舞。他们是各自分离的，但又被控制在一个看不见的、有弹性的网中……这就不单单是文学的问题了。是的，伍尔芙已经大大超越了她所置身的范畴，哦，这个美丽的女人，她简直是在进行一种关于大脑的科学研究。

但是，《海》。

她偶尔从书页中抬起眼睛。看到的依旧是满目的苍凉。曾经繁茂的枝叶，便这样，悄无声息地，就枯萎了，甚至连屋顶上的茅草也已经寂灭。

同样的回归故里，她是在比较《海》和《到灯塔去》。《海》中的鳏夫，在失却了他罹患重病的妻子后，回到童年时遥望的这座大房子。在意识中，这房子似乎已经不属于任何人，而只属于他，和他的童年。那些不能和任何人分享的隐秘的记忆。那些只跟激情相关的，残酷的往昔。

为什么，《到灯塔去》的主人公是那位美丽的拉姆齐夫人？为什么，在海边，所有人的思绪都围绕着这位优雅的美妇人？她的丈夫、孩子，还有那些被请来海边别墅度假的客人们，甚至庄园的仆从们。当然还有那个一直在困扰着他们的到灯塔去的愿望。但始终未能如愿以偿，至少，在拉姆齐夫人活着的时候。于是这便成了拉姆齐夫人永生的遗憾，也成了一直光照于她的，那个，灵魂的愿望。

她读着，被伍尔芙描写的那个很美的妇人。尽管她已经生了八个孩子，尽管她有丈夫，但来此聚会的男人们还是把他们的目光毫不吝啬地投向了这位拉姆齐夫人。在他们的印象中，这个相夫教子、严守妇道的女人依旧很美，美到了一种极致，一种，几乎让人难以承受的境地。无论她动着还是静着，她都像一个画中的女人。而这位翩翩于《到灯塔去》中的美妇人，事实上已经年过半百了。

她读到这里，恍然意识到伍尔芙为什么要写拉姆齐夫人，为什么要把一个50岁的女人当作主人公，又为什么，要把这个经历过岁月沧桑又经历过无数次生育的女人写得如此之美了。于是她开始查阅各种有关《到灯塔去》的资料，包括写作的年限。是的，1927年。于是她终于明白，在那一年，伍尔芙本人也已经45岁了。在那个年龄段上，事实上45岁和50岁没有多少区别。于是，50岁的拉姆齐夫人，应该是伍尔芙非常熟悉的。而这个美丽而优雅的拉姆齐夫人，在某种意义上就是伍尔芙自己。

她不知道，用这样的方式解读伍尔芙是不是很残忍。或者这根本就是一种一厢情愿的误读。但伍尔芙确实就是那种50岁以后依旧很美的女人。她的美，是美到灵魂美到永恒的那种美。哪怕年华老去，美却依然。美的伍尔芙，所以，美的拉姆齐夫人。

然而，美如油画的拉姆齐夫人却在《岁月流逝》的篇章中，死去。在一个括号里，被伍尔芙淡然提及：在一个阴暗的早晨，拉姆齐先生沿着走廊蹒跚而行，他向前伸出胳膊，但拉姆齐夫人已于前晚突然逝世，他虽然伸出了胳膊，却无人投入他的怀抱了。

如此简单的两行文字。并且并不是专门描写拉姆齐夫人的。简洁得不能再简洁。那个美到绝美的拉夫人，竟那么轻易地，就没有了。

伍尔芙的哀悼，在最后的，叫做《灯塔》的篇章中。所有曾聚集在拉姆齐夫妇家中的朋友，十年后，又回到了这座几近荒凉的大房子。十年后重拾的，到灯塔去的，那从不曾消退的愿望。尽管拉夫人已经没有了，但铭记着夙愿的亲人们还是登上帆船，朝着灯塔的那个方向，乘风破浪。哪怕海上惊涛骇浪，哪怕，深爱着拉夫人的拉先生已经年过七旬。他带着拉夫人生前疼爱的一对最小的儿女。在等待了整整十个年头之后，他们终于夹带着拉夫人的愿望，踏上了那梦一般的灯塔之旅。

她不敢说她就读懂了《到灯塔去》，但是十年后的还以夙愿，还是让书中各色人等的形象更加完整了，包括一直在画画儿的莉丽。莉丽用她绘画的眼睛，看庄园中这位美丽的夫人。又用她看到的男人的眼睛，再度审视这女人在他人心目中的印象。结尾处不停呼叫着拉夫人的，就是莉丽。或者她是另一个拉夫人，不美，却能将美的记忆铭刻于心。

只是，她并不知道被海浪淹没的感觉是怎样的。慢慢地被吞噬？还是骤然之间地，一切就都化作了乌有？在拉姆齐先生圣徒般朝觐灯塔的航程中，船长所关心的并不是航程，而是，不久前被大海吞没的渔船。是的，渔夫们在被海浪吞没的那一刻高声喊叫道：

我们灭亡了。

各自孤独地灭亡了。

是的，这才是伍尔芙最深刻的感受。为着生存，却一个声音高叫道，我们灭亡了。并且，各自孤独地灭亡了。那是怎样的悲哀。但是伍尔芙知道这就是大海，它将永远不会被征服。

接下来《海》中那个懵懂的少年，青涩地爱上了那个母亲般的女人。那女人有着两个孩子，其中的女孩和他一样大。那时候他当然不会知道，他爱的究竟是女人，还是母亲。或者在他迷茫的信念中，女人即是母亲。而母亲是不能恋爱的，但她是他人的母亲，便可以从此朦朦胧胧地，感受着那种爱的感觉。那些激情和惋惜，甚至些微的妒忌。

海边的那个男孩叫什么？不，那已经不重要了。无非一个穷小子，却不能抵御来自女孩克罗伊对他的爱。那是个住在海边大房子里的任性的小女孩。是的他不能推开她突然的吻，亦不能不去抚摸她少女的欲望。但是当女教师露丝野蛮地结束了这一切，接下来又会是什么呢？是的，在海边，没有什么比这样的描述更令人痛彻的了：

——我（《海》中的那个男孩）听到麦勒斯（女孩克罗伊的弟弟）在我身后，过了一秒，他头朝前伸着冲过我身旁，看起来更像是在翻滚而不是跑。当他到了克罗伊（喜欢“我”的女孩）坐着的地方，便坐在她身旁，一只胳膊搭在她肩膀上，头靠着她。露丝（家庭女教师）停下来，用不确定的眼神看着他们一起躲在那里，背对着整个世界。然后他们平静地站起来向海里跑去，水像油一样平滑地在他们身边几乎没有任何阻挡，他们弯下身慢慢地游着，两人的脑袋在白色的波浪中摇摆着，越来越远。

——我不知道当时我在想什么，我不记得想什么了。头脑一片空白。他们现在已经很远了，他们俩，远得成为了苍白暗淡的海与更苍白的天空间的两个小白点，突然，其中一个白点消失了。刹那间，一切都结束了，我是指我们能看到的。一个斑点，一片白色的水域，比周围都要苍白。然后什么都不在了，这个冷漠的世界闭合了。

——眼看着两个鲜活的生命突然间，令人惊骇地，消失了。

这个目睹了死亡的男孩，成年后又回到香山墅。在不堪回首的往事中，他认出了那个曾年轻漂亮的女教师露丝。这是当年杀了那对姐弟的两个凶手的重逢。在几十年后。谁？是的，他们不知道究竟谁该对那两个孩子的死亡承担罪责。

很冷的秋风吹过来，夹带着海的潮湿。那么美的黄昏开始降临，却天海茫茫，林木萧瑟。海总是美的，她这样说服自己，一望无际的，平缓的动荡。绸缎一般的，柔软，却能够在陆地一般的宁静中，吞噬生命。

自然而然地，她将《到灯塔去》和《海》联系了起来。觉得它们之间有着某种看不见的、但却传承的关系。都是故地重游，都有复杂而暧昧的关系。想象着到灯塔去的拉夫人与拉先生，疼痛着双胞胎姐弟的葬身大海。是的，都是跳动的回忆，闪回的思绪。那今世前生。在伍尔芙那里，是十年的跨度；而班维尔（《海》的作者）的故事，则几乎跨越了一生。然后是，所有的衰败与萧条，那听不到的心灵的呜咽。墙顶上那些枯黄的茅草，在落日时分，闪烁出，黄昏的光。

是的已经很冷了。她依旧坐在阳台上。她不想错过眼前正在弥漫的色彩。她一直觉得黄昏是大自然中最美的景色。她不再看《海》，也不再看《到灯塔去》。暮色掠夺了她读书的光线。就那样一层一层地昏暗下去，她知道在最美之后必然是，最沉的黑暗。

爱一次，或者，很多次

她问，无论谁，你认为一生只爱一次这样的说法真实吗?

一个很敏感的话题。无论对谁。

然后我回答。

那是因为我们的生命就是一条长长的路。我们要经历很多的男人才能走完这条人生的路。而且要经过很多男人才能让我们变得成熟而完美。

我是说一个人一生可能只爱一次吗?

很多人穷其一生仅仅是为了追求真正的爱。激情使他们不断掀开生活的新篇章。总有最美好的在后面。而最美好的一旦得到便又不再美好了，甚至令人失望。于是那些有着进取心和生命力的人，便会永不停歇地追求下去，直到他们生命停止。

我不知道是不是有人一生真的只爱过一次，但是我却知道当一个人体验着这种一生只爱一次的感觉时，就无异于落入了一个美丽的陷阱。那是一个看不见的牢笼，你被关闭其中，被囚禁并且被奴役，却以为身边都是爱。其实那仅仅是表现为爱的一些绳索，精神的绳索。于是你要处处遵守只爱一次的规则。并且在这种残酷的规则中动转不能。我不相信有人会心甘情愿地一生被套牢在这样的规则中。如果真有这样的人，那他无疑就太可怜了。因为他看不见周围的虚伪，或者他看见了却不愿承认。那是他在欺骗自己。

就是说你不欣赏这样的态度?

尤其是那些有才华的人，那些艺术家，甚至，政治家。如今政治家有外遇者被不断曝光。克林顿就不用说了，连法国前总统密特朗那样看上去十分严谨的男人，竟然也有着长期的情妇，甚至他们的女儿都已经很大了。于是有一种为政治家外遇辩解的观点应运而生，而且非常有意思。他们说有外遇的男人至少证明了他们的生命是有着活力的，他们是有激情的。就在克林顿绯闻闹得惊天动地的时候，便有人站出来这样说，他们说他们也希望总统作为男人不要被女人的裙带所纠缠，但是他们又坚信，那些没有绯闻的总统肯定是无能的。尽管这种观点是一种辩解，但至少说明了情爱及性爱是与一个人的生命状态紧密相关的。

这样推论下去，按照规则，僧侣就鲜有绯闻。当然那是因为有戒条和禁忌。而教会中确保这种规则实施无误的，便是素食。素食是对生命欲望的一种最大限度的控制，甚至是毁灭性的。吃肉的动物不仅会有旺盛的欲望，它们的攻击力也是频繁的，无与伦比的。动物尚且如此。素食当然也是对人性的一种抑制。于是，梵蒂冈就宁静而平和了。默默地占据着世界的一角。守护着宗教的教义。素食的僧侣们再没有能力去发动战争，大概也没有统治世界的雄心。他们最大的愿望就是用上帝的声音来控制人类的灵魂。在素食的这种潜移默化的腐蚀中，他们一天天委顿下来，不再有创造力，不再有激情，更不会有淫乱之念。只有静夜思。长长的夜。这样的生命状态事实上是一种守势。守，进而操守，这便是一种境界了。但这种境界中的“淫”也还是有的。意淫。这就是在教堂的墙上和房顶，那些总是让人想入非非的绘画。他们请来米开朗基罗或者伦勃朗或者罗丹，为他们雕塑那些或来自天堂或来自地狱的裸体的男人和女人。就是大圣大贤的基督耶稣，也是光着身子被钉在十字架上的。只遮掩着生殖器的那个部分，那是基督身上唯一没有被教民们看到的地方。他便是如此赤条条地引导着圣徒和教民，为整个人类以及所有的原罪去受难。

你是说，那些裸体的宗教的故事其实是一种变态的情欲？

因为被限制，所以才会变态，其实这就是雨果在《巴黎圣母院》中想要说明的。他是同情那个副主教的。那才是他创作的初衷。反对中世纪宗教的非人性，因为雨果所生存的是一个人文主义的时代。在禁忌中的男人，肯定是不正常的。因为那种禁忌违反了生命的本质。于是扭曲。于是变态。那个副主教真的很可怜，他已经被身体中的欲望引诱得喘不过气来了，而他所要面对的，又是个那么漂亮的吉卜赛女孩。于是他只好将此归结为“宿命”。多么悲哀。没有身与心被撕裂成滴血碎片的体验，是写不出“宿命”这两个字的。这两个字是很残酷的。

就是说，即使是将爱限制在“一生一次”也是非人性的，因为人类的感情应该是流动的，对吗?

是的，确实很多人都有过很多次爱。当然他们为什么要很多次去爱、很多次改变的原因各自不同。譬如杜拉。譬如波伏瓦。不过接下来我想要说的不是她们，她们我已经说得太多了，我要说的是一个比她们更早的并且爱过很多次，很多次被优秀的男人所爱的那个女人，我想你知道我要说的是谁了。

乔治·桑。

是的，乔治·桑。

只有她。年轻的女人说。最近我读了她和缪塞往来的情书，她大概便是那种永远不能在爱情中停住脚步的女人，她总是去爱。她离了爱便不能生存。但是她的爱又永远不能是专一的，她一定要不断更换爱情的对象，据说，就在她依旧和缪塞如胶似漆的时候，她便已经爱上了缪塞的医生——意大利人帕杰罗。

然后我说，其实对这个女人我一直并不欣赏。她喝酒，吸卷烟，穿男装，有时候还满口政治，一副女权主义的那种不修边幅的姿态。据说她也并不漂亮，还是有夫之妇，很不检点的生活。但是让我一直不明白的是，爱上这个女人的男人们为什么都是那么杰出的，青史留名的，譬如缪塞，譬如肖邦，据说还有梅里美。真是太不可思议了。她凭了什么？

所以我想这个女人一定是有着她的过人之处。她能在缺乏通常女性之美的情况下，依然能让男人为她而动心，而歇斯底里，这本身就是非常了不起的。我想她能爱这么多的男人，而且都是这么伟大的男人，那么她的那种爱的能力一定是极强的，她的生命力也一定是极为旺盛的。于是你不得不钦佩她，不得不承认她是个无比卓越的女人。而她还有更不同凡响的地方，那就是她在爱着他们的同时还能造就他们。那些在被她的爱抚养之前一直默默无闻的艺术青年们。她造就了缪塞，造就了肖邦，他们所有最好的作品都是因她而生而灭的。是因为生命中有了她，他们的激情和才华才能被如此调动。

是的，后来他们都成为了比桑夫人还要杰出的艺术家。

我读过桑的一些作品。它们确实不能够吸引我。所以在法国那个文学巨匠辈出的时代，桑并不是一流的作家。也许桑的著名，在某种意义上，更多的是因为她和那些一流艺术家的爱情，以及她身体内所淤积的那永远也喷射不完的激情。她是那种典型的用生命制造艺术的女人。她不管别人怎样看她，我行我素。她是个因生命激情而出名的女人，这是需要付出代价的。

所以她也是值得崇敬的。

当然。桑就是这样的一个女人。拥有着无限的爱的欲望和能力。她就像是一张爱的温床，或是爱的摇篮，诱惑着那些有为的孩子们。她张开她的那母亲的，或是情人的，有时候又是妓女的、荡妇的臂膀，将那些年轻人拥抱在怀中。然后她给他们亲吻，给他们乳汁，让他们迷失在她的身体和感情中。于是他们爱她。疯狂地爱。因爱而苦痛而欢乐，又因苦痛和欢乐而写作。那些将会不朽的杰作。而且果然不朽。足见桑所给予他们的爱是怎样的深刻，怎样的有着力量和质量。那么桑又是什么？一个多种成分的混合体。她集老师、朋友、母亲、姐妹、情人、荡妇于一身。特别是荡妇的那个角色让被她丢弃的那些男人总是耿耿于怀，铭心刻骨。她总是在被男人深爱着的时候抽身而去，于是便给那些男人留下很多惘然。他们不愿意相信那个那么深爱着他们的女人，怎么转眼就会投进别人的怀抱。于是他们愤然离去。在离去之后伤心欲绝。他们不能接受这样无情的现实，于是他们愤而疾书，将他们所有的爱和仇恨宣泄出来，成为艺术的永恒。

他们的那些作品之所以不朽，有他们非凡的才华，但桑给予他们的那种爱的力量也在其中，这也是不能忽视、不能否认的。否则别的女人怎么就没有像桑那样用爱情孕育过那么多伟大的艺术家呢？

桑可能还是伯乐，因为她善于发现那些默默无闻而又才华横溢的毛头小伙。他们来到桑的床前时，都很年轻，甚至可以做桑的儿子。然而桑利用了他们崇尚她那种成熟女人的心理，将他们带进她的小屋，然后和他们上床。接下来她便开始影响他们，打造他们，用她的非凡的头脑和思想（桑是有思想的）。她先是给予他们身体，进而给予他们哺育。她把他们当作了那些嗷嗷待哺的婴儿，她在与他们相爱并做爱的过程中，看着他们一天天长大。然后她就开始折磨他们，他们不知道其实桑的折磨也是一种培养。她对他们的塑造和雕琢是无形的，她从不对他们说你该怎样怎样，但是她的种种爱的方式本身，就让他们知道了该怎样努力才能永远获得桑夫人的欢心。

仅仅是爱就足够了。就足以铸造出一个艺术家了。但那必须是桑的爱。那苦苦甜甜，那镂骨铭心的。在做爱的欢乐、在分离的悲伤、在咸涩的泪水、在苦痛的心灵中，就足够了。桑施展着魔法。让丑小鸭变成白天鹅。这就是桑的能力。仅仅是用爱来启示，来启发。

桑便成为了这种可以爱很多次的那种人。而且很多次造就了伟人。她让她自己的爱的历程每一次都充满了光彩，她也让她爱过的那些男人每一次都不是一无所获。所以桑夫人不是别人。她是个十分了不起的女性。她能够爱很多次，而每一次都是饱满的，有质量的，充满了波澜起伏、悲欢离合的，也是孕育着伟大和不朽的。

再说说缪塞。

是的，缪塞来了，走进了桑的生活。缪塞在浮雕中是那么忧郁而浪漫，而据说她在认识桑之前，是个恶习缠身的花花公子。他吸毒，酗酒，随意浪费他的才华，甚至将时光消磨在妓院的妓女中。但是他遇到了桑。那也是命定。他遇到了桑就疯狂地爱上了她，那么纯真而且那么强烈的爱。生生死死的。整整三年。之后，就有了缪塞的《世纪儿的忏悔》。

还记得我在大学的图书馆里是怎样读着缪塞的这本书。后来当这本书重新出版的时候，我立刻将它买回了家。

有意思的是，不久前我看到一条消息，说一部叫做《世纪儿女》的电影已经于1999年由法国出品。导演是一位女性。她看上去有点先锋姿态的样子，但是却对桑和缪塞的古典爱情发生了兴趣。她说她历经三年去研究桑和缪塞的爱情，用了桑和缪塞相爱的同样时间。她说他们一个是激情饱满、天生傲骨的美妇人；一个是才华横溢、风流倜傥的美少年。她说她试图从男人、女人这两种立场去诠释他们的这段痛苦多于欢乐的爱情。她在拍摄影片时很投入，而她所选择的两位当红的影星比诺什和奇梅也很投入，仿佛他们就是十九世纪的桑夫人和缪塞。以至于他们的投入让他们不能不假戏真做。那是因为桑和缪塞百年之前的那段炽热的爱情太感染他们了。这份地老天荒的爱情不仅感染了他们的表演，同时也感染了他们的身体和灵魂。当缪塞忘情地吻着桑的时候，也就是奇梅在吻着心爱的比诺什。当他们上床，也就是他们在上床激情似火，肝肠寸断。以至于当银幕落下，他们的爱情还不能停止。于是比诺什只能暂时离开银幕，等待着她的婴儿的出生。对这样的一个结果，你知道那个法国女导演是怎样评价的吗？

她说了什么？

演好一场自己根本不相信，并且没有感觉的爱情戏，对于演员来说是根本不可能的。

这就是桑的力量。

冰冷的辉煌

这是一个关于不情愿的皇后的故事。

那个全世界都知道的最可爱的茜希公主。

一个来自巴伐利亚普通贵族的女孩，能成为奥匈帝国皇帝弗兰茨·约瑟夫的皇后，这对于任何一个女人来说，都是生命中最光辉的篇章。但是这个漂亮的女孩幸福吗？她住在专门为她重新翻修的美泉宫中，走在那么富丽堂皇的大厅里，她快乐吗？

这使我想到我们这个时代同样被全世界爱戴的那个美丽的戴安娜王妃，所有的记载都告诉我们这个年轻的女人并不快乐。好像无论她怎样努力，都无法达到皇室的要求，一个现代的追求自由的女人，将永远是皇室的异类。只要她存活一天，她就被认定为皇室的叛逆，因为在她的身上没有真正皇家的血统，她始终是一个外来人，永远被排斥。于是被压抑甚至被统治的王妃，最后只能是死于非命。而茜希也是一样，在一次意外的事件中死于非命，并且一样地客死他乡。

我们来到美泉宫，特意排队买票，参观了那些承载着哈布斯堡王朝历史的房间。在电话听筒一样的导游设备中，我们听到两个反复被提到的名字，那就是玛丽亚·特瑞萨和伊丽莎白公主。人们把伊丽莎白公主称作茜希，那是因为人们对她的爱。

特瑞萨代表的是一个女人的王朝，她让我了解了欧洲一位伟大的女皇。但茜希不属于特瑞萨那样的女人，她是那么纯真而美丽，并且是那么的不幸。

我们很早就知道了茜希。这得益于那部堪称经典的电影《茜希公主》。在这部电影中，我们通过漂亮的德国女演员施耐德，看到了那个闯进约瑟夫皇帝眼中的天真女孩。但是那时的茜希并不知道等待着她的会是怎样的命运，甚至就在皇室为她举行隆重的结婚典礼时，她也不会想到她未来的不幸与坎坷。皇帝是爱她的，而她也是喜欢成为皇后的。她如愿以偿，从此成为了美泉宫真正的女主人。

导游器里总是传出来茜希、茜希……说这里是茜希和约瑟夫的睡房，那里是茜希的更衣室，还有茜希的楼梯阁楼，茜希的公园寓所，茜希的旋转楼梯，以及茜希学习的房间，茜希会客的处所，乃至于茜希孩子们的住房，还有茜希的美丽花园，茜希最喜欢的丁香图案……

永远的茜希，美泉宫似乎已成为了茜希的所有。但是真正的茜希仅仅是皇室的一件美丽的附属品，而当初约瑟夫皇帝的母亲索菲之所以为儿子选定这样一门亲事，其实仅仅是为了政治的需要，帝国疆界稳定的需要。那是年幼的茜希所不知，或者她明知却有意忽略的。婚姻本身对茜希这样成长于自由气氛家庭中的女孩来说，就是终生的牢笼。而这个牢笼又是难以逃脱的，因为那是个辉煌的而又无以违抗的所在。而在那个高处不胜寒的位置上，对茜希来说，又有着怎样难以承受的责任和苦痛。

美泉宫所有茜希的房间都是那么美丽，甚至是那么温暖。但是这个只有16岁的女孩子从一开始就对这样的宫殿充满了恐惧。因为作为皇后她要远离自己的所有亲人，特别是那些与她朝夕相处的兄弟姊妹，置身于几乎陌生的哈不斯堡王朝之中。就是她喜欢的皇帝弗兰茨·约瑟夫，也只是仅仅见过几次的陌生人。16岁的茜希还是个孩子。一个孩子是要生活在欢乐和朋友中的，但是茜希却被突然投进了一个巨大的宫殿之中，从此承担着一个帝国皇后的所有职责。

单单是浩大而漫长的结婚典礼就令茜希身心疲惫。在典礼中，茜希不停地哭泣，害怕地躲避到她所有能躲避的地方。她甚至不能和她唯一喜欢的皇帝本人单独在一起。她的所有行为都在被监视中，甚至在新婚之夜上床的那一刻。

于是很快茜希就想家了。但是她的家人却不能随意来看望她。

坐落于维也纳中心的霍夫堡皇宫是茜希的新家。茜希便是在这里成为了哈不斯堡家族的新娘。这里曾经是德意志神圣罗马帝国皇帝的不朽城堡，直到这个有着八百年历史的神圣帝国不得不宣告解体。但接下来这里又成为了奥匈帝国的世袭皇宫，而这个帝国也是在这里宣告灭亡的。霍夫堡始建于1279年，住在这里的每一代皇帝都曾对宫殿进行过改造和扩建，以至于这里成为了欧洲各个时期建筑风格之集大成者。无论是哥特式、文艺复兴式、巴洛克式、洛可可式，还是上世纪末的仿古典式的建筑风格，你都可以从霍夫堡中找到。

霍夫堡在德文中的意思就是宫廷城堡。

那是我们在维也纳开始的第一天看到的第一处令我们震撼的建筑。霍夫堡坐落于一片巨大的草坪之间，而这一片气势非凡的草坪就是壮观的英雄广场。

广场的背后，就是霍夫堡皇宫。在众多生活在这里的不朽人物中，也留下了茜希不朽但却细碎的印痕。

在整个欧洲旅程结束的时候，我们一直觉得维也纳是一个值得再去的城市。这里的古老建筑气势恢宏，大气磅礴，没有那种繁复琐碎的雕琢；而城市中的小街又全都是那么温暖，令人迷恋。但是不知道为什么茜希不喜欢维也纳。以至于这种厌烦最终转化为一种强烈的仇恨。后来茜希的全部生活内容就是不断地逃离霍夫堡皇宫，逃离维也纳。只要能远离这里，只要能忘记在这里发生过的所有的苦难。

是的，茜希被投到了巨大而又冰冷的皇宫中。尽管皇帝是亲人，甚至皇帝的母亲索菲还是茜希的亲姨妈。一个被姨妈照料的女孩子应当是幸福的，而且她还是由姨妈亲自选中的皇后。开初，茜希确乎被姨妈由衷地疼爱，但是慢慢的，茜希和索菲之间出现了矛盾，而且日益尖锐。其实这也许并不是茜希和皇太后索菲的矛盾，而是天性自然的茜希和封建皇室之间不可调和的冲突。

索菲曾真诚地欣赏茜希的美丽和纯朴，她也曾尽力帮助过这个可爱的外甥女。但毕竟索菲已经被皇室塑造成了一个教条的女人，而皇帝的位子也是经过索菲的努力，才让自己亲爱的儿子获得的。索菲在皇帝的背后支撑着，她尽管没有摄政但却深刻地影响着皇帝，包括影响着皇帝对皇后的态度。当然也不能排除索菲对茜希的妒忌，毕竟是茜希抢走了原本之属于她的那一份儿子的感情。

而弗兰茨·约瑟夫的恋母情结对茜希也是致命的伤害。比起茜希，他更要尊重的，是母亲的感情和意志。加之皇帝的政务让他日理万机，以至于没有更多的时间和妻子在一起。每一天的整个白昼，他都只好把年轻的皇后置放于一群陌生的女人之中，让她们来照料美丽的茜希。而在那些女人之中，最让茜希感到恐惧的，就是那位亲爱的姨妈索菲了。

索菲是站在皇室的立场上来管教茜希的。她也许并不是有意为难茜希，但是茜希自由的家庭和刻板的皇室相差得太远了，以至于茜希不能严格遵从宫廷规则，并在一种强烈的反弹中，视索菲为天敌。

走进霍夫堡皇宫的大门，就是英雄广场。我们沿着广场旁边的小路前行，远远地观望霍夫堡皇宫的气势恢宏。维也纳几乎所有的建筑都是白色的，拱形的门窗和门楣，质朴而壮丽的廊柱，建筑上的雕塑也是恰到好处，那是一种庄严的象征。特别是霍夫堡屋顶上那神圣罗马帝国的苍鹰在掀动着金色的翅膀。广场上两座高大的青铜雕像，分别是为了纪念在与土耳其人的战争中战无不胜的欧根亲王和成功抵御了拿破仑的卡尔大公爵。

让茜希对维也纳皇宫彻底失望的，是在她生下了第一个孩子小索菲之后。因为茜希还是个孩子，于是那个老索菲便明目张胆地抢走了她的女儿。以至于茜希要见自己的女儿，还要征得婆母的同意。索菲这样做也许是有道理的，因为她相信一个连自己都不会照顾的年轻母亲，是带不好一个孩子的。何况茜希自己还在学习皇室的规则，这样的女孩又怎么能承担起养育皇室后代的神圣使命呢？无疑这残酷的现实让茜希彻底站在了仇视索菲的立场上。而在皇帝夫妇出访匈牙利的时候，作为反叛，茜希执意带上了她的两个女儿，小索菲和吉塞拉，她把此番行动看作是对皇太后的宣战。茜希不管她的女儿们是不是很小，其实吉塞拉那时还只是一个只有十个月的婴儿。

便是在这一次出访中，小索菲不幸夭亡了。茜希在漫长的11个小时中，绝望地看着她的孩子慢慢死去。茜希说我的女儿是一个天使，她走了，我们遭到了毁灭。从此茜希陷入了真正的绝望中。她是为了反叛，才把不该带在身边的女儿带上旅途的。她的反叛让她付出了惨痛的代价，从此开始了她不幸的一生。

尽管茜希后来又生下了王子鲁道夫，但她却从此冷酷地不再过问孩子的事，任凭索菲把所有孩子据为己有。

走出霍夫堡宫的另一座大门。两旁是高大树木组成的树林。当我们满怀了对皇宫的敬畏向外走的时候，我抬起头，竟然看到远处建筑上的两座白色大理石雕像就悬浮在绿色的枝叶之上。不知道那雕刻中的人物究竟是谁，但他们就是那样悬浮于绿色的树叶之上，像被绿色波涛托起的两个白色的天使。天使的背后是维也纳的蓝天白云，而茜希为什么会不喜欢这个悬挂着天使的皇宫？

小索菲的死让茜希下决心远离霍夫堡。而适时到来的肺部疾病也让茜希有了逃离冰冷皇宫的理由。她从此开始了到温暖地方疗养的漫漫人生旅程，后来这成为了她一生动荡不定的理由。她总是在国外的时候多，在维也纳的时间少。她不关心自己的孩子，也不关心自己的丈夫。她只要一回到维也纳，病情就会神秘地加重，抑郁也会更深邃。所以茜希是没有真正的疾病的。她的病就是维也纳，就是霍夫堡，就是美泉宫，甚至就是她想逃也逃不掉的皇后的身份。于是她只能不停地逃离，以至于形成了一种痼疾。后来就是索菲死后，她也不能够停止下来。因为她对皇宫的厌恶已经成为了一种本能。她将永远不能留在这里，这里不仅会令她窒息，简直会把她逼疯。

美泉宫华丽的客厅金碧辉煌，几万支蜡烛闪烁着星星一般的光芒，照射着玛丽亚·特瑞萨辉煌的往事。但茜希却是不幸的，因为茜希的时代是一个倒退的时代。如果说特瑞萨和她的儿子约瑟夫二世是开明君主的话，那么索菲简直就是封建王朝的卫道士。所以撇开婆媳关系能否处好不说，茜希如果生活在改革的特瑞萨时代，她大概会快乐得多。

后来茜希疯狂地迷恋上了匈牙利。她甚至毕生都在为匈牙利和奥地利的交好而努力着。如果说到政绩，这可能是茜希唯一的政绩了。茜希对匈牙利的那位伟大的政治家安德拉西始终怀有一种近乎崇拜的美丽感情。传说中也有说茜希深爱着安德拉西，为此他们毕生保持着这种友情。不过在茜希的努力下，弗兰茨·约瑟夫确实同意了改善和匈牙利的关系，并最终加冕成为匈牙利皇帝。所以茜希才能穿上匈牙利的加冕礼服，成为匈牙利这个她终生迷恋的国家的王后。甚至为了与匈牙利的这一份深刻的情愫，早已经和皇帝疏远的茜希竟决定再生一个孩子。其实她并不是要生孩子，而是要生下一个匈牙利的王位继承人，作为献给匈牙利民族的最大礼物。

便是茜希的这一举动，被历史认定是茜希为奥匈帝国的统一做出的杰出贡献。

然而茜希这一次没有能生下一个儿子，而是一个漂亮的女儿。茜希为了生下这个王位继承人，甚至在预产期前的三个月，就从维也纳搬到了布达佩斯，在这里准备分娩。茜希是在匈牙利的奥芬宫生下女儿瓦莱丽的。因为瓦莱丽是匈牙利的女儿，所以她也就成为了所有的孩子中最受母亲钟爱的一个。茜希始终把瓦莱丽有点病态地带在身边，亲自管理和教育，给她以关切和母爱。和这个匈牙利的瓦莱丽比起来，就仿佛吉塞拉和那个奥匈帝国的王储鲁道夫根本就不是她的孩子。

是瓦莱丽给了茜希留在皇宫的意义。在后来的一些年中，茜希是忠实于王室的。尽管茜希也有着她自己情感的世界，但她是爱皇帝的，因为皇帝始终在不遗余力地深爱着茜希，甚至也曾为茜希得罪过母亲。

后来的茜希迷恋于写诗。写诗是很自然的，因为诗歌在当时很盛行。茜希写诗师从于海涅，尽管她不是一个优秀的诗人，但至少那些诗歌忠实记录了茜希的一生，记录了她对自由人生的渴望。

茜希的另一个爱好就是对美丽的塑造。因为她天生丽质，倾城倾国，所以她就不能不为保持自己的美丽下一番苦功。她一天中的很多时间是用于打造美貌的。她的头发之长垂落到地，所以每天要费去很多时间去精心梳理。当然茜希常常在梳头的漫长时间里学习她所迷恋的匈牙利语言。

茜希不仅要脸颊的美丽，她要求自己的身段也是完美的，所以十九世纪的茜希就开始在皇宫里建造她的健身房。她不停地在那些健身器具上训练着，她训练的时候甚至穿着那种带弓子的长裙。为了苗条，茜希每天进食很少，甚至只喝牛奶。所以她长期因饥饿而贫血，甚至浮肿。而如此渴求自己仅仅是为了姣好并且消瘦的体形。茜希的努力终于产生奇迹，直到去世时的体型一直保持得很好，她的腰围始终很瘦，体型也毕生是修长的。

但长期的忧郁还是破坏了茜希的美貌。而那种曾经美貌的历史又让茜希害怕别人看到她已经美貌不再。于是茜希便永远带上了那把扇子和雨伞。这也成为了茜希的一种病态的习惯。她要用伞和扇子遮住她的衰老，甚至丑陋，她要自己在世人的记忆中永远是美的。曾经的绝顶美丽后来成为了茜希最大的心理障碍。她为此而更加地封闭自己，不再见人，并且不出席任何活动。茜希是被美丽异化了的一个女人。她从此不带扇子和阳伞绝不出门，永远带着面纱，甚至不再让人为她画像，即或是亲近的人也不让他们目睹她苍老而干枯的脸。

茜希留下的都是她最美的画像。整个欧洲在那个时候都在赞扬奥地利皇后绝世的美貌。茜希的美丽已经成为了一个美好的传说，在人们的心目中，茜希是一个永远都不会凋落的美丽女神。既然茜希已经成为了那个关于美丽的神话，那么茜希自己又怎么能打破这个神话呢？

于是后人遵从了茜希的意愿。所以无论在霍夫堡宫，还是美泉宫，我们所看到的茜希的画像都是最完美的。那是一种真正的美丽，被惊为天人的美丽。甚至在城市公园中茜希的那座雕像，那个成熟的王后依然是风姿绰约的。茜希就是以这样的美丽，成为了奥地利永远的财富和骄傲。

茜希在生病、抑郁、健身和抚养匈牙利女儿的岁月中流转。茜希一天天衰老下去，她不知道生命中还会有更大的不幸降临。

长久以来茜希一直冷落着她的儿子鲁道夫。因为她觉得鲁道夫是索菲哺育长大的孩子。其实茜希并不知道她的这个儿子和她是怎样地相像，他们不仅都崇尚自由，并且都疯狂地崇拜着那个匈牙利的智者安德拉西。而且鲁道夫也和母亲一样热衷于海涅，喜欢作诗，但仅仅是因为鲁道夫是哈布斯堡家族的继承人，茜希就不想和她的这个儿子亲近，甚至不愿意倾听鲁道夫是怎样地深深热爱并崇拜着他的这个美丽的母亲。相反茜希对瓦莱丽的爱是超乎一切的。但可悲的是，这位匈牙利的女亲王却是憎恨安德拉西的，她用整个身心崇拜的是她奥地利皇帝的父亲。

如此的错位让茜希唯一的儿子常年生活在压抑和嫉妒中。鲁道夫是不幸的，他永远也无法得到他深爱的母亲的爱，甚至理解，哪怕是茜希曾有过一句对鲁道夫的关切和安慰……于是鲁道夫的生活是混乱的，无望的，以至于他最终和自己的恋人一道用手枪结束了他一直不快乐的生命。

大概直到鲁道夫死去，才警醒了茜希。从此她不能原谅自己多年来对儿子的冷落和疏远。鲁道夫被祖母抢去抚养不是他的过错，他也不能选择他作为王子的那种生活的方式。他是深爱茜希的，但这种深邃的爱却始终被茜希忽略着……

茜希认识到自己的这种无情是需要代价的。这代价沉重，那是用一个年轻的生命换取的。茜希很伤心。那种伤痛欲绝。从此她日夜想念着鲁道夫，甚至偷偷潜入教堂地下的皇家陵室，希望能在鲁道夫的灵柩旁看到儿子的魂灵，希望鲁道夫能到她的梦中与她相聚。茜希说，她羡慕鲁道夫的死，并日夜渴望着她自己的死亡到来。茜希还说她的翅膀已经烧毁，她企望安息。她认为世上最高尚的事情莫过于父母立刻杀死他们新生的婴儿。鲁道夫的死让茜希悲伤至极，她想到了那个夭亡的小索菲，她恨透了孩子的死亡所带给她的痛不欲生。

那是1889年的一个寒冷的春天。接下来，奥地利的所有驻外机构都接到一份皇室的指令，传达了皇后沉重的愿望。皇后的生日和命名日，不再接受任何祝贺。不仅是近期，而是永远的。

到了持续着悲伤的年底，皇后把她所有彩色的服装，雨伞，鞋，头巾和手包，总之一切华丽和鲜艳的物品全都送给了她的两个女儿和其他女人。她自己只留下黑色的丧服，从此不再穿彩色的服装。直到生命终结的那一天，茜希始终身着黑衣，完全脱离了宫廷的豪华。人们说，她是以“悲痛的圣母”的形象度过了她的余生。

后来弗兰茨·约瑟夫皇帝深怀感慨地说，伴随着孩子们一个个地死去，我是在怎样一点一点地失去着这个女人……

鲁道夫的死让茜希对宫廷的期望彻底死灭。而不久之后，她毕生的朋友、那个匈牙利的安德拉西也离开了人世。直到此刻茜希才真正意识到安德拉西对她来说意味了什么。她说她第一次感到如此孤独。加之她最爱的女儿瓦莱丽也出嫁离开皇宫。从此茜希便踏上不归之路，开始了她近乎疯子一般的永远的旅行。

在此之前，茜希还曾有过另一番豪迈的壮举，那就是为奥皇弗兰茨·约瑟夫找到了一位他喜欢的女演员。茜希无比大度地为皇帝创造着与这个女人幽会的条件，她进而把这个女人当作她本人的朋友，使她可以名正言顺地出入皇宫，与皇帝同床共枕。也许是茜希真的厌恶了皇帝，但是又不能离开她皇后的位子；还可能是茜希可怜皇帝，因为她就要走了，要去远行，所以她不希望皇帝孤单，也不希望维也纳指责她对皇帝的无情，尽管她一生都在接受着这样的指责。

然而茜希最终香消玉殒。在日内瓦湖畔的码头上。意大利的无政府主义分子选定目标刺杀了茜希。她被刺中心脏之后竟然又向前行走了整整一百米。她死在她最喜欢的日内瓦湖边。她说日内瓦湖的颜色就像海水。她觉得蓝色的湖水会给你一种幻觉，似乎看到了生灵的真谛。她希望有一天死后，人们能把她放入蓝色的海水中。她始终害怕那个尘世的世界。

让茜希回归大自然吧，大自然之于茜希才是真正美好而宁静的归宿。

但是茜希还是被安放在了皇宫教堂的皇家墓穴中，和她的儿子长相厮守。

茜希是那个正在走向衰落、潜伏着各种问题的帝国的皇后。她的所作所为没有能推迟帝国末日的到来。茜希是一个不情愿的皇后，但是她却经历了一个末日皇后惨痛的一生。

茜希是自己的不幸，也是他人的不幸，更是她的那些亲人的不幸。

深藏着茜希往事的宫殿是阴郁的，而掩埋着茜希快乐的辉煌是冰冷的。

走在美泉宫的大厅中，你放慢脚步，屏住呼吸，也许还能听到茜希的叹息……

而那个气势辉煌的霍夫堡教堂中，竟然还存放着茜希不情愿的尸骨。那么，我们还能在哪里找到茜希自由的灵魂？

然后是另一个不幸的话题。因为说到茜希，就不能不联想到那位漂亮的德国女演员罗密·施耐德。是因为这两个女人的命运竟然是如此相似。那是她们都曾经历的那种丧子的悲哀。

这位著名的德国演员竟然就出生于维也纳，而来自巴伐利亚的茜希也是在维也纳消磨了她不幸的一生。大概便是因此，施奈德与茜希才有了那种天然的契合。

施奈德所饰演的茜希是人们公认的唯一的茜希。而她在扮演年轻茜希的时候，曾是那么全身心投入，在茜希的故事中燃烧着自己。她一连拍摄了三部关于《茜希公主》的影片。但是当制片方邀请她出演第四部《茜希公主》的时候，她断然拒绝了。因为她觉得她已经不堪茜希这个角色的重负。她甚至为此而逃到了巴黎。不知道这是不是和茜希一样的逃亡。

于是20岁的施奈德在塞纳河畔开始了她的新生活。她拍摄了很多优秀的电影，又经历了好几段感情的折磨。几次婚姻都终告失败，但尽管失败却让她拥有了一对可爱的儿女，那该是她生命中最大的安慰。但是想不到她14岁的儿子戴维竟也如希茜的儿子一样死于非命。施奈德知道人必得在生活中承受苦难，但是她却没有想到苦难之于她竟会是如此深重。她和茜希一样对儿子满怀了歉疚，甚至她最后的一部影片也是献给儿子戴维的。

那是她所拍摄的第60部电影。而就在电影刚刚开始发行的时候，施奈德突然神秘地在她巴黎的寓所死去。据说她死于突发心脏病，但人们宁可相信她是死于一颗破碎的心。

施奈德死去的时候年仅43岁。比茜希的生命短了许多年。但有一点是她们身后都应当满足的，那就是，她们都和心爱的儿子葬在一起，在那个远离尘世的地方与他们永远相守。

特瑞萨为帝国而战

我们在欧洲的第一天，就是从伟大的特瑞萨开始的。

特瑞萨是欧洲皇室中为数不多的杰出女人之一。

在特瑞萨之前，我所知道的欧洲女皇，只有英国的伊丽莎白一世，维多利亚女王，和俄国的叶卡捷琳娜二世。

英国的伊丽莎白一世1558年即位，1603年去世。她是因为去世才离开王位的，她应该算是英国历史中很有作为的女皇了。其后英国又有了维多利亚女皇，她1837年至1901年在位，是这个女人创造了英国历史上的“黄金时代”。而“日不落帝国”的美称，也是她执政时代的光荣象征。她还留下了维多利亚时期的那种辉煌灿烂的装饰风格。除此之外，就是俄国的那位叱咤风云的叶卡捷琳娜二世了。这个来自德国的女人首先推翻了自己的丈夫沙皇彼得三世，而后便自立为王，纵横天下。这个女人带来了俄罗斯的进步和繁荣，她的名垂千古当然也是天经地义的。

那么特瑞萨是谁？

这个被称作伟大的奥地利女皇，甚至是在我来到欧洲之前所完全不知道的。

因为曾写过三部盛唐时期皇室女人的长篇小说，特别是写了中国历史上的那个唯一的女皇帝武则天，于是就自然而然地对所有皇室中出类拔萃的女人都格外感兴趣，并满怀了一种本能或者是职业的热情。于是当那天在维也纳灿烂的阳光下，看到坐落在广场中央气宇轩昂的那个女人雕像时，便立刻有了一种急于想了解她并亲近她的欲望。特别是听到导游说起，特瑞萨之于奥地利，就等于是慈禧之于大清帝国那一段讲解之后，就更是对特瑞萨满怀了一种神秘的冲动。

后来查阅资料，发现早于慈禧一百多年的特瑞萨，虽然也曾垂帘听政，但她毕竟以长女的身份，继承了奥地利帝国的真正皇冠。只是欧洲的那些史学家们不愿意承认她罢了，他们宁可只把特瑞萨称作为奥地利的女君主。就像是中国那些撰写历史的男人们，不愿意承认那个在则天门正式登基的武则天是女皇一样。

然而由于特瑞萨嫁给了神圣罗马帝国的一位真正的皇帝——弗兰茨一世，于是她在君主的身份之外，又成为了一位名副其实的皇后。这样，她就又和慈禧有了相同的地方，她们都贵为皇后，而同时又都对政治满怀了热情。只不过慈禧的垂帘听政是因为咸丰皇帝驾崩时，她的儿子才只有六岁；而特瑞萨则是因为她的丈夫是一个沉溺于自然界的万事万物，而对政治毫无兴趣的男人。所以在丈夫在位的20年间，以及后来儿子即位的15年中，她便不得不和他们一道掌管朝政，或者说，她不得不以他们的名义独自掌管着那个伟大的但却已经风雨飘摇的帝国。

玛丽亚·特瑞萨就是这样的一个女人。任何版本欧洲历史都不能不提到她。这已经足以说明她在欧洲文明的进程中，是怎样的举足轻重了。

特瑞萨生于1717年，她的父亲查理六世曾经是神圣罗马帝国的皇帝。他代表着哈布斯堡王朝企图拯救日益衰败的帝国的意志。神圣罗马帝国是一个始建于公元962年的古老王朝，其历史悠久，直到1806年，才最终被所向无敌的拿破仑彻底推翻。而特瑞萨就生于这个帝国消亡前的岌岌可危之时。她生为女人便举步维艰，又因身为长女而被父亲指定为帝国的继承人，就更是招致了普鲁士、法国等那些君主国家的强烈反对。他们坚决不承认特瑞萨的继承权，于是便由此爆发了一场长达七年的奥地利王位继承权的残酷战争。

查理六世之所以把奥地利帝国的王位交给女儿，是因为在他的时代，哈布斯堡王朝已经是国富民强，疆域辽阔。他不希望死后帝国的世袭领地被其他王朝分割，他要让所有的一切都归属在最亲爱的女儿特瑞萨的名下。他是在活着时颁发“若无男嗣，由长女继承世袭领地”的《国本诏书》的，那是因为他已经看到了一些国家正在觊觎着哈布斯堡王朝的世袭领地，并企图分割奥地利领土的野心。

但是1740年父亲死去的时候，只有23岁的特瑞萨能抵御那些虎视眈眈的侵略者吗?

父亲的突然去世让特瑞萨万分悲痛，而随即爆发的奥地利王位继承权的战争，就更是让这个年轻女人在如履薄冰。这场战争就是关于特瑞萨的战争。让一个女孩子置身于如此争战的漩涡之中，而且长达七年之久，这是怎样的残酷!

当战争终于打完，特瑞萨已经成为了一个30岁的成熟女人。她不仅成功地接受了战火的洗礼，并且在战争实践中拥有了属于她自己的那一份对政治的把握和认知。

可惜特瑞萨是以巨大的代价换取王位的。因为这场看似继承人的战争，事实上是一场欧洲两大联盟争夺奥属领地的战争。战争以法国、普鲁士、巴伐利亚、萨克森、西班牙等王国为一方；奥地利、英国、捷克、匈牙利、荷兰、俄国等王国为另一方。在战争中特瑞萨始终坚守着她的诺言：宁要中庸的和平，不要辉煌的战争。这样的宣言使整个欧洲记住了她。七年后，特瑞萨不得不忍痛将工业发达的西里西亚大部分土地割让给了咄咄逼人的普鲁士，如此她才最终维护了自己的王位继承权。七年中，特瑞萨始终以女皇的身份统治着奥地利，她并且在战争中看到了哈布斯堡王朝在政治和军事上的诸多弊端，那是所有封建王朝的弊端。

哈布斯堡王朝是欧洲历史上最长久的王朝。因为和欧洲各国王室广泛联姻，而成为一个拥有庞大领地的家族。哈布斯堡的意思是“鹰之堡垒”，这是个多么富于诗意和意志的壮丽象征。于是这个王朝果然像苍鹰一样地盘旋并俯视着欧洲大地，它曾经漫长而又断断续续地统治着神圣罗马帝国长达六百年之久。这个鹰之王朝同时还统治着西班牙王国、奥地利王国，以及其他一些小的王国和公国。它的辉煌是以奥匈帝国在1918年的彻底崩溃而告终的，从此便不再有哈布斯堡王朝，不再有“鹰之堡垒”。

特瑞萨是满怀着对哈布斯堡王朝深深的爱，来拯救这个已经内外交困、四面楚歌的家族的。她宁可出让西里西亚这颗明珠，其实就是为了换取哈布斯堡王朝统治的稳固。连年的征战让特瑞萨苦不堪言，她知道唯有和平她才能有喘息的机会，从而对王朝的统治进行最全面彻底的改革。她不知道这样的割让就让她永远失去了西里西亚，尽管在决定割让的那一刻，她就曾发誓这将是一块必将失而复得的土地。以后，她也曾为之不间断地斗争着，但是她最终还是永远地失去了西里西亚这颗“女皇皇冠上最美丽的宝石”。这是特瑞萨作为女皇的毕生之痛。

尽管特瑞萨以及她的哈布斯堡王朝岌岌可危，但她终究还是幸运的。因为她所生活的时代，欧洲的启蒙运动正在崛起。当时伟大的启蒙运动思想家伏尔泰和狄德罗都已经提出了“开明政治”的主张，特别是他们呼吁“开明”君主来革新政治，抛弃封建统治，摆脱宗教愚昧。当时奥地利宫廷的一些大臣深受启蒙思想影响，于是他们对特瑞萨的影响，在奥地利的改革起到了至关重要的作用。而重要的是，特瑞萨本人就是一个开明的女人，知识的女人，她深知自己之所以被卷进漫长的战争之中，就是因为封建主义的束缚和宗教愚昧的限制。

赢得了和平之后的特瑞萨开始大张旗鼓地对王朝机构进行改革。无论在政治上、军事上，还是在外交、司法、教育，以及对商业、对农民的政策上，她都进行了极为大胆的革新。她的改革不仅带来了欧洲君主的未来，而且推动了欧洲历史的前进。

1741年特瑞萨生下了她的儿子约瑟夫，而她的丈夫弗兰茨一世在1745年也像她的父亲查理六世一样，成为了神圣罗马帝国的皇帝。如此的特瑞萨。如此的历史。她身边两个最亲爱的男人——父亲和丈夫，竟然都是她所视为生命的帝国的君王。后来，她的儿子约瑟夫在父亲1765年去世以后，也顺理成章地成为了这个神圣帝国的皇帝。而约瑟夫在位的35年中，就有25

年是和母亲一道看守着帝国的基业。

这就是特瑞萨，在她漫长的生命中，始终陪伴在神圣罗马帝国身边。她是所有这三任皇帝身边最亲近的那个女人，一个勇敢的、智慧的女人，一个给了这些做皇帝的男人不可或缺的支撑的女人，她是他们的女儿、妻子和母亲。她是他们的一切。

其实特瑞萨自己就是一个伟大的女人。在她还不知道自己将继承王位的时候，就已经认真研读了宗教史和世界史，并且能够流利地使用德语、法语、意大利语、捷克语和拉丁语。一个拥有如此天才和智慧的女人，一个在皇室里长大、被政治养育成人的女人，怎么还不能统治一个帝国？

清晨，汽车抵达的第一站，就是维也纳市中心那个有着特瑞萨青铜雕像的广场。

那是个怎样气度雍容的女人，她就坐在她所钟爱的那高高的王座上，颔首俯视着被哈布斯堡王朝统治的欧洲大地。那是唯有她才能有的威严和气魄。她的一只手臂向下伸展着，意思大概是奥地利帝国就在我的脚下。她的左手紧握着那柄神圣的权杖，无论这权杖是属于神圣罗马帝国的、奥地利王国的，还是哈布斯堡王朝的，反正都是她的。她已经拥有了这一切，或者说这一切已经与她密不可分，整个欧洲的历史已经与她密不可分。

几百年来，维也纳一直是那个强大的、有着深远影响的哈布斯堡家族的故都。在这里，他们建造了不朽的建筑，那是他们世世代代的家园。于是我们才得以看到气势如虹的霍夫堡王宫，历史悠久的斯特凡教堂，以及开阔恢宏的英雄广场。几乎每一座建筑都被各种精美的雕塑所装饰。那建筑大气庄严，雕塑精美神圣。那是欧洲给与我们的最初印象，令人震撼的，特别是后来参观的那座壮丽辉煌的雄勃朗宫。

雄勃朗宫位于维也纳郊外，这是一座曾企望与凡尔赛宫一比高低的巨大皇宫。在这里居住着哈布斯堡家族一代代被载入史册的君王们。这里也和凡尔赛宫一样，由一座原本十分简单的狩猎行宫改建而成。如今这座豪华的宫殿已经看不到一丝往日的窘迫，唯有那眼美泉流淌着古往今来的岁月。雄勃朗宫尽管最终不能和凡尔赛宫媲美争雄，但当年这里的一千多个房间和两平方公里的花园，已经足以显示出哈布斯堡家族的气派。

特瑞萨在1743年将这座游乐宫改建为气势更加恢宏的夏宫，让这里像凡尔赛宫一样拥有了金碧辉煌的玻璃大厅和法国式的浩大花园。这座夏宫的奢华改建，是完全由特瑞萨亲自指挥的，就像十几年前路易十四亲自督阵改建凡尔赛宫时那样。她成为了夏宫最杰出的设计师，并使这座建筑成为了建筑史上伟大的杰作。

与法国皇宫不同的是，凡尔赛宫是典型的古典主义建筑，而雄勃朗宫却是那种极尽雕琢的罗可可式建筑。特别是在室内的装饰上，特瑞萨的夏宫更是竭尽全力去追求那种细碎饰物的堆砌。诸如贝壳、山石，乃至于卷草舒花，都会被当作装饰的材料，被特瑞萨不厌其烦地镶嵌在大厅不同的角落中。据说特瑞萨的那间号称“百万盾”的私人客厅，便是罗可可风格无所不用其极的典型代表。室内的壁板上一共镶嵌着260块古波斯特色的微雕，这些微雕全部用纯金制成的金叶作为框架，烘托着东方的文明。这是怎样细碎的奢华。

夏宫无疑是特瑞萨的得意之作，尽管那时候关于她继承权的那场战争还没有打完。但是作为女人的特瑞萨更需要生活，而且要生活在一个舒适的环境中。所以她故意采用了罗可可方式来装饰她的夏宫，因为，这将会产生一种最温柔、细腻、纤巧、琐碎的格调，而这种格调所要表现的，是一种女性的优雅与柔美，充满了情调和脂粉气，而恰恰特瑞萨就是一个这样的女人，所以在某种意义上，特瑞萨就是罗可可。特瑞萨弘扬了罗可可，而罗可可也为特瑞萨带来了一种战争中女人所需要的那种温暖的安全感。

特瑞萨还特别喜欢东方情调的饰物。在她的宫殿里不仅有古波斯的雕塑，还有几个专门装饰着中国饰品的房间，而且这样的房间被特瑞萨称作珍宝室。在参观这些珍宝室之前，我们根本就不会想到，在这些房子里所陈设的，竟然全都是来自中国的珍宝。那些古老的蓝白色中国瓷瓶、镶嵌着贝壳的红木家具，还有大漆的屏风上那些画工精美的中国画……这简直令我们吃惊。后来才知道，特瑞萨是深爱中国文化的，她不仅收集中国的艺术珍品，甚至还和亲友一道，在夏宫富丽堂皇的大厅里，欣赏过来自遥远东方的中国元朝大戏。特瑞萨的中国珍宝厅令人惊异，但更让我们感到亲近。

后来听说在特瑞萨的时代，拥有中国的瓷器、家具或绘画也是欧洲的一种时尚。那是财富的象征，更是皇权的象征。

为了冬天能够居住，夏宫在改建时，特意设计并安装了取暖设备。这大概是因为特瑞萨已经吃尽了寒冷的苦头，不再能忍受那些建在郊外的中世纪古老城堡。想想在中世纪那么浩大的宫殿，漫长而寒冷的冬季只能依靠壁炉中木柴的火焰取暖……所以特瑞萨要她郊外夏宫的舒适是全天候的，在那里既要有阿尔卑斯山中清爽的风，又要在冬天寒冷到来的时候有足够的温暖。

便是在这座由特瑞萨亲自改建的漂亮宫殿里，她生下了一个又一个孩子。这位富饶的母亲，总共养育了十六个孩子，她的那怡然饱满的身态便足以证明了她旺盛的生殖能力。但不幸的是，在那样的历史背景下，即或是生活在皇宫里，她的很多孩子还是夭折了。包括她最最心爱的第一个儿子。不知道孩子们的先后离去，给这位英勇的母亲带来的是怎样深重的悲哀……

然而雄勒朗宫的女主人还是统治着整个奥地利，但同样住在这里的弗朗茨皇帝，却只是一心热衷于他的自然科学。这便是特瑞萨为什么非要垂帘听政，面对着来自差不多整个欧洲的敌对势力，以至于照顾不到她那些幼小的孩子们，甚至眼看着他们一个个离她而去。

孩子们的死亡让特瑞萨无奈而悲痛，也使皇帝和皇后之间的关系越来越紧张。

后来特瑞萨的儿子约瑟夫继承了神圣罗马帝国的王位。

约瑟夫也被认为是一代开明之君。母亲在世时他积极辅佐母亲，当特瑞萨去世后，他便大刀阔斧地进行改革，比特瑞萨更为激进彻底，乃至于遭到贵族和宗教势力的强烈反抗。可惜约瑟夫在特瑞萨去世十年之后便离开人世，他为自己撰写的墓志铭非常感伤——

这里安睡着一个国王，他心地纯洁，却不幸目睹了他的全部努力归于失败。

特瑞萨的一个女儿也非常著名，这就是为了哈布斯堡王朝的世袭领地不受侵袭，嫁给法国王储的玛丽亚·安东内皇后。这是特瑞萨为女儿做出的选择，她希望能通过王室联姻使帝国的领土稳固下来。而恰恰在继承权的七年战争中，坚决不承认特瑞萨继承权并参与了战争的，就有法国。特瑞萨无奈地把自己漂亮的女儿嫁给了法国的路易十六，那是1770年，她以为从此奥地利就可以高枕无忧了。

但想不到命运对特瑞萨是那么的不公平，女儿所嫁的法国皇帝后来偏偏被国民议会送上了断头台。而十个月后，她亲爱的女儿玛丽亚·安东内也在劫难逃，被无情处死。幸好女儿被法国人处死的时候已经是1793年，那时候特瑞萨早已经走进天堂了。她是在那里迎来自己这个穷奢极欲的女儿的。玛丽亚·安东内如果不是嫁给法国王朝也许不会是这样的命运。她的命运是由母亲决定的，是母亲一开始就把她送上了断头台。那是命定，也是天意。而天意在某种意义上又意味着前进的历史，所以，是历史终结了法国封建王朝的统治，也是历史断送了玛丽亚·安东内。

便是这段玛丽亚·安东内的故事让我对欧洲历史更加着迷。从此，我希望了解欧洲的皇室是怎样为了国家的利益以及疆土的扩张或者稳固，而不断联姻的。我看到似乎每一个王朝都有着另一个王朝的血脉，而欧洲所有的皇室成员几乎都是相互的远近亲戚，这当然是非常有意思的，他们是亲人，可是为什么还要不断地征战，不断地相互杀戮呢？

但是我不知道为什么在夏宫里几乎从来不提特瑞萨的这

个嫁到法国的女儿玛丽亚·安东内。在哈布斯堡家族的族谱中，也是轻描淡写地将这个奥地利公主的名字草草掠过。在夏宫的厅堂里找不到安东内的任何踪迹，但是导游器中却一直在不惜笔墨、满怀深情地介绍着特瑞萨的另一个女儿，安东内极为漂亮的姐妹——克瑞斯汀娜。大厅里悬挂着克瑞斯汀娜美丽至极的画像，还专门陈设了这位公主当年生活的房间，克瑞斯汀娜的美丽是那种“惊为天人”的美。

在夏宫没有关于玛丽亚·安东内的介绍让我百思不得其解。但是后来到了法国，特别是在凡尔赛宫里，那位路易十六的美丽皇后就成为一位经常被提到的女人了，甚至无处不在。在凡尔赛宫皇室成员的画像中，也有了玛丽亚·安东内，尤其是她被带到断头台前的那张素描，还有她被行刑之前关押的那座监狱。她在凡尔赛宫所居住的房间都反复出现在我们的眼前。那是很深的并且很令人触目惊心的印记。据说法国人不喜欢这个来自奥地利的挥霍无度的王后，所以他们才会最终把她也送上了断头台。玛丽亚·安东内临死前依然优雅镇定，不失王后风范。在走向死亡的时刻她那矜持而高傲的神情让人久久不忘。毕竟她是神圣罗马帝国的女大公，是伟大的特瑞萨的女儿。尽管生她养她的雄勃朗宫已经不齿于再提起她了。

但无论如何，在法国历史中来自奥地利哈布斯堡家族的玛丽亚·安东内却是一个大名人。最近一位法国女作家写了一部被法国文坛普遍看好的历史小说，便是记述了玛丽亚·安东内皇后被绞死前三天悲怆动人的景象。如果不是因为知道了欧洲历史中还有这样的一个女人，我大概是不会去注意这部小说的。小说的名字也非常感人，《永别皇后》，这说明了安东内在法国历史中的那种凄怆的重要，并且也能调动起作家关于这个女人的创作的冲动。

奥地利人之所以不愿意对玛丽亚·安东内浓墨重彩，大概是因为玛丽亚·安东内毕竟死得不够光彩，而且她所代表的，又是法国非常落后的封建势力。奥地利人希望他们哈布斯堡王朝的光荣是纯洁的，是没有瑕疵的，甚至是没有流血的。在这里，应当是只有特瑞萨和那个来自巴伐利亚的希茜公主所带给人们的骄傲记忆和赏心悦目的往事。但无论怎样逃避，玛丽亚·安东内依然是特瑞萨的女儿，她的血管里流淌的，永远是哈布斯堡家族的血。

希茜公主是雄勃朗宫的另一种存在，一种美丽的存在。

希茜公主是雄勃朗宫永远的玫瑰。皇宫的礼品店里所出售的物品，差不多每一件都是以希茜公主的美丽影像为装饰的，包括各种语言的那些关于希茜的传记。是德国那位伟大的女演员罗密·施奈德在银幕上出演的《希茜公主》，让深藏于雄勃朗宫的那个公主，成为了全世界人们都爱戴的女人。施奈德是美丽的，而希茜也是美丽的。她们后来悲剧的命运好像也有很多相似之处。因为她们都曾失去了自己最亲爱的儿子。

希茜公主的雕像和绘画，在维也纳到处都能看到。除了她的美，还因为她近乎传奇的身世。

希茜和特瑞萨同样住在雄勃朗宫，但她们之间却相隔了将近两百年。希茜的丈夫、奥地利皇帝弗兰茨·约瑟夫已经是特瑞萨的曾孙，所以希茜没有机会目睹这位真正女皇的风采，也许她们并不会彼此喜欢或欣赏，因为她们是完全不同的两种女人。

弗兰茨·约瑟夫18岁便登基即位，成为奥匈帝国的皇帝。然后他便迎娶了美丽的巴伐利亚公主伊丽莎白。为了皇帝和新皇后未来美好的生活，雄勃朗宫又进行了一次声势极为浩大的翻修。很多房子都是为希茜公主专门设计的，那是因为奥匈帝国的皇帝对他的新娘满怀了深爱。

伊丽莎白是嫁到哈布斯堡家族的纯真女孩，因为人们喜爱这位伊丽莎白皇后，才亲切将她称作“Sisi”（希茜）。Sisi不仅没能见到那位奥地利伟大的女皇，她人生的追求和特瑞萨也相去甚远。一个女人是为了王朝，而另一个女人仅仅是因了她倾城倾国的美丽，她所追求的自由，以及她那鲜花一样的微笑。Sisi天真地走进雄勃朗宫，却被特瑞萨巨大的阴影所笼罩，被雄勃朗宫冰冷的皇室气氛所压抑。当Sisi唯一的儿子鲁道夫死后，她便毅然离开皇宫，开始了颠沛流离、环游世界的漂泊生涯。她可能觉得即使是终生流浪，也要比住在冰冷的皇宫里快乐得多。最后Sisi果然再没有回到雄勃朗宫，而是真正地客死他乡，被意大利的无政府主义者杀害于瑞士街头。

Sisi是一个凄美的故事。那是凋谢了的一朵夏宫的玫瑰。但夏宫还是拾起了这束美丽的干花，让她永远绽放在雄勃朗宫那个冰冷的角落中。

我们行走在雄勃朗宫特瑞萨和Sisi的房间里。

我们静静地走，听那个像电话一样的导游器在我们耳边讲述哈布斯堡王朝和这两个女人的动人的故事。

一个一个幽深的房间。特瑞萨、克瑞斯汀娜和Sisi的巨幅画像。还有那些夭折的孩子们的画像，那些在遥远梦幻中凋零的生命。

六岁的莫扎特曾在这里为特瑞萨演奏。

成年以后的莫扎特又在这里成为了约瑟夫的皇室作曲家。

这个承载着哈布斯堡家族伟大梦想的雄勃朗宫，因为曾在皇宫中发现过一处能为女人带来美丽的泉眼，所以雄勃朗宫又被称作美泉宫。

宫殿后面的花园美丽壮观，绿色山坡上的避暑长廊宁静而优雅。特别是那座古罗马人的废墟令人惊叹不已，你无法想象如此古老的建筑是怎样留存至今的，那也是神圣罗马帝国的伟大象征吧？

特瑞萨的世代子孙坚守着哈布斯堡王朝的尊严，神圣罗马帝国的尊严，以及奥地利帝国的尊严。但历史的残酷无情是特瑞萨所不能预见的。先是她的孙子弗兰茨二世在拿破仑所向披靡的攻势下，不得不宣布了本来就已经是一盘散沙的神圣罗马帝国的解体；而后，奥匈帝国的最后一位皇帝查理也被迫放弃帝制，使得哈布斯堡这个欧洲历史中最为悠久的王朝终结于共和的风暴中。

这样的一个惨痛的终结，一定是毕生为帝国而战的特瑞萨所不愿看到的。她曾以坚忍不拔的勇气和开明进步的政策，挽救了这个已经是危机四伏的王朝，但却最终阻拦不住不断向前发展的历史进程。

如今特瑞萨的光荣已经成为了往事，我知道，那是雄勃朗宫深夜传来的最深长的叹息。

被雕刻在钟楼上的“宿命”

巴黎圣母院是因为雨果而著名？还是因为它的建筑本身？

一定是因为这座建筑本身，因为它在西方建筑史上，是哥特式建筑的经典，也是哥特时期第一座追求高耸向上的动感的教堂，后来成为了欧洲很多教堂的范本。

而我却是从雨果那里，知道了这座悲伤的圣母院。那是一个关于宗教、爱情，以及善与恶的故事。雨果把它创造了出来，便成为了文学中的永恒。所以我宁可认为是雨果创造了巴黎圣母院。是雨果给了我们他心目中的那个教堂的样子。还有敲钟人。

书上说，哥特式建筑是十一世纪下半叶起源于法国、十二到十五世纪流行于欧洲的一种建筑风格。它的特点是，无论建筑的外观还是内部空间都追求一种轻盈、飞升的强烈动感。

记得第一次读到“宿命”这个词汇，就是在雨果的《巴黎圣母院》中。我被这两个字深深震撼。但是却不懂宿命的真正含意是什么。宿命究竟意味了什么？命运是可以挣脱的吗？或者，命运是自己能掌握的吗？

书上说，十二世纪以后欧洲宗教发展到最鼎盛的时期，于是，被笼罩在浓郁的宗教气氛中的人们，虔诚地祈祷，并迫切希望着能与天上的神灵更接近。于是那些善解人意的法国建筑师们，便适时地也是媚俗地，找到了那种符合宗教精神的建筑方式。那就是在古罗马建筑风格的基础上，创造出一种更加高耸入云的结构，以满足人们缩短与上帝距离的需求。

雨果在《巴黎圣母院》这部小说开始的部分说，许多年前，当本书的作者造访——或者说得恰当一点，当他研究圣母院的时候，他在两座塔楼之一的暗角上，发现了这个用手刻到墙上的字：

‘AN’ΑΓΚΝ（希腊文，意为命运或者定命、命数）。

哥特式建筑体现了技术与神学以及美学的最完美结合。整座建筑几乎不用墙壁，骨架立面之间是一个个又高又大的窗子，众多带有密肋的拱顶、尖卷、飞扶壁和巨大的窗孔构成一个庞大而轻捷的有机体，形成教堂的轻捷与高耸。这是建筑学中的一种怎样的人文学的探索。

雨果说，这些因剥蚀而变黑了的、深深刻在石头上的大写的希腊字，那么粗率的形式和姿态，我们不知道是代表什么，好像是为了叫人明白那是一个中世纪的人写在那儿的，特别是这些字所封锁着的悲哀与不幸的意义，很快地激动了作者。

哥特式建筑的内部空间高旷而明亮，窗户的玻璃全用贵重的彩色颜料装饰而成。这种彩色不仅仅是为了好看，而是为了追求阳光透过彩色玻璃射进来的那种奇光异彩的效果，让虔诚的教徒们由此而产生出一种对天国无限向往的宗教心理。

雨果接着说，人要在怎样的时刻，才会去乞求命运？才非要把这罪恶或不幸的印记留在古老教堂的塔楼之后，才肯离开人世？

巴黎圣母院始建于1163年，在经历了差不多两百年的续建之后，才最终全部完工。圣母院不仅古老神圣，而且还是英雄拿破仑登基加冕的场所。这座教堂曾历经磨难，多次险些被夷为平地或被大火焚毁。但却最终都化险为夷，巴黎人说那是圣母的庇护。

雨果在他的前言中反复提到不幸，而那些不幸又总是和罪恶连在一起。这个不幸和罪恶的所指，应当就是那个克罗德副主教。这个主教该是在中世纪宗教严酷统治下煎熬着的一个男人。他身为神职人员，将灵魂和肉体都供奉于神圣的祭坛；而作为有着人类物质欲望的男人，又对美丽的吉卜赛姑娘爱斯梅拉达满怀了爱情。于是他身处两难，既不能违背宗教，又不愿抛弃爱情。如此扭曲的人生刚好被雨果所洞察，于是他写下了不朽的《巴黎圣母院》，以作为对中世纪宗教非人性的深刻批判。雨果说，人不能为自己而生存，该是多大的痛苦。

巴黎圣母院坐落在美丽的西岱岛上。这是塞纳河上最大的一个岛屿。自公元三世纪开始，这里就已经形成了一个公共生活的中心。这里也是法国最早的宗教活动的中心，人们在此修建教堂和法院。后来的众多桥梁又将西岱岛和塞纳河两岸连接起来，然后是一条条道路沿着河岸伸展开去。

在《巴黎圣母院》中，无疑是克罗德副主教代表了“宿命”的全部含义，这是我们在小说中所朦胧看到的。只是我们没有可能也像当年的雨果那样爬上圣母院的塔楼，去寻找刻写在塔楼暗角上的那个大写的希腊字母。但是雨果还是让我懂得了什么是命运，而命运之于一个人的生存又意味了什么。我曾在我的长篇小说《我们家族的女人》中也意识到这一点，是因为家族女人的命运的让人不能不相信“宿命”。那是像哥特式教堂一样神秘的一种上帝的安排。

想着那个不幸的教堂中的男人，为他悲哀。但又想，那么你呢？你自己？或者你们这些陷在“宿命”之中却又毫无知觉的芸芸众生？尽管你能够远离宗教远离中世纪的蒙昧，但是你就可以为自己而生存吗？你以为你主宰了你自己，主宰了你的爱和你的恨，但你为什么还是不能够成为你真正想成为的那个人呢？

或者深夜中的巴黎圣母院更让人迷恋。因为很冷，便渴望着某种宗教的光芒。我一直觉得人可以没有宗教，但是不能够没有宗教感。宗教感是人类的一种非常重要的品质，那会让你永不放弃自己，让你有忏悔之心，甚至有罪恶感，有一种神圣的精神需求。

也是雨果让我终于认识到，其实人是很难成为他自己的。即或是，即或你的心是属于你的，但你的灵魂、你的血脉也不是你能支配的。你以为是你自己走出的人生的每一个脚步，其实都是别人事先为你安排的。所以你只能茫然前行，哪怕前边是陷阱，你也终是要一步一个脚印地走下去。跟着那命运，直到，生命最后的那一刻。

第二天清晨下起了雨，而到巴黎圣母院的行程就被安排在了阴冷的雨中。不知道为什么自从来到欧洲，凡是我们要去参观教堂的时候，都会在这种凄迷的天气中。那大概也是上天的安排，是那种所谓的“宿命”吧。阴雨会让人陡生忧郁，在慕尼黑参观圣母院的时候黑云压境；在科隆参观大教堂的时候更是顷刻之间大雨倾盆；而巴黎不知道从什么时候起就下起了雨，雨虽然不大，但却绵绵密密，足以让人没了心情。而更令人惊奇的是，每一次离开教堂那样的地方之后，又会陡然地阳光灿烂。难道教堂就是让人忧郁悲伤的地方吗？

当你真的来到了圣母院前，当你终于得以那么近地观望着她，你会在不知不觉中发现没有了神圣感，甚至也没有了雨果所给予你的那种令人震撼的暗示。以至于连夜游塞纳河的那种期望都无影无踪，也没有了此前几次远远看到圣母院时的那种由衷的感动。

而这就是巴黎圣母院。你就站在她的正前方，看着她的塔楼，她的尖顶，她的雕塑，和她的那么美丽的花窗。这就是你很多年来一直想来的地方，你梦中的地方，这就是你心中那真实的神圣，你不敢接近的，你认为那是个祭坛的地方……

但这确实就是巴黎圣母院。

很多人站在教堂前的一块铜牌前，据说这里就是那个法国古老王朝时期所有公路的起点。后来不知道什么人又将这块牌子赋予了更为美好的含义，说你只要绕着铜牌转上一圈，就能有机会尽快回到巴黎来。于是女儿去转了这一圈，因为她想在大学三年级的时候，交流到法国来学习艺术。她觉得要想学好艺术史，不到法国是不完美的。当然还有罗马。

我们在不同的方位观看着这座建筑。这时候我觉得我已经忘记了雨果，甚至忘记了宗教，而只把这座教堂当作了真正的哥特式建筑来欣赏了。

很多的游人。这是最可悲的。在雨水中挤来挤去，拥挤着走向虔诚。

我在巴黎圣母院拍下的照片依次是——左岸的圣母院；零公里前；教堂对面那些棕黄色的树叶，依然是夏天，而夏天的凋落令人感伤；教堂正面的塔楼和花窗，因为太近所以拍不到圣母院的全景；远景是那种纵深的灰暗；教堂门楣上的雕塑，因光线晦涩而十分模糊；教堂内最著名的花窗，那彩色的玻璃；教堂中央的那座主题雕塑，圣母的双手无奈地摊开着，她怀中躺倒的是死去的基督，而带着翅膀的天使在哭泣；然后是用于忏悔的木制小屋，忏悔者和神父谁也看不见谁；教堂后寂静的小街，唯有这里是安静的；无数繁复的尖顶；圣母抱着婴儿基督的石雕，那时候母亲脸上的神情是幸福的；幸福中的女人怎么会预测到儿子被钉在十字架上的那一刻呢；教堂背后的约翰二十三世的小花园，花园中心纪念碑式的尖塔；那是一个新哥特式的美丽喷泉，从这里可以看到整个圣母院……

离开圣母院之后我们急于要做的事情，就是跑进圣母院侧面的那些礼品店，购买各种各样的纪念品、书籍和明信片。这是我一直认为非常必要的一个旅游的程序，因为任何一个地方，你都不可能在很短的时间里穷尽它。你可以听导游的介绍，可以拍摄下各种照片，但是你却不可能真正了解它的历史和文化。所以我们特别需要书籍。而就是这一类导游书籍事实上也还是很不够的，因为要写下我现在所写的这些文字，身边就不仅要有我自己拍下的那些照片，那些当时购买的书籍和明信片，还要有欧洲史、欧洲建筑史、世界通史、世界地图和我每天记下的笔记，以及我回来后所做的那些详细的追忆……

离开圣母院后天空果然就明朗了起来。浓浓的乌云正一丝一缕地慢慢散去，而蓝天也一片一片地顽强挣扎了出来。最后终于漫天的碧蓝，只有几抹翻卷的白云，像羽毛一样轻轻地飘着，飘向巴黎的尽头。

在圣母院，我和女儿每人买了一支蜡烛，用最虔诚的心灵祈祷……

没有被雕刻在钟楼上的“宿命”，我就不会知道巴黎圣母院。

不知道世间有一座叫圣母院的教堂，我也不会愿望着有一天能来巴黎。

所以最终还是要感谢雨果，因为是雨果为我们讲述了巴黎圣母院的故事，也是雨果让她真正永恒的。

加德纳夫人的波希米亚传奇

对波士顿艺术博物馆的展览记忆犹新。尽管距离那个春天已经五年。记得那里丰厚的馆藏，也记得那座宏伟的建筑。藏品从古埃及到现代美术，堪称新英格兰地区最大的艺术博物馆，又因其拥有40万件不朽之作而成为全美国第五大博物馆。记得怎样和女儿在那些宽阔而高的展厅里不尽徜徉，也记得窗外的玉兰花正开得烂漫飞扬。那时候不知道不远处还有一座叫做芬威院的博物馆，当然更不可能知道加德纳夫人那波希米亚般的璀璨人生。

在一本书中偶然读到芬威院，吸引我的是画页中那个美丽的花园。那是个看上去就禁不住想要探访的地方，一个被四面高墙围拢起来的郁郁葱葱的庭院。如果那只是一个明媚的所在，不，那庭院的周遭不是普通的高墙，而是高耸的威尼斯式建筑的外墙；花园中也不单单绿树葱茏，百花绽放，而是点缀其中的那些来自古老欧洲的大理石雕刻和铜像。于是一个迷蒙的所在，因为你不知在那样的地方会获得怎样的感受。

终于来到这座让我充满好奇的建筑前。在外面你几乎看不出它有什么与众不同。站在芬威院的墙外朝四周看，想不到我曾经参观过的波士顿艺术博物馆就在对面。我认出了几年前曾走过的那些地方，那时候怎么会不知道还有一个如此曼妙的所在？或者这座建筑的外表太不起眼了，或者是主人故意低调为之。所以你只有走进这座建筑，才能真正领受到它那博大精深的独特魅力。

是的，我们走进芬威院，就仿佛蓦地走进了春天。扑面而来的满眼和煦，到处绿荫掩映，鲜花烂漫，足以用别有洞天来形容这温暖的庭院。于是疑惑这肃杀的冬季，怎么会如此勃勃生机？记得不久前探访波士顿公共图书馆，那里也是一座意大利式的建筑，于是也有一个被四面高墙包拢起来的中庭。只是那里看上去虽然优雅，却早已是一片萧索的冰冷。尽管那些很美的桌椅依旧支撑在长廊里，却只能在想象中看到那些坐在徐徐春风中的读书人了。

但是为什么芬威院温暖如春？下意识抬起头来才发现，原来这里并不是天井式的建筑，而是不折不扣的一座温室花园。那巨大的玻璃天窗是透明的，透过它你可以随时看到天空变幻的色彩，看到云朵怎样轻轻飘过，甚至能看到夕阳西下时，那慢慢地流淌的忧伤暮色。

中央庭院四季鲜花，这应该是芬威院中最迷人的部分。这里盛开着春天的小苍兰、茉莉、杜鹃和旱金莲，遍布着秋季的各类菊花。当圣诞节悄然来到寒冷中，一品红和仙客来便点缀了所有冰冷的空间。而花园中心用雕花石板砌成的方地，远远看上去就像是一块美轮美奂的镌花地毯。

然而走进回廊的感觉就不同了，有意为之的灰暗笼罩了那些古老的艺术品。甚至展厅内也要挂起厚重的窗帘，为了那些珍贵的藏品能日久天长。偶尔也会有阳光穿过回廊，流泻在那些精雕细刻的大理石花纹上。

从一楼到三楼，到处遍布着艺术品，哪怕那些看不到的地方。这些藏品来自世界各地，于是你能够感受到不同国度的异域风情，譬如镶嵌着贝壳的那扇巨大的中国屏风，便令许多参观者驻足流连。这里的藏品年代久远，跨度悠长，洋洋洒洒地装饰着这座优雅的建筑。它们被不经意地摆放在你所有能看到的任何地方，从绘画、雕塑到古玩、家具，甚至那些精美的花边饰物。这些艺术品之品质高尚，单单是绘画，你就可以欣赏到从波提切利、拉斐尔、提香，到鲁本斯、伦勃朗的油画，从马蒂斯、德加的肖像画，到美国早期画家萨特金及惠斯勒的作品。

那么，究竟是谁缔造了这个完美的艺术帝国？

是的，就是这个被叫做伊莎贝拉·斯图尔特·加德纳的女人，后来的这座博物馆也是以她的名字命名的。是的，就是这个富有的，并且艺术的女人，她50岁起开始以个人名义收购世界顶级的艺术品。那是因为她继承了父亲留给她的巨额美金，而恰恰此前她已经无数次周游世界，看遍了她所能看到的那些不朽之作。于是她终于可以用父亲的钱购买那些她钟爱的艺术品了，她也终于可以将那些伟大的艺术占为己有了。

是的，就是这个女人，从爱艺术到懂艺术，进而建造了我们眼前的这座殿堂。在漫漫25年间，她收购了从古埃及到十九世纪初叶总共2500件艺术品，并且为这些艺术品设计了她的芬威院。进而在这个与众不同的博物馆中，实现了她通过捐赠让更多市民享受这些艺术品的愿望。这在美国是前所未有的。

那么这个女人的一生，怎么会活得如此壮丽？

1840年4月14日，一个叫伊莎贝拉的女孩在纽约出生。女孩承袭了祖母的名字“伊莎贝拉”，而她的祖母是一位非常杰出的女性。她在长岛建立了自己的农场，并两度荣膺纽约农业协会的奖章。伊莎贝拉一直以斯图亚特的皇家血统而自豪，这可以在芬威院遍布的苏格兰蓟和白玫瑰装饰中体现出来。

这个衣食无忧的女孩在幸福中成长着，早年在纽约的私立学校接受教育，而后跟随父母前往巴黎。1856—1858年在巴黎的基督教学校接受高级教育。其间伊莎贝拉和父母一道游历了意大利，并参观了波尔迪·佩佐利的艺术收藏——那些精美的陶瓷、古老的青铜器、文艺复兴时期的装饰艺术，以及书籍和手稿，壁毯与绘画，等等。这段梦幻一般的米兰之旅无疑在这个女孩心中留下了深刻的印象。

结束了这段令她耳目一新的欧洲之旅后，伊莎贝拉来到波士顿拜访她巴黎时期的校友朱莉娅·加德纳，并很快和朱莉娅的哥哥杰克·加德纳订婚。他们有着几乎相同的家庭背景，自然在感情上心心相印。加德纳家族十六世纪中叶定居马萨诸塞州的塞勒姆市，那是一座诞生过美国著名作家霍桑的小城。那里很古老，也很幽静，东印度公司遗留的建筑见证了那里曾经的繁荣。十九世纪初，加德纳家族搬到波士顿，他们以经商致富，早期曾经和中国交易，后来转向投资铁路、矿业和加工厂。这个家族最辉煌的时候，曾经拥有一支环游世界的海上船队。

不久后杰克·加德纳和伊莎贝拉·斯图尔特在纽约成婚。三年后伊莎贝拉生下了杰基。可惜这男孩不到两年就夭亡了，可以想见这对年轻的夫妻怎样悲伤。而后伊莎贝拉不断流产，当医生告诉她不能再要孩子后，她开始神经衰弱，患上严重的抑郁症。在医生的建议下，杰克·加德纳带着忧伤的妻子再次出行欧洲，这一次他们周游了斯堪的纳维亚半岛，穿越了挪威北角看午夜的太阳，又去了俄罗斯的圣彼得堡、莫斯科以及诺夫哥罗德。途经维也纳和巴黎时，伊莎贝拉·加德纳为自己买了最新潮的服饰。

这样的旅行让伊莎贝拉恢复了往日热情洋溢的个性，她开始重新热爱生活，重新对艺术品感兴趣。伊莎贝拉结婚的前几年，正值美国南北战争，由于身边朋友稀少，加上要尽母亲的职责，伊莎贝拉显然已经决心被维多利亚时期波士顿女人的行为准则所约束，但现在，她终于重新成为了那个结婚前的杰出而又开放的女人。

此后，周游世界成为了这个家庭的传统，不过这一次他们不再只是流连于欧洲大陆，而是沿着东西文化交融的那条文明之路，依次访问了埃及、努比亚、巴勒斯坦，而后进入欧洲，前往雅典、维也纳、慕尼黑和纽伦堡，并再次回到久违的巴黎 。显然伊莎贝拉痴迷于这种环游旅行，并陶醉于这种充满了惊喜和震撼的心情中。从她的游记中可以看出她的冒险精神和对历史建筑的浓厚兴趣，她骨子里浓郁的浪漫主义，以及她对外来文化和生活方式的真诚接纳。为此她写下许多唯美的文字：“河流一如流淌的金子，似乎所有的一切都变成了昂贵的金属，向内部燃烧着；然后太阳下山，整个世界还来不及变成紫晶和银子，就被黑夜笼罩了……一切如此寂静，当祈祷的哀鸣在空气中呼唤时，眼泪已经在慢慢流淌。”

事实上从这时起，伊莎贝拉作为一个特立独行的女人，已经引起了当地媒体的兴趣，以及波士顿公众的好奇。一位不知名的波士顿记者在那一年写道：“伊莎贝拉·加德纳女士是波士顿的七大奇迹之一。她在整座城市甚至整个国家都那么与众不同。她是个百万富翁波希米亚。她乖僻，她同时有勇气乖僻。她是聪明人的代表，但没有人有勇气去追随她……她不模仿任何人，她做的任何事情都富有新意，都是独创的。”而著名的艺术品鉴定专家伯纳德·贝伦森对加德纳夫人的评价是，她是“波士顿电影时代之前的明星”。

1875年，杰克·加德纳丧偶的兄弟约瑟夫不幸去世，加德纳夫妇承担起了带大他们侄子的责任。1879年他们带三个男孩去看法国和英国的教堂。在伦敦，他们拜访了他们的美国同胞亨利·詹姆斯。就是在那次拜访中，詹姆斯将伊莎贝拉引荐给画家詹姆斯·麦克尼尔·惠斯勒，而此前伊莎贝拉刚刚在画廊中看到了惠斯勒的作品。在那次展览中伊莎贝拉看到，画廊在人们欣赏美术作品的同时，还招待客人晚餐并举办音乐会。那时候这种优雅时尚的画廊已经成为伦敦社交界不可或缺的角色，自然也给加德纳一家留下美妙的记忆。

回国后，伊莎贝拉·加德纳开始被波士顿的学术生活所吸引，她通过和小说家马里昂·克劳福德的友谊，甚而某种迷恋，她开始阅读但丁的作品，参加哈佛大学的查尔斯·诺顿读书会，并于1885年加入了但丁协会。之后，伊莎贝拉·加德纳便开始收藏珍贵的书籍和手稿，包括但丁早期版本，以及威尼斯和法国的出版物。

在博物馆看到克劳福德的照片，一个非常英俊迷人的年轻作家。伊莎贝拉和这个才华横溢的年轻人之间一定有了某种眷恋，她才会如此痴迷于但丁进而文学。但也许并不是但丁在吸引她，而是她想要贴近克劳福德的文学。然而1883年克劳福德还是离开了波士顿，足见他们的关系何等迷蒙。他们毅然决然做痛楚的告别，以至于此后十年都不曾相见。这段情感纠葛无疑给加德纳夫人带来了痛苦，但同时也让她收获了才华。这些可以在她的日记中感受到，如果没有对文学的执着，她的感觉和文字决不会这般美丽。

在如此断肠的割舍后，伊莎贝拉和杰克·加德纳开始了他们又一次重要的旅程。这一次加德纳一家来到遥远的东方，单单在日本就停留了整整三个月。他们先后拜访了横滨、东京、京都、大阪和神户，并历尽艰辛到达了日光的庙宇，从此伊莎贝拉·加德纳对日本文化情有独钟。

接下来加德纳夫妇又造访了中国和印度，途经埃及后，再度来到威尼斯。这一次，她认识了画家拉尔夫·科蒂斯，后来他成了伊莎贝拉·加德纳艺术收藏的顾问。拉尔夫带领加德纳一家重新认识这座水城，伊莎贝拉也以十分严肃的态度对待威尼斯。五个星期内，她不仅认真学习意大利语，还深入了解了十五、十六以及十八世纪的艺术。而他们所住的宫殿一般的洛可可式房间，也为日后加德纳博物馆的房间以及花园的设计提供了最初的灵感。

伴随着频繁的世界环游，伊莎贝拉对艺术品的兴趣越来越浓厚。直到1891年伊莎贝拉的父亲去世，为她留下了可观的财富，她才正式开始了收藏名画和古董的生涯。这时候她对收藏已经做好了充分的准备，对艺术品的鉴赏也拥有了她独立的品味。

哀悼期过后，伊莎贝拉夫妇再度前往欧洲。这次出游对于伊莎贝拉·加德纳成为收藏家的未来无疑至关重要。这一次她在巴黎收购了一幅维米尔的作品，旅途中，又先后购买了惠斯勒及佩塞利诺的作品。三年后，她通过收购波提切利的名画《柳克丽霞的悲剧》，开始了她与著名艺术鉴赏家伯纳德·贝伦森之间的代理关系。

其实早在1884年伊莎贝拉就认识伯纳德·贝伦森，不过那时候他只是一个哈佛大学的研究生。加德纳夫妇所以认识这个年轻人，是因为他们捐资支持贝伦森前往欧洲游学。虽然贝伦森最初打算研究文学，但最终还是转向了意大利美术，并由此开始了他成为那个时代最著名的艺术鉴赏家和代理人的事业。

六年中，伊莎贝拉和贝伦森几乎没有联系，直到1894年后者出版了著名的《文艺复兴时期的威尼斯画家》一书后，才收到了来自加德纳夫人的一封赞赏信。六个月后，他便在伦敦为加德纳夫人收购了波提切利的《柳克丽霞的悲剧》，而后贝伦森成为加德纳夫人最重要的收藏顾问，并帮助她收获了一系列非凡的艺术品。当然，依莎贝拉·加德纳也依赖于自己的知识和感觉，她与贝伦森之间的通信证明了她审美的独立性。因为她不想收藏贝伦森向她推荐的一幅华托的油画。他在信中提醒她，“华托是你的品位中唯一的空白。”然而伊莎贝拉回信说：“你一点也不了解我对华托的认识。我没有你说的那种‘空白’。我其实非常欣赏他，但不是按照提香的方式喜欢他。你难道不认为用同样的钱，可以买到更优秀的作品吗？”

在收购了伦勃朗1929年的《自画像》，以及提香、委拉斯贵兹的作品后，加德纳夫妇突然意识到，他们当时的住房已经容不下他们收藏艺术品的野心和速度了。他们需要更大的空间，于是他们有了想要建一座博物馆的计划。伊莎贝拉原本打算将灯塔街的两幢房子连在一起，但又觉得也许买地建一所新的建筑才是更明智的选择。而对于加德纳夫妇即将建造的芬威院来说，那幅伦勃朗的绘画应该就是奠基石，因为这是第一幅加德纳夫人为自己的博物馆购买的巨作。

加德纳夫妇所以被这片曾经的沼泽地所吸引，是因为这里已经被景观设计师奥姆斯特德打造成一片时尚而迷人的地带。慢慢地，这片波士顿的新地变得昂贵起来，不久后交响乐大厅也落户于此。然而真正吸引加德纳夫妇的，是这片土地的平坦和开阔，他们可以平地而起一座独立的建筑，而这座建筑的四面墙山都可以照见阳光。

想不到这个关于芬威院的梦想，转瞬就成为了一份沉重的责任：一场意外，让伊莎贝拉感知了生命的脆弱以及来日无多。1898年12月10日，杰克·加德纳因中风突然亡逝，这一悲剧让伊莎贝拉意识到，她必须加快建造博物馆的脚步。从此她全力以赴投身到她和杰克的这个曾经遥远的梦想中，仅一个月后便购得了目前博物馆所在的这块土地。失去丈夫的痛苦让伊莎贝拉一心一意地投身于芬威院的建设中，而1899年动工的时候，加德纳夫人已经59岁了。

加德纳夫人自己设计了自己的芬威院。建筑的灵感来自于1897年的威尼斯之旅。这座房子按照十五世纪威尼斯宫殿式的风格建造，不过她要让这幢楼房的外墙冲内，从而营造出一个到处是花朵、橄榄树和喷泉的优雅庭园。自然的光线从玻璃天井倾泻下来，让整个庭院沐浴在不断变化的景象中。对伊莎贝拉来说，自然的光线比什么都重要。

在芬威院，她所追求的不仅仅是丰富的收藏，还有整座建筑那种令人赏心悦目的韵味。她要三层楼面的所有展厅都能看窗外的花园，甚至能感受到那里绚烂的芬芳。这座建筑砖石结构，许多建筑材料如石柱、门道、阳台一类，都是加德纳夫妇从欧洲买来并融入到建筑中的。

为此加德纳夫人频繁前往芬威的工地视察，在那里规定每个建筑元素所在的位置。她亲自拿着油漆桶爬上梯子，并不厌其烦地向工人解释她想在庭院中创造出怎样的氛围。她毫不退让地拒绝任何钢架结构，与建筑检查员激烈地斡旋。最终事实证明了加德纳夫人正确——符合文艺复兴时期建筑规则的结构才是最最稳定的。

在建设过程中，加德纳夫人的计划永远在改变，而所有的改变都要重新绘制图纸。她随时随地迸发出来的灵感，让楼梯两次建好又两次被拆除。成箱从欧洲进口的建筑石料堆放在仓库里，由加德纳夫人本人决定它们被打开的顺序。

尽管诸多挫折以及各种复杂的环节，加德纳夫人还是在1901年11月18日（很奇怪，竟然是一个中国的幸运日）搬进了芬威院，四楼是她的私人住所，她一直住在那里直到去世。

接下来她开始精心摆放她的艺术品，她的理念显然和那些程式化的博物馆不同。芬威院的展厅极具个人色彩，艺术品的位置完全依照她本人的审美安置，这或者也是她刻意追求的某种个性的方式。

于是艺术品陈列的秩序没有规律可循，似乎既不曾融进编年史的概念，也没有经意营造的分门别类。展厅里除了墙上的绘画，还有古董、雕刻、家具，乃至蕾丝花边一类，感觉上是把展区当作了自己的家来布置。总之加德纳夫人想怎么摆布就怎么摆布，只要她自己看上去赏心悦目，只要她自己觉得那些艺术品适得其所。于是在这座充斥着世界顶级藏品的房子里，果然形成了一种由女人营造的随意与亲切，由艺术构成的优雅和高贵。以至于近百年过去，我们依然能感受到加德纳夫人所带给你的那种温暖的气息。你仿佛能看到加德纳夫人就坐在壁炉前，在燃烧的炉火前，在窗外的落日中，欣赏着她那些伟大的艺术品。

加德纳夫人为每个展厅起了名字。这些名字听上去既美丽又简朴。譬如一楼的蓝屋、黄屋、中国凉廊，二楼的荷兰厅、小沙龙、短画廊，三楼的哥特厅、长画廊……

二楼的挂毯厅是整座建筑中最大的房子。这里除了展示高悬的十幅巨大壁毯，也是加德纳夫人定期举办音乐会的地方。夫人除了执着于收藏艺术品，还一直致力于对音乐的资助。尤其当她拥有了芬威院后，就更是经常在家中举办春季和秋季的定期音乐会了。这间挂毯大厅由木头建造，高挑的木梁支撑的天花板不仅展现了优美的景观，也为乐队演奏提供了极好的音响效果。地面是伸展的意大利马赛克石，壁炉前小小的舞台至今保留着。没有演出的时候那些座椅便静静堆放在大厅的角落里，等待着日落时分那诗一般飞扬的旋律。

芬威院进门处的长廊里有一幅很大的油画，那是美国画家萨金特的杰作。不知道这幅画是否专为芬威院的音乐会而作，但总之是一幅很美也很扣人心弦的画作。画面中一位黑衣白裙的女人在舞蹈，很灵动的形象，背对着我们，手臂向前伸展，有点骄横地，指着身后的什么地方，但我们看不到她的脸。女人的背后是弹奏乐器的那些迷茫的男人。昏暗的背景中，唯有舞女身上斑驳的红色跳荡出来，让人不禁心中一动。这是我喜欢的一幅萨金特的作品，因为他画出了旋律和热情。

然后到了1903年1月1日的晚上，这个对加德纳夫人来说历史性的时刻。在经历了整整三年的建筑和装饰后，客人们被邀请来芬威参加一个私人音乐会。50位波士顿交响乐团的音乐家，在挂满了壁毯的在哥特屋演奏巴赫、莫扎特和舒曼的作品（她终于做到了像伦敦画廊那样将各种艺术融为一体）。演出的最后，那扇能看到庭院美景的镜门被缓缓打开，日式的灯笼照亮整个房屋，被蜡烛点燃的画廊在客人面前展开……人们的第一反应是惊叹不已，然后是兴奋激动，赞不绝口。他们在梦幻般的景色面前仿佛变成了孩子。然后，这美的极致让在场的所有人都变得宁静而温顺，仿佛他们看到的是福音般的奇迹……

是的，这不是任何人都能做到的，而伊莎贝拉·加德纳是这一奇迹的唯一缔造者。

1911年在加德纳夫人的生日酒会上，哈佛大学的艺术教授登曼·罗斯代表所有客人写道："你对美术界中的任何人都认真地感兴趣，他们中的每个人都接受了你慷慨的捐赠。我们见到了你对舞蹈和音乐、戏剧和文学的忠诚。而对雕塑和绘画的热爱，你通过众所周知的对杰作的收藏向我们展示。你建立了一座如此美丽的房子，你自己作为建筑师，并且用珍宝填满了它。你，不仅热爱艺术，收藏艺术，更是一位艺术家。"

加德纳博物馆于1903年2月向公众开放。它履行了加德纳夫人"以艺术教育为目的，对公众服务为宗旨"的使命。这是她16岁参观波尔迪·佩佐利博物馆时就萌生的信念，也是她从年轻时就开始的梦想。直到她终于建造了这座令她无比骄傲的芬威院，并做到了将这里的一切永久地送给了那些热爱艺术的人。

而在这些热爱艺术的人们中，那些叫做伊莎贝拉的女人将更幸运。因为加德纳夫人留下遗嘱，凡是名为伊莎贝拉的，都可以免费参观这座博物馆。不单单因为夫人叫伊莎贝拉，还因为这名字是从成功的祖母那里继承来的。所以她要给所有的伊莎贝拉无偿享受艺术的机会，芬威院的大门将永远向她们敞开。

不久，波士顿的艺术博物馆追随加德纳夫人的脚步，也从市中心的科普利广场迁到了芬威院对面。博物馆的古典主义大楼于1909年落成并对公众开放，而加德纳夫人的私人博物馆已经向公众开放整整六年了。而那时伊莎贝拉·加德纳个人收藏的欧洲艺术品，甚至比波士顿艺术博物馆的还要杰出。

或者就因为加德纳夫人私人收藏的艺术品众多，充塞于此的艺术品才显得过于拥挤。于是某种目不暇接的感觉，甚至些微的审美疲劳。浏览中你若稍不留意，很可能就会错过那些稀世珍宝。譬如楼梯的转弯处，长长走廊上，你会毫不经意地就将那些来历显赫的艺术品当作了普通的装饰物，进而忽略了芬威院主人对那些精美细节的良苦用心。

然而不幸的是，1990年的某天，这个距今天并不久远的日子。加德纳博物馆的13幅名画，竟一夜之间被窃贼盗走。其中最著名的是伦勃朗的那幅《加里利海风暴》的风景画。那是一幅很大的画作，据说保守估价就值2亿美元。自失窃之日起就人们就开始奋力搜寻，只是20年过后依旧杳无音讯。至今没有人知道这些画藏在了哪儿，更不知被何等汪洋大盗收入囊中？其间不曾有任何人对这些名画进行交易，甚至没有关于这些藏品的蛛丝马迹。甚至神勇的联邦调查局（FBI）也无能为力，没有人知道这些珍宝要失踪到什么时候。倒是好莱坞一部电影抓住了这个由头，千回百转地讲述了一个名画失而复得的故事。但是没有人真正知道这些画是怎么丢失的，尽管可以天马行空，任意想象，但最终还是没有谁能接近那个惊人的真相。

如今墙壁上依旧保留着那些名画的画框，只是画框是空的，没有复制品。这或者也是为了履行加德纳夫人的遗嘱，任何艺术品必须摆放在它原先的位置上，不得擅自挪动。所以即使名画被偷走，也只能以画框的方式留在那里了，以提示人们那亡失的缺憾。

照片中的加德纳夫人并不美，但却很优雅。那种看得出来的富有孕育了这个女人，让她在那个年代就能自由自在地生活在艺术中。加德纳夫人不仅收藏那些不朽名作，并且将自己的肖像也融进了她的藏品中。她的画像就悬挂于那些大师的作品中，甚至比那些大师的绘画更醒目。

安德斯·佐恩的杰作陈列于二楼的短画廊中。这幅伊莎贝拉的肖像创作于威尼斯。不知道那是夫人哪一次前往威尼斯，但无论哪一次，威尼斯都给她带来了无尽的欢愉。油画中穿白色连衣裙的女人伸展双臂，在浓重的有着些微光亮的背景中，凸现出她那有点不知所措的茫然。画中的加德纳夫人明媚而丰满，或者那时候她还不曾明确自己作为收藏家的雄心壮志。她只是不断在异国他乡享受着人类文明的成果，似乎也渴望将自己的身影留存于艺术的长河中。

穿黑色连衣裙的那幅肖像画很大，加德纳夫人端庄地站在画面中。黑色的衣裙跳荡在背后温暖的棕黄色中，而夫人的神态是平静而又有某种向往的。金色画框包裹了这个优雅而闲适的女人，只是在这张平和的脸上，竟一点也看不出她决意收藏世界财富的咄咄野心。这幅肖像被摆放在三楼哥特式房间的墙角处，这里还陈列着乔托和马提尼的圣母像。

不知道这幅肖像创作于哪个年代，它只是留下了加德纳夫人中年时的丰腴影像。那种身形和姿态的闲适让人很容易联想到中国唐代的仕女图，女人们衣食无忧的近乎于奢侈的妖娆。也许画像中女人的神态并不重要，重要的是，这幅画是美国早期著名画家约翰·辛格·萨金特的杰作。也许在世界美术的长廊中萨金特只是区区小辈，但在美国，这位画家却可谓大名鼎鼎，而他为波士顿留下的遗迹更是俯拾皆是。那个年代，波士顿几乎所有重要的建筑中都有萨金特的绘画。无论是1876年落成的波士顿艺术博物馆，还是1895年建成的波士顿公共图书馆，你都能看到萨金特恢宏的壁画高悬穹顶。

在某种意义上，也许出生于1856年的萨金特并不是美国人，他是父母旅居意大利时出生的。他14岁就被送进了佛罗伦萨的美术学院。四年后他们又举家前往巴黎，不知道是不是为了萨金特的绘画事业。在巴黎考入以肖像画著称的卡洛莱斯·丢朗画室，从此在艺术之都潜心学艺。

加德纳夫人第一次见到萨金特是在1886年。那一年加德纳一家再度赴欧洲旅行。在伦敦，他们的老朋友亨利·詹姆斯将伊莎贝拉介绍给年轻的美国画家萨金特，那时候萨金特正住在画家惠斯勒原先使用的画室中。这次会面开始了伊莎贝拉和萨金特之间深厚的友谊，以及艺术家与客户之间亲密的关系——加德纳夫人日后拥有了60多幅萨金特的作品。回到波士顿后，萨金特时常拜访加德纳夫人，并为她画了三幅传至今日的肖像画，而黑色长裙的这幅就是其中之一。

后来萨金特回到美国，继续潜心创作他的肖像画。他的社会肖像画为美国绘画开拓了一个广阔的空间，也就此留下了那个时代美国的众生相。有人说，萨金特让画中的人物看起来很富有，不过只有当他们看到画中的自己时，才能真正意识到自己到底有多富有。然而这种富有并没有凭借奢华的物品来表现，你只要看看站在金黄色背景下的这个黑衣女人。是的，这是唯有富有的女人才会有的安逸与平和，也是唯有伊莎贝拉·加德纳这样的女人才可能有的典雅和雍容。

萨金特为加德纳夫人画的最后一幅肖像，是她临终前不久的那幅水彩画。这也是最让人感动的一幅画。在黑色的绚丽之后，夫人又回到了那种简单而质朴的白色中。这幅画完成于1922年，夫人两年后就谢世了。这个璀璨一生的女人在最后的画中可谓风烛残年，但却依旧在透明而飘逸的白色中飞扬着。尽管她已经82岁，被病痛折磨，却仍然保持了澹定从容，恍若长风依旧。她周身陷落于粗质的白色衣裙中，甚至用白布包住了她的头。她靠在大床上的姿态说明了她已力不可支，却依然坚守着那无形的刚毅。整个画面一片凄然，唯有枕头上的花纹支撑着那片白色的萧索。画中的女人有点无奈地望着前方，应当也就是望着老友萨金特的方向。不知道那目光的交流中有着怎样的惨淡与感伤，看得出那种死之将至的悲凉已然灌满了夫人身心。在萨金特画这幅水彩画的三年之前，夫人就已经罹患中风，半身瘫痪。于是这幅画的名字也很忧伤：《加德纳夫人在白色中》。

伴随着岁月流转，心事更迭，萨金特的画风也变得朴素而简洁。他的晚年之作大多寥寥数笔，就将这个死亡边上的女人传神地表现了出来，甚至比他年轻时的作品更有穿透力。

这时的萨金特也已然秋风落叶，尽管他比加德纳夫人足足年少了16岁。他们将相互之间的友情坚守了将近40年，特别是当他们年华老去的时候，依旧惺惺相惜。但夫人谢世之后不到一年，萨金特便也追随老友乘鹤而去。或者这也是某种友谊的象征。当一个去了，另一个，似乎也就没有存在的必要了。

1924年伊莎贝拉·加德纳平静地离开。与丈夫和儿子一起葬在剑桥的奥本山公墓。在弥留之际她仍旧不忘她的芬威院，那一年她的侄女在写给贝伦森的信中说："芬威院似乎很奇怪也很孤独。她的侍者告诉我，几天前他时常觉得她在呼唤他。她的工作人员觉得她一定是希望他们能像她活着时那样，尽心地照看这个地方。这地方一定要像最初设想到最终实现时那样活在人们的心中，提醒子孙后代艺术的美丽。"

一些人认为这个女人很诡异，但只有真正了解了她，你才会知道她是怎样的了不起。是她在J.P.摩根、亨利·克莱·弗里克，以及亨利·E·亨廷顿、威廉·伦道夫·赫斯特等著名收藏家之前，率先在美国建立了这种在个人富丽堂皇的家中陈设伟大艺术品的先河。

是的，这就是这个女人的传奇，一如当年那位波士顿记者所言：她在整座城市甚至整个国家都那么与众不同。她不模仿任何人。她做的任何事情都富有新意，都是独创的……

今天，加德纳夫人尽管已经远离了芬威院，但她灵魂的旗帜，将永远在热爱艺术的人们心中飘扬。

采摘加州的阳光

很美的清晨，阳光灿烂。我们离开圣路易斯奥比斯波郡。喜欢这个优雅的小城，尽管，我们在这里只停留了一天。这里的海岸开阔而宁静。用锚来装饰海岸景色。很蓝的天，于是很蓝的海。木头房子里是那些等待着出售的鱼。乔恩（John）说小时候他们总是来这里买鱼，所以那房子珍藏着乔恩童年的记忆。

这一天最令我们向往的，是那座梦幻一般的迷人城堡。那个被称作“皇冠宝石”的地方，就掩藏在不远处的某片山林中。乔恩提前预订了我们参观的时间，然后将汽车开上处处美景的沿海公路。这条路也被称为一号公路，修建于二十世纪三十年代。沿崎岖不平的壮观海岸一路向前，看不出这里曾是加州最荒凉的地方。这段长达160千米的海岸线被史蒂文森誉为“世上最壮观的海天交界处”。由山脉、悬崖以及乱石形成的碧蓝海湾，酣畅淋漓地呈现出种种摧枯拉朽的姿态。迸溅着白色浪花的海浪撞击在嶙峋的礁石上。太阳所发散的白炽光芒，像碎银一样铺向海面，甚至岸边芦苇也被笼罩在了银色的辉映下。

公路两旁，一边是海，一边是绵延起伏的山峦。沿一号公路一直向前，便终于在巍峨的山巅上影影绰绰地看到了那座我们期待已久的城堡。

是的，此前也曾几次到过加州，却从不曾知道还有这样一处梦幻的所在。后来在地图上偶然发现这处景观，从此将这片山峦铭记于心，期冀着哪一天真的能登临城堡。不单单为了这座神迹般的建筑，也为了城堡中那位创造了奇迹的“报业皇帝”。

我们的汽车止步于镌刻着“赫斯特城堡”的大门前。这座门是象征性的，仅仅是为了提示我们这样的来访者，您已经进入了赫斯特的领地。4万英亩绵延起伏的山坡均归在威廉·伦道夫·赫斯特名下，而山峦间浩大的牧场曾经是这个家族的露营地。

汽车停在山下的圣西蒙村。游客乘环保汽车前往山上的城堡。尽管已进入赫斯特领地，山顶的城堡却依旧遥远。依稀间那片建筑如梦如幻，在灿烂骄阳下闪烁出宝石一样的光芒。那城堡璀璨得仿佛不是人间景象，而是天上落下的伊甸园仙境。

恍惚于城堡为什么被喻为皇冠，行进中倏地发现这种皇冠的感觉，其实是来自于那些环绕着塔楼的高高椰树。这些被专门修剪过的树干高高耸起，只留下顶端那圆形的树冠。于是远远望去树冠恍若皇冠上的宝石，熠熠闪光地环绕着城堡。

汽车在蜿蜒的山路上迂回向前，窗外是圣西蒙山怡然的景色。途经山坡上的飞机场和蓄水池，这些是为了迎接赫斯特庄园尊贵的客人而专门修建的。为此赫斯特还在圣西蒙海湾建造了的城堡码头，让他那些至爱亲朋也可以完成从海上进入山顶的神话。

盘桓的公路上可以看到各式景观。转弯处或者浩瀚的大海，或者宁静的青山。旷野中时而跳出的小动物穿梭往返，据说这里曾经有一个天然动物园，赫斯特从非洲买来的那些大型动物，就徜徉于这片温馨的山林间。

群山环抱中的城堡离我们越来越近，越来越清晰。那蓝天下、云雾间，高耸的塔楼、红色的屋顶。于是期望变得切近，梦幻变得真实。却不知不觉地迷失了自己，不知道是喜欢那个梦中的王国，还是近在眼前的这片人间奇迹？

但无论钟情于一个怎样的所在，我们都如愿以偿地来到了城堡的高墙下。只是第一时刻入眼的并不是城堡的建筑，而是路两边挂满了黄色果实的橙林。

逆光中的西坛一片妖娆景象。棕榈树黑色的树影被映衬在明媚的蓝天下。由此向上便是宏伟的赫斯特城堡，城堡的西班牙名字是“迷人山庄”。加州二百年前曾是西班牙人的殖民地，于是赫斯特用西班牙语命名他的家园。赫斯特还用西班牙语命名三座漂亮的贵宾楼，并且根据窗外景色命名了那些美丽房间。于是“海景房”朝向浩瀚的太平洋；“山色房”遥望圣西蒙山起伏的山脊；而“夕阳房”面对温暖的落日，不同的景观无疑为在此驻留的宾客留下了不同的美好。

我们的参观开始于海神池。不记得在哪部美国影片中看到过眼前的景象。从海神坛俯瞰被柱廊环绕的泳池，就像是一颗巨大的蓝宝石。古罗马风格的圆形围廊下，是一池澄澈透明的碧蓝的水。池水碧蓝或许是因为碧蓝的天空，也或许是因为水下蓝色的马赛克石。这个堪称完美的露天游泳池曾接待过无数名人，而那些曾在此徜徉的名人身影，至今活动在《赫斯特庄园》的电影中。

“夕阳楼”是一片依山而建的低矮建筑。这里的每一个房间都可以看到窗外的夕阳。看到夕阳就意味着看到了大海，因为太阳是从太平洋的海平线沉落的。此前曾经在洛杉矶海岸看到日落。那动人心魄的景观让我毕生难忘。很强烈的色彩，金红或者金黄。一种悲壮，一种沉郁，一种说不出的震撼和忧伤。而很多年前住在城堡的客人们，每天都能透过窗看到海上落日，这大自然馈赠于人类的壮观景象。

穿越优雅的客房时不禁猜想，古老的雕花木床上究竟睡过怎样的名人。知道丘吉尔来过，萧伯纳来过，卓别林来过，嘉宝也来过。在此豪华而庄重的房间里，演绎着他们短暂而闪光的生命时刻。

“夕阳楼”的每一个房间都富丽堂皇，装点其间的是那些赫斯特收藏的珍贵家具和古董。于是住在古物中的感觉未必舒服，而房间的颜色也因此而显得过于凝重。那种很浓的深棕色，浓得仿佛化不开的色调。再加上那些来自古墓的坛坛罐罐，就更是让人毛根发紧。

事实上这也是赫斯特城堡的基本色调，他本人居住的房间亦如此深重。天花板大多选用雕花的核桃木，大小地毯的图案也色泽浓暗。于是赫斯特庄园没有轻松的空间，甚至连呼吸也变得不那么舒畅。

室内的凝重和室外的明媚可谓水火两重天。赫斯特为了庄园的妖娆，不惜重金购买各种名贵树种。花园占地51公顷，各种树木花草琳琅满目。4000株果树的果实四季不断，让加州的这片山坡成为了自给自足的伊甸园。

“夕阳楼”的花园尤为优雅，连镶嵌在外墙上的吊灯支架都异常美丽。古罗马造型的门框和窗框，委婉地融入花园的高贵中。在花草间点缀各种稀世文物，将自然和人文完美地结合，是赫斯特城堡花园追寻的理念。其间最为名贵的是埃及嗜血女神像。这座狮身人面的雕像历史悠久，她既是世间万事万物的保护神，又是纵横天下的毁灭神。所以赫斯特的这座镇宅之宝，体现的是主人无所不能、所向披靡的傲岸。

透过山顶婆娑的树影，终于看到了那两座王冠一样的塔楼。在蓝天白云下它们端庄而宁静，便知道我们已临近古堡中最重要的建筑，赫斯特本人的辉煌宫殿。蓝天白云下的主宫气势磅礴，它还有一个更美丽的名字“卡萨格兰德”。尽管这几个英文字母无非是“大房子”的意思，但是被翻译成汉语后，就显得格外妖娆了。

坐在半圆形的大理石长椅上，是欣赏卡萨格兰德最好的位置。不仅能将这座建筑尽收眼底，还能认真研读墙体上的各种细节。和城堡中所有的建筑一样，这座楼宇也是钢筋水泥铸造而成。表面装饰着白灰石板，让楼体呈现出一种块状结构。楼体正面镌刻着各种哥特式浮雕，其繁复程度直追科隆大教堂。每一个雕饰都玲珑剔透，哪怕很小的圣母雕像也精美异常。正面大门锻铁制成，延续了十六世纪的西班牙风格。门上格栅采用现代形式，而门两边十五世纪哥特人的雕像来自于西班牙。

卡萨格兰德只属于赫斯特，这里为他提供了生活和工作的浩大空间。一楼客厅、餐厅、起居室、台球室和剧院令人回味无穷。二楼是图书馆和贵宾套间，只有赫氏最好的朋友或最重要的生意伙伴才会住在这里。三层是赫斯特本人的居室和一个哥特式书房兼工作室，赫氏就是在这里运筹帷幄，经营他运转了整整65年的传媒帝国。在《赫斯特城堡》的电影中我们看到，赫斯特和他的部下在一起时，那踌躇满志的牛烘烘的样子。赫氏书房可谓豪华气派，尖卷式的一道道装饰仿佛哥特式教堂。每一道拱形木制过梁上都雕满花饰，室外的光俨然教堂一般，从高处的窗中流泻进来。

书房的尽头摆放着赫斯特30岁时的画像。在金碧辉煌的画框里，一个看上去既自信又自负的坏小子。他坐在暗红色的背景前，显然已经踌躇满志。尽管那时候他还不曾操控整个美国的新闻业，却已然表现出了一种志在必夺的野心。这男人在他人生的路上，几乎没有遇到过什么致命的打击。他生来富有，又生来聪明过人，这便成就了他幸运的人生，傲人的事业，于是我们在影像中看到的，几乎全都是他灿烂的笑容。

一楼客厅是卡萨格兰德最大的房间。客厅里悬挂着昂贵的壁毯，靠墙的古老长排座椅，来自十五世纪教堂的唱诗班。大厅里最引人注目的是那个法式壁炉，壁炉的装饰来自法国南部的儒尔大教堂。这里是赫斯特招待各界名流的地方，透过窗可以看到赛马、网球等户外活动。到了晚上，这里又会成为灯红酒绿的鸡尾酒会场。而二十世纪二十年代的电影明星玛丽昂·黛维丝，便会充当城堡的女主人，她是赫斯特多年的情人。

赫的餐厅格外受青睐，那部关于他的电影的吃饭部分，就是在这个餐厅里拍摄的。这是城堡中唯一的餐厅。阳光从高窗射进来。长长的餐桌两侧摆放着精致的座椅。被一些人不齿的是，他往往故意在很正式的餐宴上，摆放很不正式的沙拉酱和番茄酱。或者这也正是赫氏的风格，因为太富有也就无须在乎什么了。餐桌上的所有食物都来自圣西蒙牧场。无论奶牛场、鸡鸭场、捕鱼船，还是果园和菜圃，在这片丰饶的山峦间都一应俱全。

餐厅旁便是那间温馨的起居室。这里是太阳最先照耀的一个暖洋洋的房间。所以人们喜欢上午到这里来。而晚餐后，午夜11点看电影之前，人们也会前来这里啜饮小聚。

然后人们簇拥着穿过走廊，走进那座有着50个座位的小剧场。剧场墙上装饰着红色的锦缎，照明灯安放在镀金的女像柱上。不知道那时候赫斯特邀请客人们观看的是什么，而我们坐在剧场里欣赏的，则是卓别林以及嘉宝在内的电影明星们和赫斯特水乳交融的交往。

最后一站又是游泳池。和海神游泳池不同的是，这座罗马游泳池是室内的。但同样的金碧辉煌，美轮美奂。池中玻璃砖图案的设计，来自于意大利古城陵墓中马赛克的启示。蓝色和金色的瓷砖拼合出优雅的图案，就像摇曳于水下的波斯地毯，荡漾出令人眩目的光斑。泳池的跳台也别具风格，就像是水中一个小小的舞台。圆拱形的落地窗映入池水，水波便也反射出阳光的景象。

结束了自游泳池始至游泳池终的游览。绵延的回顾被延伸到免费观看的大银幕电影中。银幕将早年的黑白纪录片和后来的彩色纪实片“嫁接”在一起，让你在真真假假间见识了赫斯特传奇的一生。

赫斯特的父亲是那个时代卓有成就的矿业工程师，家财万贯，妻家富有。今天的“赫斯特城堡”始于1865年。那一年，45岁的乔治·赫斯特（威廉·伦道夫·赫斯特的父亲）在内华达州的银矿和其他投资上发了财。于是在毗邻圣路易斯奥比斯波郡的圣西蒙海湾，购置了4万英亩的牧场土地。两年后在旧金山，他的独生子威廉·伦道夫·赫斯特诞生了。

乔治·赫斯特将圣西蒙的土地改造成可以工作的农场，并经常带着朋友们和他年幼的儿子来此郊游。小赫斯特很快就开始着迷于这种室外生活，而他的母亲菲比把对儿子的爱倾注于培养他对艺术和历史的兴趣。

1873年在一位私人教师的陪伴下，菲比带着她10岁的儿子，开始了为期18个月的欧洲旅行。这一早期对欧洲艺术、建筑以及文化的接触，日后让小赫斯特成为了一名不知疲倦的收藏家。

小赫斯特在哈佛大学读书时开始对新闻感兴趣，那时他是校园幽默杂志《讽刺》的业务经理。赫斯特觉得自己被报业深深吸引了，于是从24岁起，便作为《旧金山观察家报》的编辑开始了他新闻职业的生涯，且一发而不可收，直到缔造了当时美国最大的出版及传媒帝国。在事业最为鼎盛的时期，赫斯特拥有26家报纸、13家全国性的杂志、8个广播电台以及其他新闻媒体，还监制了众多新闻片和近百部故事片。他在这个岗位上奋斗了整整65年。而他当年“练手”的《旧金山观察家报》，仅是家族的一份十分不景气的当地报纸。

以后数年，赫斯特像他的父亲一样，经常带朋友来圣西蒙的牧场露营。而他的妻子，来自纽约的舞蹈家米尔森·威尔森，也经常带着他们的五个儿子来此野营。

和当时那些富有的美国人一样，赫斯特也随之开始了他吸食鸦片般欲罢不能的艺术品收藏。40多年间，每当有重要艺术品在交易市场出现，赫斯特或他的代理人，都会做好收购这类珍藏品的准备。于是很多人认为赫斯特是他那个年代最宏伟的浪漫主义者，一个对过去有着深远同情的人，尤其对古老的中世纪。

海边的圣西蒙牧场原本是母亲菲比的财产。1919年母亲去世，赫斯特继承了这片广袤的山林。不久后赫斯特给母亲的学生、一位他认识多年的建筑师朱莉娅·摩根写信：“摩根小姐，我们厌倦了在帐篷里露营，我想建筑一个小小的东西。”向摩根小姐咨询的几个星期后，赫斯特就开始以一种更为豪华的方式来考虑圣西蒙的未来了。年末之前，他已经准备好以他与生俱来的热情，投身于这项新的令他着魔的事业了。

当这个宏伟计划逐渐形成时，赫斯特已经56岁。开始了他从辉煌的顶峰，身不由已地向下滑落的人生旅程。然而这个热情奔放的男人活力不减，在向下的弧线中开始了他人生中最辉煌的计划。他雄心勃勃，气度宏伟，他要在圣西蒙山之巅建一座宏伟而美丽的城堡，向他深爱的母亲致敬。

但是在赫斯特做出这个大胆的决定后，竟没有一个人相信他的梦想能成为现实。茫茫山峦之上什么都没有，没有水，没有电，甚至连公路也没有。但是有一个人愿意相信他并支持他，那就是来自旧金山的女建筑师朱莉娅·摩根。这将是我们不得不反复提到的名字，因为在某种意义上，朱莉娅·摩根就意味了赫斯特城堡。

朱莉娅·摩根出生于1872年，毕业于加州伯克利大学土木工程系，她是班上唯一的女性。毕业后她带着恩师班纳德·梅贝克的推荐信，只身前往巴黎投考著名的巴黎艺术设计学院，尽管那时候她才22岁。然而她却未被录取，理由是这里从未招收过女生。但朱莉娅没有放弃，在巴黎期间，她参加了欧洲举办的各种设计比赛并屡屡获奖。两年后她终于如愿以偿，以自己在设计方面的出色才华打动了校方，成为了那座举世闻名的学院录取的第一位女生。

在巴黎获得建筑学文凭后朱莉娅回到美国，并于1904年开设了自己的建筑师事务所。1906年的旧金山大地震损毁了两万多幢房屋，也造就了朱莉娅这样一批杰出的建筑设计师。作为钢筋混凝土建筑专家，朱莉娅在工程学和美学上赢得了双重美誉。

朱莉娅在充满阳光的加利福尼亚出生并长大，对全年普照的加州阳光满怀深情，于是“采摘加州阳光”的理念，成为了这位女性所有建筑的主题。

朱莉娅以她卓越的才华，毫不逊色地走进赫斯特的视野。赫斯特义无反顾地选择了她，朱莉娅·摩根这位勇敢的女性。

当赫斯特向朱莉娅·摩根咨询城堡的梦想时，摩根也已经47岁了。那样的年岁无论对赫斯特还是对摩根，似乎都已经不是启动梦想的年龄了。但他们却硬是开启了梦想之门，为这座梦中城堡前后奋斗了整整27年，才将浩大的工程分阶段完成。1947年竣工的时候，赫斯特已经83岁，而朱莉娅也已经垂垂暮年，人老珠黄了。五年后赫斯特溘然长辞，朱莉娅也于转年随风而逝。

朱莉娅·摩根无疑是一位勇敢而坚毅的女性。她知道那时候能支撑赫斯特的，恐怕就只有她自己了。于是她坚信在他们共同的付出和努力下，一定能建成这座山顶的宫殿。为此她日以继夜，呕心沥血，她坚信她就是那个能将赫斯特的梦想变成现实的人。

接下来这个宏伟的蓝图在圣西蒙牧场展开。建筑的方案是：一组房屋环绕着一个塔式建筑物，如同西班牙那些依山而建成的城镇。而这项工程的首要任务是，建造三个足够为客人们使用的“茅舍”，然后再建造主楼“大房子”。而那座卡萨格兰德，是专为赫斯特不断增加的艺术品和古董家具而设计的。

于是才有了朱莉娅·摩根穿着那个时代的长裙，奔走于圣西蒙山顶工地的景象。她不仅亲自绘制图纸，监督施工，还要登上梯子，检查施工中那些琐屑而又至关重要的细节。

这位来自旧金山的女性不仅意志坚定，不畏艰辛，同时还有着大胆的创意和飞扬的想象力。只有当你看到这一座座房舍，一个个庭院，你才会意识到这位女性建筑师有多么了不起。她要对整座城堡谋篇布局，还要考虑怎样将赫斯特收藏的那些珍宝天衣无缝地融入到整体建筑中。在她丰饶的想象中，古堡呈现出浓郁的地中海风格。将这种风格和加州古老建筑融为一体，城堡便闪烁出了独有的光辉。朱莉娅为赫斯特完成的这个杰作，不仅是美国二十世纪三四十年代繁荣景象的缩影，也是那个时代堪称经典的不朽之作。

事实上朱莉娅·摩根的成就梦想实属不易，毕竟她创业于1900年前后。要知道那个年代并不曾给予女性多少施展才华的空间。而朱莉娅毕业伊始就开始了她的建筑设计师事业，足见她是个怎样前卫且不屈不挠的女人。她设计并施工的建筑近八百处，包括住宅、店铺、银行、学校、医院及教堂，于是她成为了那个时代年轻女性的偶像。但她却始终过着隐秘而平静的生活，甚至没有人确切地知道她的情感生活。但她的员工们却知道，她是个极富同情心而又极为务实的女人。她与员工分享收益，为他们提供教育贷款，她和他们亲如一家，她的品格为她赢来了毕生良好的声誉。

伴随着赫斯特报业帝国的日渐式微，尤其伴随着赫斯特的离世，这无可挽回的颓势也影响到了朱莉娅·摩根，甚至她对事业都失去了信心。1950年，朱莉娅关闭了自己经营了46年的建筑师事务所。结业当天，她亲手把存放于事务所的建筑设计图纸全部烧毁。朱莉娅说，建筑是视觉的艺术，而非语言的艺术；所以不需要文献的注释，因为建筑物本身就是建筑师的理念与心血。在最后的岁月中，朱莉娅选择了隐退和与世隔绝。

1951年，赫斯特在他贝弗里希尔斯的家中走完了漫长而辉煌的一生。他留给这个世界最丰厚的遗产是：一座装满了珍宝的城堡。

1957年，赫斯特辞世6年之后，他的家族将这座辉煌的建筑，无偿地捐赠给加州政府的公园与娱乐部，更名为“赫斯特圣西蒙洲立历史纪念馆”。或者这也是赫斯特本人生前的意愿，让大众来欣赏这山巅之上建筑的艺术、园林的艺术、收藏的艺术，乃至于他的，人格的艺术。

然而与赫斯特相关的远非城堡，还有一部1940年由光影大师奥森·威尔森执导的影片《公民凯恩》。这部影片被认为是电影创始以来最伟大的杰作，从叙事结构到镜头语言都有重大的突破，并且将美国电影推到一个里程碑的高度。影片的成功是好莱坞叛逆者向传统挑战的结果，其挑战性在于对传统的电影审美观念进行了根本性的颠覆。

而这部影片就是以我们已然熟悉的赫斯特为原形的，表现了这位报业大王堪称波澜壮阔的一生。故事由不同人物的回忆组成，不同的回述给观众留下了自由思考的空间。

影片中很多场景都是在赫斯特庄园拍摄的，是报业巨子和光影大师的一次卓越的互动。拍摄此片时，赫斯特依然健在，甚至城堡还没有完工。他是活着时就被拍成电影的人物，他就像一个存在于传奇中的活的传奇。

离开圣西蒙山上的城堡，渐行渐远中的某种牵念与悲凉。仿佛离那座城堡越远就和它越近。那里记录了一个时代的辉煌与历史。而历史也许再也不会记录这样一个人物了。他巨大的私人财富和对艺术品狂热的爱好，让他构想、建造、并装点了一个宫殿一般的城堡；那城堡，在他的时代，是能够与国王、总统乃至王室的任何建筑物相媲美的。

回到山下美丽的圣西蒙村，这里有海，却些微荒凉。一个完全乡村风格的杂货店，出售的物品均与赫斯特城堡相关。于是赫斯特不仅是当年的主角，也是今日的救星。出入于杂货铺的大都是外国游客，有些人甚至从容地停下来，在室外的木廊上享受正午的阳光。

不远处是圣西蒙美丽的海滩。海鸥在深棕色的细沙上盘旋。湛蓝的海水后面是一个宁静的半岛，岛上植被丰饶，森林茂密。白云一抹一抹地从天空飘过。银色的碎光像扑面而来的坚实陆地。长长的栈道深深地伸向蓝色海湾，而当年赫斯特城堡所需的物品就从这里上岸。一种海生的植物在海水中摇曳，那美的姿态就仿佛卡萨格兰德的纹饰。

正午，海上的云的美，卡萨格兰德的美。

然后，离开。

沿海岸那条妖娆的公路，一路向北，旧金山的方向。

在孟买，她的名字叫加尔各答

仿佛被什么诱导着，一走出孟买机场就以为到了加尔各答。其实并没去过那座叫加尔各答的城市。炎热的天气，汗水，以至恶浊的气味。那是这种热带城市所固有的味道。仿佛整座城市都在腐败。沿街的房子上布满灰褐色的斑迹。到处爬满绿色苔藓，流水也泛出臭乎乎的气味并且是黑色的。黄色的出租汽车塞满街道。至今保持着二十世纪三十年代的样式。就像《情人》在渡船上的那种汽车。于是一下子又恍若来到了湄公河上。

是的在孟买，以为是加尔各答。这种印象来自杜拉斯有关印度的小说。或者不是加尔各答而只是越南的西贡，总之杜拉斯小说中所有东南亚的景象。非常本能的一种反射，当走进孟买炎热的空气中。加尔各答的炎热也是从杜拉斯那里得知的，而其实在纬度上，加尔各答远比孟买凉爽。

一组关于印度的小说和电影，来自于法国作家玛格丽特·杜拉斯。那是一组被研究者称之为“印度星云”抑或

“印度情结”“印度系列”的作品。由小说《爱》，连接着小说《劳儿之劫》《副领事》，以及由此衍生出来的电影《恒河女人》和《印度之歌》，或许还有《在荒芜的加尔各答她名叫威尼斯》。

是的立刻就想到了杜拉斯的这些作品。就仿佛作品的魂灵追随我来到了这个一如加尔各答的孟买。那空气中飘浮的“印度星云”立刻遮蔽了我。我寻找着，那个朝向恒河的法国驻印度大使馆。那是一座很大的房子。院落中清冷的网球场。靠在那里的一辆红色的自行车。那是大使夫人的。

然后就看到了孟买的街景。那似曾见过又似是而非的迷蒙景象。是的那拥挤的城市街道，那灰绿色的破旧民居，那气势恢宏的维多利亚建筑。还有，晾晒在阳台上的绚丽衣物，巴士中望出来的一张张苦涩的脸。还有什么？“东印度公司”时期留下来的百年沧桑？那破损的门窗那锈蚀的栏杆？是的还有那一望无际的金色的阿拉伯海湾，黄昏中海岛上美丽的伊斯兰大寺，还有海岸上三三两两的行人，还有，杜拉斯无数次说起的那黄昏一样的晨光……

从印度回来后接到法国学者德耐赛女士的来信，想知道杜拉斯之于我有着怎样的吸引力。于是在众多的理由之中就包含那特有的东南亚风情。尤其我刚刚从杜拉斯的印度归来。我说这氛围就如流动的空气，盘踞在杜拉斯所有“印度星云”的作品中。能呼吸得到的，甚至触手可及。那些发生在湄公河流域以及恒河流域的故事。西贡的，永隆的，或者加尔各答。从《爱》到《副领事》再到终于帮助她荣膺了龚古尔奖的《情人》。杜拉斯终于沿着来巴黎的路又回到了那个初始，从印度到西贡，她出生的那个印度支那……

那所有杜拉斯生活过的地方。是的，在字里行间，我们闻到了加尔各答的气味。空气中弥漫的热带调料的粉末。潮湿和闷热中夹杂的爱情。迷幻一般的，就描绘出了杜拉斯的印度。让我们在不知不觉中记住了加尔各答。以至于地理上的加尔各答都不再是加尔各答，唯有杜拉斯描述的加尔各答才是真实的并且魅力四射的。于是按照杜拉斯的地图去寻找，后来，当真地踏上了印度的土地。

是的，杜拉斯先入为主。而且是那么蛮横霸道地占据了你整个认知的世界。于是你迷失了自己本来可能的判断力，而只是一味依赖于杜拉斯印在你头脑中的那张地图。于是你在孟买看到了加尔各答的建筑，不，不只是建筑，而是加尔各答那所有迷幻的风情。她说，在加尔各答，有着落日一般的晨光。还说，那噩梦一般的酷热让人难以忍受。

于是孟买，于是，加尔各答。

待我们住进孟买闹市间的那家旅馆，甚至就已经不再是加尔各答了，而是，西贡。还是出自杜拉斯的小说。当法国少女和中国情人在闷热中认真地做爱，门外却是来来去去，熙熙攘攘，“支那人”行走的脚步声。于是在孟买的旅馆给女儿打电话。说这里太像西贡了。女儿问那么，你知道西贡什么样吗？但就是西贡，炎热而嘈杂，就像杜拉斯的小说。

孟买。是的孟买哪儿也不是。这座城市有着自己的历史和风貌。尤其我们下榻的这家局促的宾馆，据说已经有着上百年的历史了。尽管这里没有德里的阿育王酒店那般恢宏，却也刚好代表了孟买的风格。尤其和孟买街上那些斑驳而灰绿色的房子匹配，以为唯有住在这样的地方，才是到了真正的孟买。

杜拉斯的“印度星云”其实来自于永隆。在居民点的林荫小路上，白人居住区，道旁开满金凤花的街上，寂静无人，仿佛河水也在沉睡。于是她乘坐的那辆黑色汽车在这条街上驶过。这个行政管理区行政长官的女人。

来前并不知道孟买是由七个岛屿组成的。甚至在孟买驻留的时候也不曾知道。于是行走在孟买街头时不会想到脚下曾经是海水，更不曾惊叹于距今将近两百年的那个伟大的填海工程。是的这是由七个小岛组成的一组阿拉伯海湾的群岛。1534年成为了葡萄牙人的殖民地。伴随着葡萄牙公主凯瑟琳嫁给英国国王查理二世，1661年，这几个岛屿便作为嫁妆转送给了英国。从此孟买七岛成为了大英帝国的领地，但几座荒芜的岛屿又能给殖民者带来什么呢?

是的，杜拉斯说，他们从老挝迁到这里来。行政长官的女人在老挝曾有一个年轻的情人。杜拉斯说，全部都在这里了。就像《印度之歌》中写的那样。在湄公河上游很远的北方。与这两个情人相共的这条大河向下流经一千公里，经过的这个地方就是永隆。从此这个女人就成了杜拉斯独自一人的秘密：安娜–玛丽·斯特莱特。

加尔各答被称作印度最大的城市。这个城市有文字记录的历史，始于1690年英国东印度公司的侵入。到1699年，英国人完成了旧威廉城堡的建造。1772年加尔各答被指定为英属印度的首府。而那时的孟买，却依然是漂流在阿拉伯海中的几个寂寞的岛屿。从此英国人开始大面积地修建加尔各答。政府区沿着流经城市的胡格利河岸建造。到了十九世纪初期这里已被分割成截然不同的两个区域：英国人区和被称作“黑镇”的印度人区。市区东西方向的尺度很窄，一端止于胡格利河的河岸。这座南北延伸的城市的北部最为古老，拥有几乎所有十九世纪的建筑物和狭窄的小街，让人冥想加尔各答那些尘封的往事。

这就是杜拉斯的加尔各答。一个我不曾去到的城市。却以为已经非常熟悉，甚至在那里驻留过。仅仅是因为我读过“印度星云”？或者，还因为我曾经来过这像极了加尔各答的孟买？

维多利亚火车站是孟买最具标志性的建筑。也是最古老也最辉煌的殖民地见证。当初修建时或许是为了那些大英帝国的殖民，而今天人山人海的却只剩下印度人了。是的维多利亚火车站至今雄伟壮丽。似乎在附近的任何地方都不可能拍出这座建筑的全景。这是我们国内任何殖民地城市都不曾有的恢宏，是的，无论上海外滩，还是天津解放路（原维多利亚道）上的那些高大建筑，都不能和孟买的维多利亚火车站相媲美。在孟买，如此气宇轩昂的建筑可谓鳞次栉比，足以想见当年的那些殖民者们怎样在此横行并决意安居乐业的景象。可以佐证孟买一时间成为英帝国骄傲的，还有天津的一道钩沉，那就是在英租界旧有的路名中，竟然就有着赫赫的孟买道（Bombay Road）。

那么，这个到处是英国建筑的孟买，为什么就不是加尔各答呢？

加尔各答，这个被称作“宫殿之城”的城市，却是杜拉斯从不曾认真描写的。尽管在那里，殖民地时期的宏伟建筑星罗棋布，却仿佛从来就没有进入过杜拉斯的视野。在梅顿公园的周边，林立着各种历史建筑。哥特式的、巴洛克式的、罗曼式的，以至东方式的，可谓应有尽有，比比皆是。怎样的一个迷人的所在？为什么在杜拉的“印度星云”中却不见踪影？

那个从老挝来到永隆的安娜–玛丽·斯特雷特，为什么却又突然生活在印度的加尔各答了？而那个行政管理区行政长官的女人，怎么又变成了法国驻印度大使的夫人？在地域的迁徙身份的转换中，这个优雅而风情万种的女人唯一没有改变的，就是她的名字，安娜–玛丽·斯特雷特。那么，这就是这个慵懒的倦怠的女人，加尔各答的女人，也是永隆的女人。被身边的男人所爱着，但她却不再爱他们。是的无论“印度星云”的哪部作品里，那个穿着黑裙或白裙的女人都是安娜。安娜–玛丽·斯特雷特。而她生活的地方也只在加尔各答，唯有加尔各答，那个一天中所有时刻都沐浴在黄昏般的照耀中的城市。

孟买一如加尔各答的地方，是那些建筑，以及建筑所分割出来的长长短短的旧时街道。但是孟买没有恒河，有的只是壮阔的阿拉伯海。这片伸向大海的半岛三面环海，有着长长的海岸线。这里从清晨到午后，再到杜拉斯所迷恋的黄昏，都可以看到美丽的海湾。但是不知道为什么，到海边来的人却非常稀少。于是寂静的海滩。没有浪涌。走在堤岸上的人形单影只。然后在金色余晖中，定格。

故事发生在由安娜–玛丽·斯特雷特所纠葛的各种人物关系中。其中的一个叫劳儿的女人。杜拉斯说，劳儿是她所有的源起。还说我在我所有的书中所写的女人，无论她们的年纪有多大，她们的来源无不是出于劳儿·瓦·斯泰因。

于是将所有“印度星云”中的故事交汇起来，再抽丝剥茧。我们便了悟了那个故事的来龙去脉。叫劳儿的女人和她的未婚夫米歇尔·理查逊在舞会上。但是突然出现的一个黑衣女人抢走了劳儿的未婚夫。从此米歇尔·理查逊跟着那个黑衣女人天南地北。或者老挝或者加尔各答，而劳儿，也就依次变成了萨塔拉（劳儿家乡）的女儿、漫游者，以及海滩上嗜睡的疯女人。而抢走了劳儿未婚夫的黑衣女人，或者就是那个无处不在的安娜–玛丽·斯特雷特。

然后汽车停在了孟买的十字路口。拥挤的街道让我们长时间地滞留在红绿灯前。于是只好望着窗外的街景。那些斑驳的建筑尽管苍老，但却依然能看出当年的华美。所谓的美人依旧，抑或，美人迟暮吧。

街口一座典型的殖民地时期的楼宇。这座年久失修的五层楼住房设计精美。灰褐色的肮脏墙体掩饰不住那昔日风采。屋檐下向外探出的半圆形阳台，被锈蚀的但却精美的铁栏杆装饰着。门窗是衰败的，无比的衰败。那错落有致的，以为窗内一定深锁着某个凄迷的故事。但是静静的，在那个喧嚣的街边，没有人迹。但蓦然之间，不知道在哪个时辰的哪一刻，二楼的木门被推开了。一个女人出来张望。中年妇女，印度人，却很像雅利安人种的骨骼。不知道为什么她不穿纱丽，印度的女人都纱丽在身。亦不知道她为什么那么不快乐。那么怀疑的甚至仇恨的目光。她在恨谁？恨着什么？透过车窗，仿佛能看到女人的身后，房顶上那摇摇欲坠的但却依旧旋转着的破风扇。那也是殖民地时期留下的遗迹（现在被当做一种时尚）。于是再度想到加尔各答。在生命的最后时刻，安娜–玛丽·斯特雷特一直站在风扇下。在昏暗和炎热和潮湿中。一年四季的夏天。或者，一年四季只有夏天。这是一个难以忍受的季节。是的仅只一个瞬间，那个推门而出的女人就退了回去。转瞬视线中就没有她了。仿佛是我做了一个梦。但是她留下的影像我不会忘记。也不会忘记她满脸的绝望和抑郁。为着什么会有那样的表情？在空门里，她是劳儿一样的女人？还是安娜–玛丽·斯特雷特？

有人说，是上帝要英国人在加尔各答再造一个伦敦。于是加尔各答有了和伦敦同名的圣保罗大教堂，有了和大英博物馆一样的维多利亚纪念馆，有了宛若海德公园那般的梅顿公园，让大使夫人那样的欧洲殖民者在荒漠的加尔各答不再思念故乡。只是英国人为自己建造的这个家园如今已人去楼空，空留下这些永恒的建筑，为依然住在加尔各答的印度人所拥有。

便是在加尔各答，劫掠了劳儿未婚夫的黑衣女人再度出现。以优雅而又恹恹的大使夫人的形象，周旋在包括劳儿未婚夫在内的更多的男人之间。在朝向恒河的大使馆里。在悠然的并且忧郁的情绪之中。爱着她的男人除了她丈夫，还有被她劫掠的米歇尔·理查逊。但是爱着她的男人似乎越来越多，那个青年随从，以至于终于喊出了他爱她的那位副领事。在加尔各答的炎热中我们终于知道了这个女人来自威尼斯。她无意间招惹了那些爱她的男人，她没有错，但是她没有错本身就是错。她是毒药，毒死身边的那些男人。而她自己，这个叫安娜-玛丽·斯特雷特的女人，也是被毒死的。是她自己毒死了她自己。杜拉斯说，她只能活在那里。靠那个地方而活。她靠印度、加尔各答每天分泌出来的绝望生活。于是她也因此而死，她死就像被印度毒死。

孟买迷人的街景。残破不堪的，却又充满着一种莫名的诱惑力。这里能看世界上色彩最为丰富的景象。女人们，被包裹着的，艳丽衣裙。纱丽。唯有印度才有的，那恍若天边云锦。人世间所能有的色彩，甚至，不能有的，在孟买这里也有了。而纱丽后面，是若隐若现裸露着的女人温柔的身体。

是的，杜拉斯不愿意告诉我们真相。她只要我们看到她说出的那个表面的现象。但是她自己心里是明白的。她只要自己心里明白，却要让别人无尽地猜谜。或者这就是小说的魅力，所以杜拉斯从来不讲故事本身。她讲的只是故事之前之后的故事。于是那个故事也就囿于其中了。

才知道建造孟买依旧和英国的东印度公司相关。在这里，东印度公司不仅为自己建造了第一座深水良港，以供日后掠夺这块丰饶的大陆；还围海造田，将七座孤立的岛屿连成一片，于是孟买成为了从此被整个世界渴望的城市。孟买从七岛到半岛的改造工程自1817年起，至1845年终，历时28年。28年后，英国人便送给了印度这个完美的孟买，就如同当年东印度公司送给了印度一个伦敦一样的加尔各答。从此殖民者和移民者纷至沓来。从此，这里成为了印度通往世界的门户。

有一天，在她面前出现的，是恒河……

恒河，加尔各答的恒河，后来这成为了杜拉斯“印度星云”中反复出现的意象。大使馆就在恒河的岸边。大使馆朝向恒河的花园。那恒河的浪涛声穿过树丛。她在恒河里游泳。在恒河里，最终，她将消失……

加尔各答的恒河？恒河流经加尔各答？

以为是杜拉斯出现了地理的偏误。加尔各答的大使馆怎么会建在恒河岸边？更不应有人在恒河中游泳，恒河根本就不可能穿过加尔各答。

于是翻阅各种地图，却不见恒河穿越加尔各答。加尔各答只是恒河流域的一座城市，而流经加尔各答的不是恒河，而是恒河的一条支流胡格利河。但是加尔各答的印度教教徒，就把胡格利河当作了恒河。于是每天清晨都会有成群的教徒浸在加尔各答的恒河中，沐浴，洗礼。今生与往生。就像恒河穿越瓦拉纳西的那一刻。那个净化和重生的神圣的时刻。

所以不是杜拉斯的偏误，而是恒河之于她，之于“印度星云”的真正意义。是的，她喜欢写关于印度、加尔各答以及恒河的作品。而她的文字中如果没有了这些意象，还能有什么支撑那故事的存在？是的，她喜欢她的人物生活在一个“痛苦的、噩梦一般的、难以忍受的”环境里，喜欢他们在黄昏一般的晨光中苦苦挣扎，并热烈地爱着，又，为着不知其然更不知其所以然的一些因由，而死去。如她所说，循着，让自己消失的路。

于是杜拉斯让那个悠然而悠闲的安娜–玛丽·斯特雷特死于印度，死于非命。因为她坚信她看到了加尔各答的那座英国人的墓地。她在“印度星云”中不停地说着这块墓地。她说安娜–玛丽·斯特雷特的墓地就在加尔各答的英国公墓中。但是她却没有让她死于恒河，更不能理喻恒河之于生命的意义。安娜–玛丽·斯特雷特最终投向了大海。为了不能承受的生命轻，或者重。安娜–玛丽·斯特雷特始终在内心保持着一份优雅。但最终的一切都沉了下去，沉没于无边的寂静中。她被每一个浪头淹没，她或许在海里睡着了，或许，在里面哭泣……

在孟买，一座被称为“悬挂的公园”的尼赫鲁公园。城市高楼就像是水泥篱笆，包拢着这个高高在上的鲜花盛开的宁静的所在。于是置身于悬起的大自然中，仿佛不再能闻到孟买的气味，甚至看不到英国人留下来的那些建筑，看不到，那斑驳楼宇中掩藏着的杜拉斯般神秘的女人，看不到那黑暗中哲人一般的玄机。

孟买，就这样留在了眼前，又倏然而逝。而加尔各答，这个上帝再造的城市，干脆我就没有真的看到过。但幸亏有了杜拉斯。她的引导。我才敢于相信，孟买就是加尔各答。

然而真正的答案就像是一场骗局。因为杜拉斯最后说：是我给自己创造了一个印度，一些印度，如他们所说的那样，在殖民地时期……

原来！

杜拉斯又说，加尔各答是恒河边的一个城市，在这里，它是印度的首都。所以所谓的“印度星云”完全是建立在对印度的一种“想法”之上。而杜拉斯之所以选择了印度作为背景，也许更深的意味是，她想回到她出生的那个地方去。

而我，却一直以为那是真实的印度。大概很多人都像我这样被她欺骗了，也大概很多人为着不是印度的印度而对她耿耿于怀。

于是为了她的“印度星云”得以存在，她最终以艺术的需要为前提阐明了：《印度之歌》中凡举地理的、人文的、政治的等情节，纯属虚构。因此，切勿认真地坐上汽车用一个下午的时间，从加尔各答奔向恒河口看个究竟。也同样，印度行政首府是新德里，而不是加尔各答。同时她又以艺术的名义再次重申：本剧中出现的印度的城市、河流、行政区域及海域等的名称，都具有一种音乐感。即是说，杜拉斯所以把加尔各答、把恒河、把阿曼海写进她的作品，仅仅是为着一种音乐感。

于是我们终于得出了结论，杜拉斯的印度是虚构的。一个虚构的地理学概念，在文学创作中本无可厚非。只要杜拉斯自己能看到，杜拉斯说她确实是看到了，那加尔各答大使馆的围墙，从城市中穿过的恒河流水，从这头到那头，那巨大的水域，两岸茂密的树丛……

她说她本不知道恒河里是否会有这些，但是她就是把它们看成是这样。她不仅看到了加尔各答，看到了恒河，还看到了，掩埋着安娜–玛丽·斯特雷特的那座英国人的公墓……

但是在遍寻我所拥有的几十本关于杜拉斯的书中，我终于找到了那个真相。在《话多的女人》中，杜拉斯说，是的，我去过一次加尔各答。但那时我才17岁。我在那里度过了一天。渡船的中转站。后来，这里，我从没有忘记过。

哦，又是杜拉斯的，一个圈套。或许仅仅是为了辩解？毕竟，她不该写一个她完全没有见识过的城市。

杜拉斯以她的记忆的碎片堆积出了“印度星云”。一个她想告诉世人的印度，一个，她自己的印度。故事就是那样发生的，在那片背景之上。心理的现实主义。对于一个好的作家来说，是的，只有一次，只有一天，就足够了。何况，她从此再没有忘记过。于是，加尔各答在杜拉斯的小说中，成为了永恒。

为什么一天就能永恒？

这样的《印度之歌》。我们在影片中根本就不曾看到加尔各答。是的作者无需了解印度的全部，那悠久的历史，深邃的文化，不，她无需弄清楚那纷繁的一切。只要有了关于印度的意念，就足以支撑想象中的一切了。所以在拍摄《印度之歌》时，她甚至拒绝看任何关于加尔各答的照片。影片的拍摄地点甚至也不在印度，而是在法国那座荒废破败的罗思柴尔德城堡的外面。但，她却还是看到了印度，看到了加尔各答，看到了恒河凝重而浓厚的，肮脏的河水，就如同，我们在瓦拉纳西看到的那样。

尽管，加尔各答只停留在理念之上，但《印度之歌》依旧成为了电影中的经典，至今仍旧在世界各地放映。那一年它迷住了整个戛纳电影节，但最后只得到了法国实验艺术电影协会奖，为影评人留下无尽的遗憾。

在进行着“印度星云”的时候，杜拉斯还没有写《情人》。那或者只是她最终回到童年回到湄公河流域回到永隆的一个过渡？为此她说：或者应该比加尔各答走得更远，应该到……到印度支那南边的稻田旁去……到我出生的地方。尽管，她对她曾经生活过的那个地方充满恐惧，但却始终不能够停止对那里的思念和追寻，直到，她最终写出了让她荣膺龚古尔奖的《情人》。那片，她真正生活过的实实在在的地域，而不是，只停留过一次、一天的那个加尔各答。

哦，这样，在孟买。在我的地图上，也叫作加尔各答的这座城市。

是的，在孟买，我看到了什么？那金色的阿拉伯海湾。那拥挤的车水马龙的城市。那灰绿色的潮湿的墙体。那阳台上晾晒的艳丽衣裙。那藤蔓遮蔽的木窗。那纵横交错的街道。那巴士里望出来的窘困与无奈。那黄昏中晃动的金色人影。那宏伟的“东印度时期”的璀璨建筑。那海上迷茫的伊斯兰圣堂。那顶楼打开的残破的百叶窗。那探出身来的不快乐的妇人。那舷窗一般迷幻的顶楼圆窗。那三角门楣上娟秀的浮雕。那雨水在外墙上留下的流痕。那遥远的加尔各答式的黄昏般的晨光。那拱廊里悠然的老人。那泰戈尔般的智者的面容。那草地上美丽的棕皮肤姑娘。那沿街乞讨的漂亮女孩。那廊柱下深邃地关闭着凄迷故事的大门。那手拉着手的年轻的恋人。那辉煌与破败相间的亭台楼阁。那树冠上漫天飞舞的大鸟。那楼顶上掀动着翅膀的自由女神。那曾经吸引着四方游客的华丽客栈。那拱卷形美丽无比的回廊。那泰姬陵酒店的庄严与雄伟。那朝向大海的巍峨的印度门。那菜市场底层民众的叫卖与喧嚣。那人挨着人的拥挤的比肩而行。那行走中蒸腾的热汗的味道。那飘散在空气中扑鼻的咖喱香。那街头卖花或行乞的老妪。那橱窗里绘画一般的纱丽面料。那黑暗中海上吹来的阵阵热风。那仿佛加尔各答的属于着杜拉斯的，孟买的一切。

只是加尔各答的今天已然萧条。人们希冀着离开那片安娜–玛丽·斯特雷特的死寂。于是加尔各答几乎成为了一座美丽的空城。据说离开这里的人大都会来孟买。因为孟买依旧充满了活力。

就这样，在孟买的文章中写想象中的加尔各答。竟然也向杜拉斯那样仿佛真的看到了那座城市的影像。是的，在写着孟买的时候也写了加尔各答。而写着加尔各答的时候又写了杜拉斯的《印度之歌》。

永远是错位的，在这篇文章里。我，并没有去过加尔各答，而杜拉斯，也没有看到过真正的恒河。

在这如此美丽的错位中。便交织了我们的所有的故事。

是的，在孟买，本没有加尔各答，也没有杜拉斯，更没有《印度之歌》。但，他们又全都在这里，和我，和孟买在一起。

永恒面颊上的一滴眼泪

阿格拉，多美的名字。印度北方的一座城市。想象中的美丽城堡。

不是因为在这座城的尽头，伫立着世界七大奇迹之一的泰姬陵。而是，一个曾经金戈铁马的王朝，在这里鲜艳的血腥与灿烂。

是的，莫卧儿这个伟大的王朝，从北方辽远的荒原走来。从成吉思汗，忽必烈，到帖木儿，再到雄心勃勃的阿克巴大帝。这支蒙古大军一路杀来，就杀进了阿格拉这座古老的城市。从此，在印度的土地上，一代又一代，直到将王国拱手相送于大不列颠帝国……

印度，这个自古兵家的必争之地。

何以世世代代都要在外来者的统治下？

阿格拉曾经很美。一度是莫卧儿王朝的皇都。这里有辉煌的阿格拉堡。那红色城堡笼罩了这座城市的岁月沧桑。但前往阿格拉的途中，却是一路的萧索与落败。荒漠一般的风景，让人很难和完美而洁净的泰姬陵联系起来。公路上拥挤着轿车、卡车、摩托车和人力车。车上形形色色的人们。公路上所有的交通工具汇成一团。摩肩接踵般缓慢地向前移动，以至于200公里的路程，要走上至少6个小时。于是便也没了脾气。像印度人那样接受一切。看车窗外破旧的房舍，荒芜的田野，也算是一种无奈的观光。偶尔途径某个小镇，就更是一片肮脏的嘈杂。没有大城市中斑斓的纱丽，却随处可见街边小便的男人。于是在冬天的阿格拉依旧弥漫着尿骚的气味，以及到处飘荡的蛛网一般的电线。

然而蓦然地，眼前突然出现了一座白色清真寺。圣洁得恍若美丽天堂。完全的另一种神圣的境界。于是目不转睛地凝望。这座刚刚落成的清真寺堪称完美。说明本地有很多的穆斯林。那些莫卧儿王朝遗留的子民们，仍旧笃信着祖先的宗教。在印度教几乎占据了整个国家的今天。或者就因为这里是阿格拉？如此隽永的白色清真寺，像一道白色的虹在我们眼前倏然而过。

唯有阿格拉。

莫卧儿是一个怎样的王朝。成吉思汗应该是它的先祖。这支崛起于东方的蒙古大军，以横扫千军之势征服欧亚。从而建立了最伟大的汗国。疆域不仅囊括亚欧，还在北京建立了大元王朝的国都。这支伟大的蒙古军队可谓所向披靡，铁蹄所过之处林立着成吉思汗及其子孙们的各种汗国。其中察合台汗国与所辖地区的突厥人不断融合，进而慢慢融入了伊斯兰文明。而这些深受伊斯兰文明影响的突厥人，后来也影响了莫卧儿王朝。

那美的波斯女子叫阿姬曼·芭奴。原本是杰汗基皇后的侄女。王子沙杰汗和芭奴结婚的时候只有20岁。20岁以后的刀光剑影，血雨腥风。宫廷的杀戮愈演愈烈，你死我活的征战烈火燎原。在残忍地杀害了自己的三个兄弟之后，沙杰汗终于带着满身的血污，登上了王朝至高无上的宝座。这时候沙杰汗已经36岁。16年的东征西讨，骨肉相残。在这样的背景下，血脉已经不再是温情的理由。除非那来自于灵魂的爱。

这位年轻的君王尽管冷血，但却一往情深地深爱着自己的王妃。其间曾起兵争夺父皇的王位，兵败后颠沛流离整整七年。七年间芭奴生死相随，不离不弃。登基后沙杰汗便赐给了阿姬曼·芭奴新的封号：孟泰姬·玛哈尔。意思是“宫廷的王冠”。于是美丽的爱情续演着辉煌，想不到仅仅三年之后，这王冠便从宫廷的顶端跌落……

在成吉思汗起兵南下之前，是发源于叶尼塞河上游的突厥人向西部的猛烈扩张。于是在一段漫长的历史时期中，印度一直被突厥人所统治。这些突厥人一跨出中亚草原，就接受了伊斯兰的信仰。他们所以皈依伊斯兰教，是为了向阿拉伯帝国的纵深地带长驱直入。伽色尼王朝是突厥人在波斯境内建立的第一个国家。这个信奉伊斯兰教的国家于公元一千年开始远征印度。进入恒河流域后他们掠夺财物，屠杀人民，用武力传播伊斯兰教，给印度带来了巨大的灾难。奴隶出身的突厥人库特布在德里建立了自己的王朝，并自立为苏丹，在印度历史中被称作“奴隶王朝”。而新德里南部始建于1199年的雄伟的库特布塔，就是这一王朝的不朽见证。而这时的莫卧儿人，还在辽远的北方静候着雄狮的梦醒。

沙杰汗登基仅仅三年，蒙泰姬便在难产中死去。即或是做了皇后，即或身怀六甲，蒙泰姬也不曾离开大王一步。她死于郊野的军帐之中。她死是因为要为帝国生下最后一个孩子。她的死或者也是英雄的死。像圣女贞德？不，她死只是死在了爱情的伟业上。蒙泰姬撒手人寰的时候38岁。这时候她已经为沙杰汗生下了14个儿女。作为14个子女的母亲她已经可以算作是英雄了，却没有和沙杰汗的帝国同生共死的命数。

莫卧儿王朝的缔造者应该是帖木儿。他出生在突厥部落的一个贵族家庭中。帖木儿或许并不是成吉思汗的子嗣，但却以先人曾与成吉思汗同族而骄傲自诩。于是他的帝国被称作“莫卧儿”，仅仅是为了证明他是蒙古大汗的后代。

帖木儿这位英勇的战将，血管里流淌着成吉思汗的英雄血脉。他最初只是一个普通的军官。骁勇善战让他成为了汗国的首领。在政局混乱、邦国分裂的风云之中，他终于成为了帖木儿帝国的统治者。而后便开始征战版图。尤其在对印度的劫掠中，帖木儿的铁蹄挞伐之地，无处不是尸横遍野。他离开德里时所留下的，就只剩下惨不忍睹的废墟了。在战胜了强大的奥斯曼帝国后，帖木儿已经所向无敌。但却在征战东方最强大的明帝国时，空怀着一颗称霸之心疾病而死。从此他建立的横跨亚洲的帝国江河日下，不久便从版图中彻底消失。他当然不会想到自己的后代，会在一百年后再度踏入印度的土地，并建立了属于帖木儿家族的莫卧儿王朝。

伫立在远处遥望泰姬陵。那洁白的辉煌，承载着整个陵墓的温柔。那是泰姬之美，爱情之美，也是，建筑之美。为什么印度会有那么多伊斯兰建筑的名胜古迹？为什么这些建筑的风格全都气势恢宏？是因为侵入印度的外邦大多信仰伊斯兰教。不单单统治印度长达三百年之久的莫卧儿王朝，此前突厥人建立的苏丹王朝亦是伊斯兰教忠实的子民。一种耐人寻味的宗教状态。将伊斯兰教带入印度的并不是正宗的阿拉伯穆斯林，而是后来信奉了安拉的突厥人和蒙古人。

莫卧儿王朝是一个以突厥人为主体的入侵者对印度当地居民实行统治的伊斯兰政权。他们有一个庞杂的皇室谱系。从帖木儿的六世孙巴布尔1519年从阿富汗起兵，进入印度，到最终建立了强盛的莫卧儿王朝。巴布尔因母系出自成吉思汗，他便自称为蒙古人。那时候自称蒙古人一定是一种骄傲，一种毋庸置疑的力量的象征。毕竟蒙古的成吉思汗和帖木儿，都曾创建了空前强大的帝国。巴布尔所以将王朝命名为莫卧儿，因为莫卧儿即是蒙古的变音。巴布尔一生中曾先后四次进入印度。第一次、第二次是为了掠夺，第三次是想要占领，而到了第四次，他便统一了印度北方。当他终于将德里和阿格拉都收入囊中，就迫不及待在德里清真寺的礼拜中，宣布了自己为印度斯坦大帝，从而建立了这个统治印度三百多年的伊斯兰王朝。但巴布尔似乎并不喜欢这个既无良驹，亦无葡萄的地方，于是便开始招募工匠，大兴土木，为他在首都阿格拉兴建各种宫殿和花园。但可惜这位印度斯坦大帝好景不长，四年后便像他的祖先帖木儿一样，因罹患疾病而命归西天。

胡马雍在父皇死后四天即位。却因为生性软弱而最终丢失了阿克巴建立起来的印度斯坦王国。从此开始了他长达15年的流亡生涯。胡马雍毕其一生都未能掌握印度的主动权。直到苏尔王朝出现了内乱，他才得以卷土重来。重回德里后他立刻恢复了王位，但转年便跌下楼梯，死于非命。从此帝国转到了莫卧儿王朝中最声名显赫的阿克巴手中。

是的，蒙泰姬在濒死的那一刻神志清醒，也看到了沙杰汗是怎样痛断肝肠，泪如雨下。他只是紧紧抓住爱妃的双手，问着她有什么要嘱托的。蒙泰姬于是留下她心里的牵挂。作为母亲，她最最放心不下的就是她的孩子们。她一生为沙杰汗生下14个孩子，但是在艰苦卓绝与战乱频仍中只活了四男三女，她希望所剩的孩子都能健康长大。她或者不想看到日后自己的儿子们手足相煎，她或者已经看尽了宫廷的骨肉相残。是的，她已经目睹了沙杰汗对自己兄弟的杀害，否则他怎么可能坐在帝王的宝座上。于是濒死的美姬对她痛不欲生的帝王说，陛下一定要好好抚养我的孩子。

唏嘘中沙杰汗山盟海誓，那么，还有呢？爱妃还有什么需要嘱托？

如果，陛下还爱我，如果……

我怎么可能不爱你呢？

如果陛下还爱我，就为我建一座美的陵墓。

怎样的美的陵墓？

天堂一般的。

天堂一般？那么天堂有什么？但紧接着沙杰汗就有了答案。是的，天堂唯有鲜花唯有鲜花唯有鲜花……

于是郁金香，百合花，蝴蝶兰，水仙花，红罂粟……

于是，泰姬陵这座到处镶嵌着花朵的陵墓。

阿克巴在父亲胡马雍的阴影中勇敢地走来。他登上莫卧儿王朝的王位时才仅仅14岁。而那时王朝的版图也只有德里、阿格拉和拉合尔。然而当他把他的王朝交到儿子杰汗基手中时，已经是一个西讫中亚坎大哈，东至孟加拉海湾，向南延伸到温德雅山脉的强大帝国了。阿克巴毕生征战不已，不仅扩大了帝国版图，还对疆域之内的宗教进行了前所未有的改革。这也是他为后世所称道的最伟大处。他将“普遍的宗教宽容”视为理想，希望印度人能不分信仰地团结起来，为印度的统一而奋斗。为了证明他的信念，信奉伊斯兰的阿克巴娶了信仰印度教的拉其普特公主，并册封她为皇后。阿克巴这样做尽管是为了与北印度最强大的政治势力持久联盟，但到底还是实践了他所提倡的宗教融合。他还指出任何宗教都是有光的，而有光就会有阴影，这是一切宗教所共有的，所以任何宗教都应该拥有同等的地位。于是后人才会在阿克巴修建的清真寺和他为自己设计的陵墓中，到处看到印度教建筑的风格，甚至用印度教所崇拜的大象，用作伊斯兰建筑的装饰。

在蒙泰姬的遗愿中，还有另一个近乎奢侈的请求，那就是希望沙杰汗不要再婚，这是一个男人能做到的吗？何况一个帝王。但是所有的史书都言之凿凿，说沙杰汗竟真的始终没有再婚。这对于一个君王来说实属罕见，足见这个男人对他死去的妻子是怎样忠贞。这位沙杰汗国王曾满手沾满父兄的鲜血，却对一个美丽的女子如此忠诚。或者就因为满眼是杀戮，他才能更深地去爱一个温柔的女人。

在阿克巴的统治下，统一宗教的理想深入人心。尽管他的子孙们很快就遗忘了他的倡导，但这种对宗教的宽容态度，至今在人们心中留下深刻印记。如今坐落于新德里的莲花庙，在某种意义上就是对阿克巴宗教理念的传承。这座1986年由政府建造的圣殿高大空旷，庙堂内既无神像，亦无雕刻，只有一排排大理石的椅子。这里不崇拜偶像，也没有复杂的祭祀仪式。人们虔诚地来到这里，只为了有一个沉思和默祷的地方。这里的教义也十分明了，融合各个民族、国家和宗教，组成一个全人类的大家庭。这难道不是阿克巴的回声？

沙杰汗为美姬芭奴修建的陵墓巍峨秀美。一座堪称美的奇迹的死亡宫殿。那或者不是蒙泰姬所期冀的一个死后的栖身之所，而只是沙杰汗为自己留下的一个永恒的艺术品。蒙泰姬只是给了他一个建造这座宫殿的契机，用她的不幸的死亡和他的深深的爱。然后便有了沙杰汗的浮想联翩，那思绪中镌刻的全都是蒙泰姬一样的鲜花。既然把“宫廷的王冠”赐予了蒙泰姬，这王冠便也要生死不离地追随她。于是一个天堂一般的完美的所在，那个被鲜花装点的华丽陵宇。

阿克巴辉煌的足迹名垂千史，却不曾看到他与兄弟间的你死我活。但阿克巴的后代们却再没有消停过，以后历代王朝的更迭，几乎都是通过杀兄弑父来完成的。如此一代一代充满了血腥。在腥风血雨中迎来了莫卧儿王朝最鼎盛的时期，也开启了王室斗争最为残酷的黑暗。

自阿克巴的长子杰汗基登上舞台，这种谋权篡位的表演就开始了。杰汗基不仅图谋父王阿克巴的权杖，还亲自杀死了自己的兄弟。伟大的阿克巴或许就因为看到了这父子间、兄弟间的兵戎相见，才无奈饮恨而亡的。杰汗基终于如愿以偿，从此躺在父亲为他打下的江山中，声色犬马。但登基未久，他自己的儿子又重蹈覆辙。这现世就开始了的生死报应，让他尝尽了人间的苦酒。长子举兵谋反，让他们父子相见于沙场。不久后长子被囚，被弄瞎双眼。尔后终获大赦，又被自己的兄弟残忍地毒死。而这个毒死了兄长的皇子就是沙杰汗。

面对儿子们为了角逐皇权的争斗，杰汗基不再有征战的斗志。从此他宁可声色犬马，做一任玩物而丧志的君王，却也成就了那个时代文化的繁荣与兴盛。不久后，苍天不负这位笃爱艺术的君王，让他在出游中遇到了一位国色天香的波斯美女。这波斯美女不是安卧在泰姬陵中的那个幸福的女人，而是她的长袖善舞的姑姑诺姬罕。杰汗基见到诺姬罕后，便非她不娶。娶了她，又立刻将她封为皇后。想来这个嫁给皇帝时已经35岁的女人一定不同凡响。不仅琴棋诗画，还能骑马陪帝王在林中狩猎。这是一个怎样的波斯女人。能够玩儿转杰汗基帝王的整个人生。她可以六宫粉黛集于一身，又可以伺候得君王从此不思朝政。于是权杖无情旁落于皇后父兄的手中。这种外戚专权的现象，在各个王朝的历史中可谓屡见不鲜。

后来大概是玩儿得太过火了，杰汗基50岁就开始恶病缠身，朝不保夕。面对父皇如此昏聩，另外的三个儿子又开始火并。是时长子已经被沙杰汗毒死。另一个皇子也因嗜酒沉饮而一命呜呼。当父皇驾崩，最小的儿子沙利雅便倚仗皇后诺姬罕的支持，火速在拉合尔登基称帝。这让沙杰汗无比愤恨，明明自己的妻子是皇后的亲侄女。

这便令人疑惑不已，皇后为什么不支持自己的侄女，反倒去怂恿那个沙利雅？或者那个沙利雅更容易驾驭，或者，那干脆就是王后自己的儿子？

或者就因为皇后的力挺，在拉合尔登基的新皇帝很快死于战乱。是的，我们很快就看到了这个必然的结局，王后的哥哥、也就是蒙泰姬的父亲、沙杰汗的岳父立刻出兵，为自己的女婿或者不如说为了自己挺身而出。这位坐拥重兵的阿沙夫汗一面将皇后软禁起来，一面助其女婿击败了拉合尔的末日皇帝，并将其处死。在此番征战后沙杰汗终于荣登王位，而他的岳父竟然也堂而皇之地成为了首相。

于是，沙杰汗和蒙泰姬凄美的爱情故事才得以存在。在那样的情势下，不是在拉合尔称帝的沙利雅死，就是被排除在王权以外的沙杰汗死。是的没有任何调和的余地。宫廷就是这样你死我活。别无选择。

于是有了沙杰汗和蒙泰姬的深深的爱。也于是有了这举世闻名的陵墓，这世代传颂的悲歌。沙杰汗无疑是深爱着自己的亡妻的，为此他竟然真的终生不再娶。是为了故事的完美，还是为尊者讳？但无论沙杰汗后来到底有没有女人，有多少女人，和他一道流芳百世的，也只有辉煌陵寝里的蒙泰姬。

但无论爱情怎样的结局，沙杰汗心里是有着罪恶的这一点不能改变。毕竟他曾对父亲剑拔弩张，也曾毒死自己的哥哥、处死自己的弟弟。他的手上是滴着血的，他的心也应该是伤痕累累。而这扭曲的负罪的心灵或者只能在蒙泰姬的爱抚中找到安慰，或者这就是他为什么那么深深地眷恋着泰姬的缘故。或许只有在她的身边，这个罪恶累累的男人才能获得哪怕片刻的宁静。不，不单单是沙杰汗，蒙泰姬对于整个兵戎相见、冷酷残暴的莫卧儿王朝来说，都是一个温暖的所在。

只是，沙杰汗即位刚刚三年，便永失爱姬。在征战中，泰姬死于野营的军帐，这是沙杰汗没有想到的。这个需要温暖也需要有人来为他洗涤罪恶的君王是怎样痛心疾首，为此他下令全国为王后致哀两年，停止一切娱乐活动，足见沙杰汗是怎样地痛苦绝望。生命中那唯一的温暖、唯一的光亮弃他而去了。把他丢在了他和蒙泰姬所生的那些争权夺势的儿子们中间。为了摆脱宫廷的险恶，沙杰汗不停地征战，不停地平定来自各方的叛乱。不久后他便决定离开阿格拉，离开祖父阿克巴的红堡。或许他离开这里只是为了不再被思念所折磨。而这时他在亚穆纳河岸的皇家花园中为蒙泰姬建造的陵墓早已破土动工。

离开阿格拉时的恋恋不舍可以想见。那亡国之君的悲歌。月明中的故国不堪回首。那时的沙杰汗当然不会想到，有一天他会被放逐到这故都城堡，在月明中凄切遥望泰姬的美陵。

沙杰汗的迁都德里，让阿格拉这座城市从此衰败。至今。

如果沙杰汗没有留下泰姬陵，那人们还会从世界各地赶来阿格拉这座颓败的城市吗？

事实上沙杰汗死前五年就已经知道，他的三个儿子都被他的第三个儿子杀害了。历史中一代一代的骨肉相残，听上去实在令人触目惊心。在手足之间，为什么非要杀死对方才能保存自我？而双手沾满亲人的血的内心又会是怎样地惴惴不安？连血缘都不能维系的生存，是怎样的天伦丧尽？而唯一留下来的沙杰汗和蒙泰姬的第三个儿子奥朗则布，就成了莫卧儿王朝兴盛时期的最后暴君。

是的，奥朗则布，这个杀了沙杰汗三个儿子的第三个儿子。沙杰汗生前便目睹了这一幕兄弟相残的惨剧，悲哀的是，这所有的儿子都是这个漂亮的波斯女人蒙泰姬的骨肉。幸好蒙泰姬生前没有看到孩子们之间的你死我活，或者她就是为了不看到这一幕而匆促死去的。否则每一个孩子的死亡都将撕碎她的心。那样她就不是难产而死了，而是因为心的破碎。

奥朗则布在泰姬活下来的四个儿子中排行第三。所以他没有天赋的继承权。但是他却偏偏想要继承王位，这或者是天下王朝每一个皇子都渴望得到的。于是他便只能穷兵黩武，联合其他两个兄弟征战他们的太子长兄。这场战争持续了一年之久，直到太子战败，在流亡途中被奥朗则布杀害。接下来奥朗则布乘胜追击，将年迈的父亲沙杰汗赶出首都德里，从此囚禁于阿格拉的红堡之中。又一代王朝没有能逃脱杀兄篡父的罪恶魔咒。第二年，这位天良丧尽的奥朗则布便登上王基，自立皇帝。

是的，这所有的一切都是沙杰汗没想到的。他竟然回到阿格拉，从此陪伴在心爱的蒙泰姬身边。被锁入阿格拉城堡的沙杰汗不知是怎样的心境，那生生不已的骨肉相残，那报应一般的杀戮的轮回。阿格拉这个曾经辉煌壮丽的故都。这个他曾与爱妻蒙泰姬缱绻柔情的地方。这座能看得到天堂一般的陵墓的古堡。这个，能回首自己一生的孤独的所在。

在养育了泰姬不孝的子孙后，如今老沙杰汗又被儿子送回到这里。沙杰汗被关押进红堡时已英雄暮年，老迈而日衰。他所能做的就只能是遥望泰姬陵和诵读《古兰经》了。他想着泰姬的第一个愿望是抚养好她的孩子。他没有能实现泰姬这个最深切的愿望。在泰姬所有的儿子中就只剩下了奥朗则布这一个了，如今高高地坐在德里的皇位上。

但泰姬的另外两个愿望他都尽力实现了。他没有再娶，所以老来孤单，一个人挨着无尽的岁月。在历经22年后，他也终于为泰姬建成了堪称奇迹的陵墓。恍若天堂般的，被鲜花缭绕。他原本想在亚穆纳河的对岸修建一座自己的黑色陵墓，却伴随着被囚禁而成了空中楼阁，永远不可能再实现了。

那么，谁来陪伴他的凄寂，又谁来关心他的往生？

当年泰姬的遗愿一个接着一个，却唯独没有对沙杰汗本人的关切。她或者以为这个南征北战的君王将毕生所向披靡，她甚至梦想着沙杰汗全身而退时的儿孙绕膝，梦想着他所拥有的那个幸福安康的晚年。她不会想到这个至高无上的大莫卧儿王朝的大帝有一天，竟会被自己的儿子终身囚禁在古堡里。

回到阿格拉的沙杰汗定然是另一番感慨。他或者会反思在位30年的戎马倥偬中，他得到了什么，又丢掉了什么，以至于为什么会被赶下王位，落至如此悲惨的结局。沙杰汗1627年即位时已经36岁。12年后离开阿格拉，迁都德里。蒙泰姬离世的第二年便开始建造泰姬陵。1658年沙杰汗被赶回阿格拉的时候，历时22年建造的泰姬陵已经完工。那美轮美奂的陵墓沙杰汗生前就看到了，甚至在他被关进阿格拉堡时，泰姬陵就已经优雅地伫立在亚穆纳河畔了。他能够在红堡内远远地望着泰姬的天堂，只是被囚禁后不能再步出红堡一步，更不能接近那座花样的陵墓。

在阿格拉堡的最后岁月中，沙杰汗每天只能透过小窗，凄然地遥望亚穆纳河水中那美陵的倒影。那是这位被废国君最后的寄托。后来沙杰汗视力衰退，便只能凭借一颗宝石的折射观看泰姬陵了。生命将尽的时刻，沙杰汗能做的只剩下了两件事：为泰姬陵而伤心落泪和诵读《古兰经》。八年之后，便在这悲伤与落寞中结束了残生。

从此奥兰则布东征西讨，履行着一个帝王的职责。除了要对付印度境内马拉提人的进攻，还要抵御阿富汗人的入侵。始终不曾平息的战争让莫卧儿王朝风雨飘摇。最后为了筹集军饷，奥朗则布不得不接受英国东印度公司交纳的现款，以准许他们在西海岸和东海岸的恒河口继续贸易，自此，英国殖民者便堂而皇之地在孟买和加尔各答建立了他们统治印度的基地。

泰姬陵始建于1631年。1653年完工的时候，沙杰汗可谓宝刀未老，于是便也雄心勃勃地为自己选择陵墓的地址。他或者早就选中了亚穆纳河对岸的那片开阔地带。在那里为自己建造一座和泰姬陵一模一样的陵墓。只是泰姬的陵墓是白色的，而他的那座却是黑色的。用黑色大理石镶嵌那些美丽的花朵，或者还有刀枪剑戟那类帝王的象征。可以想见那将是一座怎样气势恢宏的陵墓。把所有的白色换成了黑色，那黑色的壮丽雄伟，大气磅礴。所有的穹顶，所有的塔楼，所有开阔的大理石地面。被黑色大理石反照出来的黑色的影子。那黑色的浮雕以至，被雕镂出来的黑色孔格。是的，沙杰汗便是想以这样的方式，向他的泰姬陵致敬。而连接着这黑色与白色的，将是亚穆纳河上一道半黑半白的大理石桥梁。是的，沙杰汗本想以这样的方式与他的爱妻相对而眠，在白色和黑色的永恒中。但是他的不孝的儿子击碎了他的梦。让他的黑色陵墓永远停留在了历史的想象中。

而我们今天站在泰姬陵上朝亚穆纳河对岸眺望，依然能看到象征着黑色陵墓的一处红色的塔楼。那塔楼孤单地守望着那片浩大的墓地。被隐约围起的那一望无际的荒凉与凄清。尽管沙杰汗最终不能如愿，但日后的三百多年间，却没有任何人敢去碰触那片沙杰汗的土地。那或者也是人们对沙杰汗遗愿的某种遵从。是的，没有人去碰那块与泰姬陵遥相呼应的土地。纵然沙杰汗没有建起那座伟大的黑色陵墓，但那陵墓就仿佛已经在对岸巍然屹立，陪伴并守候着泰姬那优美的白色魂灵。

在莫卧儿王朝的历史中，奥朗则布堪称暴君。他惯于猜忌，残忍成性，在执政的数十年间杀人如麻。他不仅囚禁父亲，杀害兄弟，还将他的侄儿们尽数毒死，甚至，拘禁反对他的亲生骨肉，让自己的儿女双双死在牢狱中。这诸多的血腥让奥朗则布成为了孤家寡人，而他最大的倒退是，践踏了由阿克巴大帝实行的“宗教融合”。在一个有着大量印度教徒的国家里，他要求民众只笃信伊斯兰教。为此他下令拆毁各地的印度教庙宇，让莫卧儿王朝孤立于来自四面八方的反对势力中。

这个由巴布尔、阿克巴、杰汗基，以及沙杰汗共同缔造的印度帝国，在奥朗则布手中每况愈下，风雨飘摇。不仅不断遭到印度本土各个族裔的抵触，来自欧亚各地的各种势力，也都在虎视眈眈地想将这座半岛据为己有，加之宫廷内部纷争不断……总之你方唱罢我登场，直扰得莫卧儿王朝难以招架。不久后莫卧儿王朝沦为英国附庸。从此英军长驱直入恒河流域。1757年，莫卧儿帝国的最后一个国王被英军废黜，王朝终结。

过去一直以为莫卧儿是一个古老的王朝，离我们很遥远。想不到这个王朝的尾声，竟连接上了印度被殖民的历史。莫卧儿王朝的拱手相送，使得印度沦为英殖民地长达数百年之久，直到1950年才宣布成立印度共和国，却仍然没有彻底摆脱英联邦的控制。

后来研读有关印度的资料，才发现马克思曾对印度有着深入的研究，他说："英国在印度的统治是怎样建立起来的？大莫卧儿的无限权力被他们的总督们打倒，总督们的权力被马拉提人打倒，马拉提人的权力又被阿富汗人打倒，而在大家这样混战的时候，不列颠人闯了进来，把所有的人都征服了。"

小心翼翼地走进陵墓。怕惊醒了那个长眠的女人。尽管在拥挤的人群中。缝隙中依然能看到那些雕镂的鲜花。郁金香或者百合花的图案。浮雕于温润的暖色调的大理石上。那花柔美得几乎呼之欲出，甚至能闻到几百年来花的沉香。而那些高墙上花的美丽图案，都是用云斑或玛瑙，甚至来自中国的水晶和玉石拼嵌而成。那是怎样高妙的完美。以为不是人间之力所能完成的。

据说当每天朝霞初起的时候，一轮红日伴着亚穆纳河袅袅的晨雾，泰姬陵便会在沉睡中苏醒，呈现出她静谧安详的优雅。傍晚时泰姬陵最为妩媚，在斑斓的暮色中，白色的陵壁便被染上了黄昏的色彩。从灰黄到金黄，又变成粉色、暗红、淡青色。然后月亮升起来，泰姬陵又被罩上了一层银白。这时的泰姬陵清幽清雅。随月影的移动，泰姬陵也仿佛灵动了起来，曼妙着波斯女人那柔媚的舞姿。于是那形形色色的故事娓娓道来。那永恒脸颊上闪烁的泪珠。

才知道不同的时间去拜谒泰姬陵，景色也不同。陵墓的白色大理石就好像一块柔润的画布，吸附着一天中不停变幻的光谱。据说观赏泰姬陵最好的时间是清晨和黄昏。因为那是一天中天空的颜色最绚烂也最柔和的时刻。所以泰姬陵不同时间的票价也不一样。最贵的是早上七点以前和下午五点以后的票价，因为那时候你看到的景色，也是一天中最最昂贵的。

在嘈杂的人群中，依然能感到泰姬陵的静谧。轻轻地走着。不惊扰几百年前那一帘凄美的幽梦。想象着那个美丽的波斯女人，温柔的母亲。她终于没有看到宫廷的血污，那是她作为母亲的毕生的幸运。

在孤独中死去的沙杰汗的棺椁，终于得以和蒙泰姬的石棺共同停放于泰姬陵的葬室。这或者也是奥朗则布的某种良心发现。毕竟这对用一生一世相爱的夫妻是他的父母。总之，奥朗则布将父皇和母后安葬在了一起。在这个美丽而壮阔的宫殿一般的陵墓中，也算是极尽哀荣了。只是安放着沙杰汗的那个石棺稍显宽大，和泰姬精美的镶满了宝石的棺椁很不对称。幸好在蒙泰姬的陵墓中沙杰汗没有喧宾夺主，忠实地成为了蒙泰姬的永恒陪衬。

奥朗则布作为莫卧儿王朝的一代君王，没有像他的前辈们那样热衷于大兴土木。他毕生只为自己的信仰建造了三座伊斯兰教清真寺。在贝纳勒斯，他拆毁了印度教大庙，改建为清真寺；在拉合尔，他用红色砂石建造了一座大规模的清真寺；第三座清真寺建在德里的红堡之中。这是用白色大理石建造的一座很小的清真寺，到处闪烁着珍珠一般的色彩。于是又称为“珍珠清真寺”，被认为是“印度最美丽的清真寺”。

除此奥朗则布不再有任何建筑。终其一生也没能超越父亲沙杰汗。沙杰汗时期的建筑被认为是莫卧儿王朝的最顶峰。他继承了阿克巴时期雄伟的建筑风格，但却更华丽，更完美，更优雅，也更壮观。沙杰汗作为帝王不仅将印度古代建筑艺术推向了顶峰，还为人类留下了一份瑰丽而永恒的遗产。

是的，泰姬陵堪称一座伟大的建筑。她端庄华美，一如泰姬生前那般妩媚婀娜。她的高高的用红石岩建造的围墙和长廊，以及陵墓两侧那对称而深邃的清真寺。正面门楼上镶嵌的各色宝石。红色砂岩和白色大理石交错砌合，红白相映，蔚为壮观。门上22个白色圆顶象征着22年风风雨雨的工期。红墙中遍布青草，绿树荫荫。很多很古老的大树，掩映着红白相间的壮丽景观。陵墓内到处是印度本国的游人，于是女人们的纱丽就成了簇拥着美陵的另一道绚丽多彩的景观。

远远地看到蓝天白云下的泰姬陵。尽管已经无数次看到过这白色的景象，但当你真的来到“奇迹”之前，还是抑制不住地满心震撼，仿佛被一种静谧而神秘的感觉所劫掠。那白色的陵墓在午后的那一刻，果然被笼罩在了淡淡的昏黄中，仿佛能触摸得到的一种柔软的温润。

泰姬陵就坐落在池塘的尽头，你的正前方。但突然地，仿佛硕大花园中的每一个角落都被阴影所笼罩，却唯有泰姬陵，被照亮在一片天堂一般的光束中。不知道这样的光照是怎样形成的，就仿佛圣母玛利亚和基督耶稣脑后悬浮的那明亮的光轮。就照耀着，泰姬陵。照耀着，泰姬本人。那是任何人都不能掠夺的，那上天的光芒。

这样一步步向前，向着泰姬陵的深处。慢慢地接近着那个白色的建筑，在庄严的神圣感中，甚至已经感觉不到身边还有别人了。

当真的看到了这座美丽的建筑，反而觉得，这不是真的了。甚至怀疑，我们怎么可能真的接近了这座伟大的建筑？

缓缓地向前走，为着陵墓中优美的爱的故事。池水中的漂亮的印度少女的影子，恍若泰姬款款而来，摇曳出水中的婀娜。

泰姬陵的大门恢宏壮丽。门楣上用玛瑙和翡翠嵌满了色彩绚丽的藤蔓花朵。那花朵栉风沐雨，春夏秋冬，却从来不曾褪色。因为成为了花的不是颜色，而是珍贵的宝石。甚至门框上《古兰经》的经文也是黑色宝石镶嵌。为了从上到下视觉效果的一致，顶上的文字被拼嵌得更大。将珠玉宝石镶嵌在大理石中一定是一件很艰辛的苦工。不知道工匠们要怎样精心，才能让那些花的图案既鲜艳夺目，又精湛完美。

或者就因为黄昏已近，白色的大理石变得温暖起来，那百合花的浮雕也被染上了一层金黄。花的浮雕像长卷一般环绕在泰姬陵的腰间。那是我最最喜欢的画卷。于是抚摸着那光滑的墙体，那花的根茎、花瓣和花蕾，那光滑流畅的凹凸的感觉。几百年的风雨让浮雕的花色陈旧，但花的烂漫姿态却始终依然，不离不弃地陪伴着那个花样的女人。

坐在泰姬陵的拱顶下，你会觉得渺小。而置身于泰姬陵的光照下，你又会觉得自己是尘世中幸福的人。然后是身后的亚穆纳河。能看到黑色陵墓的那一片辽远。想象着当金色黄昏降临在黑色大理石上是一幅怎样壮丽的景象。那种属于沙杰汗的高贵色彩或者柔软了我的心。不知道为什么只要一想到沙杰汗，就会满心的酸楚和忧伤，仿佛能看到他被囚禁时那悲凉的景象。一个男人曾金戈铁马，又曾将一生的柔情献给了唯一的女人。所有泰姬所要的，无论生前还是死后，沙杰汗都尽其可能给了她。但是又有谁能给予沙杰汗呢？他要的黑色陵墓，他要的寿终正寝，他要的生死与共，是的，谁又能把这一切给他呢？是的，泰姬丢下了他。丢在了狠毒的奥朗则布手中，丢在了仅一墙之隔却不能同生共死的古堡中。就这样，隔着亚穆纳河想着黄昏中的沙杰汗。

在古老的故事中徜徉于泰姬陵。寻访着那往日的踪迹，一个美女，一座美陵，以及一段斑驳的历史，破碎的辉煌。曾经的怎样的壮丽，又怎样的凄凉。在黄昏，白色的陵墓就如同覆盖在金色的光芒下，甚至泰姬陵自身也闪动出了迷人的光辉。

在离开阿格拉的路上，终于一睹阿格拉城堡的芳容。红色砂岩砌筑的城堡可谓壮丽恢宏，尽显阿克巴大帝时期建筑的雄伟风格。这里的一砖一石都象征了莫卧儿王朝的伟大和气魄。漫长的红墙延伸着这个看不见尽头的城堡。那层层叠叠的红墙，次第向上的楼宇，碉堡式的塔楼，尘封已久的凄迷……

是的，红色的城堡就意味着，红色的悲凉。

想着，那个被囚禁于此的沙杰汗，那个瞎了眼睛的沙杰汗，那个想念亡妻的沙杰汗，那个在《古兰经》中悄然逝去的沙杰汗，那个终于飞升到妻子身边的沙杰汗，那个天堂里的沙杰汗……

无论泰姬陵还是阿格拉堡，留在我心中的只是这个男人。是他创造了花的天堂，也是他，铸造了大理石上永恒的诗行。

于是沙杰汗成了心中的永恒。

一个斑驳的男人。

总觉得他的幽灵就在城堡与陵墓之间。

他该也穿着白色的衣衫，留着白色的胡须，像一个智者，或者艺术家。

然后他哀叹，并寻觅着，他丢失了的那个黑色天堂。

泰戈尔说，泰姬陵是“永恒面颊上的一滴眼泪”。

以为，这也是说给那个飘荡的游魂的。

永远的《卡门》

在波士顿中心广场的一家报刊亭前，一张波士顿芭蕾舞团的海报说不久后舞团将有两场演出，一是来自俄罗斯芭蕾舞团的《天鹅湖》，一是波士顿芭蕾舞团自己创作的《卡门》。

几年前曾在天津看过来自俄罗斯的《天鹅湖》，惊叹于俄罗斯那个芭蕾的国度。而听说波士顿芭蕾舞团的时间更早，记得那还是改革开放初期，伴随着小泽征尔指挥的波士顿交响乐团来华演出，不久后波士顿芭蕾舞团也来到了中国。忘记了那一次演出的剧目，但曾在黑白电视上观看过这场演出却记忆犹新。于是毫不犹豫就选择了《卡门》，而我们为此而付出的代价是，只能放弃掉那晚波士顿红袜队和纽约杨基队的棒球比赛了。这对于某些球迷来说也许会痛彻心扉，但对于我们，本来芭蕾舞就是我的最爱。

因为"文革"，芭蕾成为我那个时代唯一的梦想，也是我在那个年代所唯一追求的。尽管那时学跳芭蕾的范本只有《白毛女》和《红色娘子军》，但舞蹈的动作和表现的方式应该和真正的芭蕾大同小异，只是被加进去了革命的内容罢了。所以我们能在《女战士舞》中看到《大天鹅》和《小天鹅》的影子，甚至连舞步都是一样的，不同的是演员的服装和道具，譬如天鹅们手中是爱神的箭，而觉醒女奴们高举的，只能是造反的红缨和大刀。那时候能做到足尖旋转、“倒踢紫金冠”也并非容易，但我在那个激越的时期却始终孜孜以求。后来随着四季流转青春不再芭蕾，也渐渐弃我而去，但那种芭蕾的感觉却成为了永恒，永远积淀在了我的身体和意识中，留给今后不尽的岁月。

选择波士顿芭蕾舞团是为了改革初期的那一次艺术的邂逅，而《卡门》又是一个心目中永恒的故事。这是一个被梅里美讲述得堪称经典的寓言式故事，无论用何种方式，也无论讲过多少遍似乎都不会过时。所以才会有无数的艺术门类不厌其烦地重述《卡门》，那些歌剧、舞剧、电影、话剧，甚至一遍又一遍地。

于是在那个阴郁的黄昏我们来到那家叫做THE WANG THEATRE的剧场。这座辉煌的剧院所以叫“WANG”，是因为当年投资兴建这家剧院的主人姓王。这位毕生艰苦卓绝的王姓华人发明了最早的计算机，因此赚了很多的钱，也因此解决了很多人的就业。后来他便在继续发财致富的同时投资波士顿艺术，最终将这座命名为THE WANG THEATRE的绚丽剧院永恒地送给了波士顿芭蕾舞团，足见华人在波士顿曾怎样地辉煌。从此波士顿芭蕾舞团搬进了THE WANG THEATRE，在这里排练演出，推出一幕幕崭新的芭蕾舞剧目，令世人瞩目。

这个晚上的《卡门》是首演。所以观众们不仅盛装前来，言语间还带着某种难抑的兴奋与激动，因为大家都不知即将看到的是一出怎样的芭蕾。尽管人们对《卡门》的故事已经耳熟能详，但却谁都不知道这部刚刚创作出来的舞剧会做出怎样的阐释。所以人们才会格外期待，那种因期待而表现出来的过分的热情。

如果不是波士顿五月的晚上依旧很冷，不知道太太小姐们会穿出怎样暴露的衣裙。尽管傍晚时分已是冷风习习，来到THE WANG THEATRE的女人们还是很低的衣领，袒胸露背。即或为了抵御风寒而穿上外套，但只要一走进剧场就会立刻脱下，急不可耐地展示出她们精心选择的晚会服装。在美国，特别是在剧院这样的场合，女人们总是最大限度地裸露自己，这似乎已经成为了一种传统。于是到处是大半个乳房凸现在外的胸膛，满眼是整个后背摇来摆去的身体。她们在剧院的大厅中风情万种，顾盼神飞，和迎面走来的男人近距离地接触，也不管他们的目光是不是盯着自己的身体，或许她们觉得被盯着也是荣耀的，否则将身体裸露出来又是为什么呢？这时候她们都化着很浓的晚妆，身上散发出那种代表着身份的香水气息。她们或者还要买上一杯咖啡，或者一杯酒，哪怕开演之前他们根本就不可能喝完。

老爷先生们自然也不会放过这争奇斗艳的机会，只是哪怕浑身解数，他们也只有西装这一种表现庄重的方式。在女人的花枝招展面前他们自然失色，于是领带便成了他们唯一可以跃跃欲试的招牌，还有油光锃亮的发型，以及男人的，那气宇轩昂的神态。更有甚者，一些矫揉造作的男人穿来了他们的燕尾服，以示他们对这场演出重视到了怎样的程度。或者他们这样做并不是为了服装上的标新立异，而只是为了表现他们对芭蕾、对《卡门》的一种深深的敬意。

在喧喧扰扰中人们终于开始落座。开演以前，如果你对你的座位不尽满意，剧院会为你调整相同价位的位置。那个晚上，我们就从很靠前的楼下换到了楼上的包厢中，因为在那里，才能将整个舞台尽收眼底。

然后剧院中央的灯光慢慢熄灭。在《卡门》之前是一段芭蕾的《夜曲》。那是一组无限轻柔的舞蹈。只是《夜曲》并不曾调动起观众的热情，它只是缓缓地，仿佛要将人们带入梦乡。让人记住的只有一种声音，那就是女孩们在舞台上芭蕾舞鞋噼啪作响。

在这个短暂的前奏之后是休息。休息就意味着每一个人都要离开座位，到楼下的大厅里去“孔雀开屏”。在那里你或者能看到一些名人，或者《卡门》的创作者们。后来我们果然看到了那位将满头金发束在脑后的编舞者。他站在大厅里的样子非常显眼，尤其是举手投足乃至眼神中极端女性化的倾向。谢幕时他果然翩翩上台，在观众经久不息的掌声中接受赞美和颂扬。

人们如洪水般从剧场中一泻而出，争先恐后地来到这个已显得局促的大厅。此间大厅中可谓人满为患，人们漫无目的地走来走去，到处是人头攒动，拥挤不堪。加之咖啡和美酒，那是每个人手里必定要举着的。人们或者并真的要喝什么，只是为了拥有那种举着什么的感觉。似乎只有举着什么才能放松地交谈与寒暄。于是这个15分钟的剧场休息更像是一个酒会，直到开演前人们拥挤着把杯中满满的饮料送回到吧台。

休息时除了在大厅里看人，还可以看高高悬挂在大厅墙壁上的那些巨幅演员照。那是一些非常气魄的黑白照片，照片大到比真人还要大。领衔的那位女演员Romi Beppu仿佛亚裔，是波士顿芭蕾舞团的首席主演。后来看到对这位女演员的介绍，她竟然来自来夏威夷的首府檀香山。可惜那晚《卡门》的主演不是Romi，而是一位来自法国的舞蹈家。波士顿芭蕾舞团的演员来自美国各地乃至全世界，俄罗斯的、乌克兰的、法国的、英国的、西班牙的、加拿大的，甚至古巴和日本……总之一切盛产芭蕾舞演员的地方。后来知道，美国的几乎所有文艺团体都是这样的一种世界性组合，于是他们才能总是拥有世界上最优秀的演员，以保证他们的剧目永远是世界一流的。

第二遍铃声。剧场中一片黑暗。唯有舞台下的乐池中，被灯光照亮的那根指挥棒。哪怕是观众席中还有些微的细语，但只要指挥举起手中的那只金属棒顿时一片鸦雀无声。在瞬间的静寂中，骤然地，乐声响起。于是一种莫名的激情涌动。因为那是我们那么熟悉的《卡门序曲》。只是序曲被扭曲着变奏了。或者就为了那个扭曲的芭蕾。

一个怎样的故事。被无数次传颂的。经典的爱情和经典的女人。卡门，一个将永远不会被艺术遗忘的名字。简单得不能再简单了。

一个发生在西班牙的故事。出自法国作家梅里美笔下。主人公卡门是一个美丽的波西米亚女人。在卷烟厂伤人后被逮捕。龙骑兵唐霍塞难以抵御卡门的诱惑将她放走。唐霍塞为了得到卡门而将她的情人杀死。然而卡门是一个向往自由的女人。她不能忍受任何禁锢，包括爱情的，而至最终死在唐霍塞刀下……

那么卡门是什么？自由的象征？爱情的化身？抑或罪恶

的来源？

就是这样的一个波希米亚女人的故事。爱情和自由，毁灭与死亡。但是看看在波士顿芭蕾舞团的《卡门》中，卷烟厂女工的卡门和唐霍塞都变成了什么？

……一个发生在现代大都市的故事。在这里，卡门成为了时装模特，唐霍塞变成赛车手，而另一个和卡门有着关系的男人，则成为了一家夜总会的老板。单单是角色的转换就足以吸引人了，更不要说《卡门》在这三个人物中间展开的现代故事。同样的爱情与背叛，欢乐与死亡。但是在这出波士顿的现代芭蕾舞中，我们看到的却只剩下《卡门》的那个“核”了，那个人物的和故事的“核”。这大概就是《卡门》为什么能被视作“寓言式的经典”，那是因为它故事的核心和人物关系是可以被任意套用的。

伴随着故事的都市化，《卡门》的舞蹈也变得异常现代。这应该是现代芭蕾的一个非常成功的版本，因为它没有沿袭任何传统的范式，甚至比我们的革命芭蕾舞《白毛女》和《红色娘子军》还要现代。因为在这里不是用传统芭蕾的方式在讲述一个全新的故事，而是整个芭蕾的传统都被颠覆了，甚至所有的动作和范式。显然创作者在进行着一种非常大胆的尝试。舞台上演员的肢体不再是伸展而飘浮的，而是被嫁接其中的那种迈克·杰克逊的典型舞姿所肢解。舞蹈由此变得新异而扭曲，很多动作都大大地超越了人们的想象。但随之而来的，则是舞蹈的不再优美而流畅。在如此标新立异中，芭蕾似乎除了足尖和托举就什么都没留下了，那是完全不同的另一种舞姿在叙述卡门的痛苦和挣扎。伴随着故事的现代化，舞蹈的现代化，音乐也就面目全非了。尽管在混乱的交响乐中还能找到比才“斗牛士”的旋律，但那旋律却总是稍纵即逝，似是而非。

便是这样的一个全新的《卡门》，尽管和我们观念中的芭蕾完全不同，但观众席中还是响起了经久不息的掌声。我们起劲地鼓掌是因为我们看到了一场全新的表演，尽管在创新中还有着许多不尽如人意的地方。比如《卡门》现代舞的部分更多地停留在迈克·杰克逊的时代，而迈克的舞蹈对今天来说早已过时了，那么今天的舞蹈元素又在哪儿呢？

人们走出THE WANG THEATRE的时候意犹未尽。一路上兴奋不已地议论着刚刚结束的那场动人心弦的舞蹈。他们相信在明天的波士顿报纸上，一定会出现对这出舞剧的种种评判。或者赞扬或者批评，或者毁誉参半，评说不一。但有一点是确定的，那就是你不能不谈论这个新生事物，不能不赞赏舞团的锐意创新，不能不承认这是对传统芭蕾的一种勇敢的反叛。而在美国那样的国家，人们对反叛又总是满怀敬意。

就这样，《卡门》在众说纷纭中结束了它的首演。

旋转中哀伤着她的灵魂

在迈阿密的丽兹酒店喝酒，古巴的那种酒。有青叶浸泡在冰块中。很柔和的光束。被沙发围起的圆桌。是南希的提议。因为她看够了南海滩街上那些疯狂的迈阿密人。于是逃离。那个曾开枪射杀了范思哲的街区。那座，依旧伫立在那里的范思哲旧居，依旧的车水马龙，依旧的壁垒森严。也还是那座厚重的雕花铁门。有黑衣保镖站在那里咄咄逼人。但那个清晨，惨案还是发生了。就在这大门前，范思哲应声倒下。川流不息的人们。骄阳下很招摇的裸露。酒吧里涌出杂乱的古巴音乐。街头的男男女女。高级轿车。还有什么？

于是逃离。找一处幽静的所在。于是来到丽兹饭店的酒吧。很散漫地聊天。也很优雅。丽兹所以有名是因为戴安娜。戴安娜在罹难之前所在的那家法国酒店，就是丽兹。所以只要提及戴安娜，就离不开丽兹。于是丽兹以一个美丽女人的死亡为代价，成为了世界上最著名的酒店。大凡有瑰丽的风景，大凡有旅游者汇集，丽兹都会在那里开设酒店，而且都是最好也最昂贵的。于是在那不勒斯海滩，我们也曾在丽兹的餐厅午餐。在木栈道的木桌上。透过丛林绿色的叶片，是不远处的蓝色海面，白色沙滩上的那些，美丽的人。

于是再度提及弗拉门戈。那是从Key West返回迈阿密的路上，南希在宣传品上看到的一条娱乐消息。在我们留住迈阿密的那个晚上，将会有一场弗拉门戈的表演。于是我们兴奋不已，尤其热爱舞蹈的女人们。一路上不停地打电话，却总是没能和演出场所取得联系。于是John把女人们的心思记在心里。从丽兹酒吧离开的时候，在酒店前台，他终于为我们打听到了演出弗拉门戈的那家酒吧。于是接下来的所有活动，便都是围绕着弗拉门戈了。虽然那只是一家酒吧，但我们还是换上了稍微正式的服装，并满怀了一种期待的激情。

然后来到迈阿密那条著名的酒吧街。街两旁都是那种迷人的小餐馆。入夜时分，餐馆里依旧坐满了人。每家餐馆除了室内的餐厅，都会有一些室外的餐桌。在这个一年四季都很舒适的环境中，人们似乎更喜欢坐在室外。在这里可以看着小街上川流不息的人群，而川流不息的人们也能看到街边那些就餐间或调情的人们，可谓相看两不厌。

在小街的深处，我们终于找到了弗拉门戈的那家酒吧。演出九点以后才会开始，但我们还是走进了这家烛光闪烁的餐馆。一家典型的西班牙餐馆。所有菜肴都是纯粹的西班牙风格。很浓很重并且很热辣。似乎更接近我们中国人的口味。被引领着来到一个离舞台很近的木桌旁。因为服务生听说了我们是专为弗拉门戈而来的。当时餐厅里已经有很多人就餐。他们或者并不是来看弗拉门戈的，而只是喜欢这里的西班牙饭。

不知道什么时候，弗拉门戈就成了我最喜欢的舞蹈之一。最早看到弗拉门戈是在电视里，从此记住了这是西班牙南部的一种舞蹈。画面中的舞者是一位很老的女人，看上去很挺拔也很健壮。不像我们观念中的那种纤细的舞蹈演员，但她的身上却有一种独特的味道，一种莫名的力量。是民间的，又异常优雅，那种近乎于魔力的魅力。她穿着长裙，发髻挽在脑后。不停地击掌并不停地，在旋转中扯动着长裙的下摆。而让我更加难忘的，是她始终不渝的严峻的神情。仿佛有什么悲伤，又仿佛，一种愤怒。她并且低声吟唱着，那满腔的忧愁。于是这位年长的舞者，就深深地印在了我的心中。那时候甚至不知道弗拉门戈是什么，却再也忘不了这位仿佛在诉说着什么的舞者。

不久后就看了那部叫《卡门》的西班牙影片。在这部描述爱情的影片中，到处是弗拉门戈式的舞蹈。不过西班牙人坚持说，倘若把《卡门》当作弗拉门戈就实在是一种误会了。还记得那一年竟然有三部以“卡门”命名的影片问世。

其中我最喜欢的，是法国新浪潮电影领军人物戈达尔的《芳名卡门》。戈达尔的这部影片几乎和卡门无关，无非是电影中的一个人物刚好也叫卡门。事实上这部影片所表现的，完全是戈达尔本人的某种意愿。不搭界的故事，不相交的人物，海浪，贝多芬的室内乐，在黄昏中寻找的最后一抹凡·高的金黄。此片堪称戈达尔的经典，尤其他对电影语言的探索和尝试，日后深深地影响了我的小说创作。

后来记住了弗拉门戈这个词汇，尽管对其中的真正含义一知半解，但至少知道了这是一种非常独特的只属于西班牙的舞蹈形式，从此热衷于购买有关弗拉门戈的各种光碟。我竟然就能阴差阳错地买到这些光碟。其中有纯粹记述这种舞蹈形式的，也有专门介绍弗拉门戈大师的。画面中歌手、舞者和吉他手围成半圆形，坐在舞台中央的椅子上。那些歌手眉头紧皱，表情忧郁，舞者亦神色严峻，抑郁悲伤。这让我再度想起最初见到的那位弗拉门戈长者，她的那么有柔韧的身段和舞步，她的击掌，她的，突然地静止，又突然地，旋转，飞扬着踏出雨点般的节奏。哦，那足以令人的灵魂震撼的舞蹈！

在舞蹈中，唯有弗拉门戈舞是无需只靠青春的。甚至年纪越大，越能表现出这种舞蹈的魅力。因为这是一种诠释人生的舞蹈，所以舞者的经历越丰富，所表现出来的内涵也就越深刻。而伴随着舞蹈的那些撕心裂肺的歌唱也令人难忘。歌者大多是一些年长的男人或女人。无论独唱还是合唱都激荡人心。歌唱时发声的位置不断地变换。忽而高亢，忽而低沉，忽而如泣如诉。总之这种起起伏伏诉说一般的歌唱。这种近乎歇斯底里的音哑的喊叫。这种所谓的“大歌”或者“深唱”方式，才是弗拉门戈最原汁原味的传统方式。

阴差阳错地买到了一张以弗拉门戈诠释《莎乐美》的影碟。很清晰亦很朦胧的镜头，记述着这部舞剧的前台幕后。包括舞剧的排练，服装的色彩，演员的介绍，甚至舞台的调动，以及，这部描写《圣经》故事的舞剧是怎样诞生的。于是《莎乐美》中的弗拉门戈更让我心向往之。那所有充满了力量与魔力的舞动。让我们看到了被砍下的圣徒约翰的头颅，是怎样在莎乐美邪恶的舞蹈中滴着鲜血。

后来在女儿电影作业的放映式上，一位同班的女生也拍摄了一部关于弗拉门戈的短片。这部短片堪称完美。歌声，鼓点，尤其画面上那位漂亮的弗拉门戈舞者。她虽已中年，却周身每个部位都散发着浓烈的弗拉门戈韵味。旋转的手腕，扭动的身躯，响指，以及高昂的头颅。那斑斓的色彩，流动的舞姿。后来制作这部短片的女生对我们说：她已经把弗拉明戈当作了她的生命……

一直以为弗拉门戈是一种在舞台上表演的艺术，而不是，在街头这个不大的并且昏暗的小酒吧。穿过各种拥挤的餐桌，来到属于我们的桌前。才发现前面的那个舞台，竟然不到五平方米。那一刻那个小小的舞台上还没有人。只是静静地，躺在黑暗中的吉他和鼓。印象中如此伸展的弗拉门戈舞蹈，难道就在这局促的舞台上表演吗?

我们挤在狭长的木桌前。很兴奋的甚至蠢蠢欲动的心情。喝酒。后来又要了西班牙风味的菜肴。再后来歌手、吉他手和鼓手先后走上舞台，吸引了人们的目光。舞台上的灯也随之亮了起来。唯一的背景是红黄相间的西班牙国旗，正中镶嵌着一只黑色的斗牛，似乎就囊括了西班牙文化的所有要素。

然后我们所期冀的演出就开始了。自从走进酒吧，服务生就告诉我们，今晚的弗拉门戈只是男性表演。于是不禁些微的失望，以为弗拉门戈就应该是女人的华丽长裙，五彩霓裳。当然也曾看到过男人的弗拉门戈，以为他们的存在只是为了配合女人。不过在迈阿密的这个唯一的弗拉门戈场所，我们也就只能接受这个现实了。

首先是歌唱。一首接着一首。一个年轻漂亮的男人。很投入的样子，便也获得了阵阵掌声。却比我曾听过的那些弗拉门戈轻飘了许多。或者因为他还没有沧桑的阅历？总之我们听到的歌唱，已经偏离了弗拉门戈的本真。漂亮的西班牙青年唱着很现代的歌，尽管那歌唱还勉强保持着弗拉门戈的曲式和范式。但我们已经听不到诉说，也感受不到那种被命运捉弄的无奈了。吉他和鼓点热烈地伴奏。歌者自始至终很激昂。

其实最早的弗拉门戈，只是纯粹的演唱方式。以拍掌击打节奏，歌声在很高的音符与音符之间大跨度地滑动。歌中强烈的情感表达，让人听上去不能不感动。尤其是那些年迈的歌者。于是，年迈的嘶哑的嗓音。你尽管听不懂他们在唱着什么，却能够感受到他们那么深沉的悲痛与忧伤。所以弗拉门戈的精华是歌。以歌声诉说歌者的心境。后来才加进去吉他这种乐器，也后来才有了即兴的舞蹈。弗拉门戈是歌唱在先，有了歌才有了后面的一切。

在弗拉门戈的歌声中，我们仿佛能听到黑人灵歌中的那种无望和思乡。而那些创造了弗拉门戈的吉普赛人，在某种意义上也和远离家园的黑奴一样，唯有流浪的哀伤。

吉卜赛人起源于印度北部。公元1000年离开印度。他们历尽艰辛，经由阿富汗、波斯、亚美尼亚、土耳其等地抵达欧洲。吉普赛人作为天生流浪的民族，内心始终坚守着关于流浪的浪漫向往。在流浪中他们不仅得到了当地文明的养育，也从印度和阿拉伯带来了神秘而感伤的东方风情。

十五世纪中叶吉卜赛人流浪到安塔露西亚。伴随着第一批吉卜赛人的到来，弗拉门戈便开始在西班牙流行起来。是吉卜赛人创造了弗拉门戈，又让这门艺术在安塔露西亚形成并发展。但产生于安塔露西亚的弗拉门戈究竟有着怎样的渊源？而安塔露西亚又是一个怎样的地方？当想要深入了解弗拉门戈的时候才发现，我对深深热爱的这门艺术竟知之甚少。

在世界地图的西班牙页上，竟然找不到安塔露西亚的字样。后来才知道这几乎是西班牙南部的代名词，它代表着幅员辽阔、温暖而富饶的整个西班牙南方。这里比邻大西洋和地中海，隔着直布罗陀海峡，对面就是非洲的摩洛哥和阿尔及利亚。于是安塔露西亚就成为了欧洲通往非洲的桥梁，而亚非传往欧洲的各种文化，也自然首先汇聚在这里了。

安塔露西亚的历史证明了这里曾被各种文明浸润。从青铜时代的塔尔特文明，到罗马帝国的英雄时代，再到伊斯兰教统治的辉煌时期。在经历了各种文明在这里的交汇之后，便产生了安塔露西亚特有的文化。而弗拉门戈这种交混着各种文明的艺术形式，也便在安塔露西亚的土地上应运而生。弗拉门戈不仅代表了安塔露西亚由摩尔人、拜占庭、伊比利斯半岛以及地中海文明混合而成的文化，又因为吉卜赛人的迁入而有了一种无家可归的痛苦与忧伤。于是深藏于流浪者心中无根的悲楚，也就自然而然地镌刻在了弗拉门戈中。

伴随着穿黑色衬衫的男性舞者登场，我们用了整个晚上期盼的弗拉门戈舞蹈表演终于开始。在如此狭小的舞台上。在灰暗而温暖的灯光下。在飘散着浓郁的西班牙饭菜味道的空气里，在我们拭目以待的苛求中。一开始舞者的舞步缓慢，不停地做出各种静止的或骄矜的优美姿势。渐渐地他的舞步开始加快，越来越快，以至于双脚跟击地的声音密集得一如“大珠小珠落玉盘”。伴随着急促的吉他和鼓点，舞者做出用脚跟脚尖击地的造型。仅仅是几个准确而有节奏并充满了力量感的动作，就足以把在场的观众都调动起来了。

于是一种被征服的感觉。

在一片赞叹和惊叫声中。

然后舞者开始了在狭小舞台上的纵情表演。他的身体几乎没有移动，而只是在原地蹬踏、旋转，舞出弗拉门戈的各种经典动作。或者击掌，或者响指。忽然地舞动起来，又忽然地，静止。被折服的所有在场的观众。跟着他的节奏疯狂起来。所有的目光都紧紧盯在舞者身上，仿佛要将他的弗拉门戈吞没。直到吉他手的拨弦戛然而止，舞者便停在了那个优美的造型上。于是人们为这个突如其来的优美所震惊，紧接着是响彻酒吧的高声喝彩。

想不到一个小小的酒吧，一个小小的舞台上，弗拉门戈就能产生出如此震撼力。后来知道人们何以被如此感染，就因为弗拉门戈在表演中所追求的最高境界，就是演员和观众之间的那种“心灵的相通”，这也就成为了舞者在表演中所要追求的效果。大凡优秀的弗拉门戈演员，都能调动起观众的热情。所以，弗拉门戈被誉为，最能征服人也最能与人亲近的舞蹈。

与正宗弗拉门戈表演者不同的是，我们所看到的舞者的服装，并不是严格意义上的弗拉门戈演出服。他不曾穿那种黑色的紧身裤，也没有装饰感很强的长袖衫。他只是穿着很日常的衣服，黑色的布衬衫和黑色的裤子。而那位偶尔上台伴舞的女士就更随便了，只是穿着吊带背心和牛仔裤。而且她的头发是披散的，不像真正的弗拉门戈舞者那样，将头发向后梳成光滑的发髻。更不要说那种紧身胸衣和艳丽的有着很多层花边的长裙了。不过有一点还是符合弗拉门戈着装风格的，那就是她裸露了她的颈项和双臂，也还做到了舞姿的放肆和优美。这位女舞伴说不上很美也说不上不美。一看便知她所爱的并不是那位充满了诱惑力的舞者，而是刚才的那位漂亮的年轻歌者。于是她一举手一投足都在那位歌者的身上。她看着他的目光，她追随他的身影，她和他手牵着手。不过她还是倾慕舞者的，不伴舞的时候她所做的，就是不停地为那位舞者拍照。

想来这种简朴的着装或者也无可厚非。毕竟这里不是安塔露西亚，不是塞维利亚的那些古老的酒吧，甚至不是正式的演出场合。这里仅仅是迈阿密的一个西班牙风格的小酒吧，而前来这里观看弗拉门戈表演的人，也大都没有盛装。在他们热烈而投入的表演时，甚至厨房里还会飘出来各种煎烤烹炸的气味。是的，这里是美国而不是西班牙，所以在这样的场合下，他们的服装就已经算得上得体了。

事实上弗拉门戈的表演，最初就是从酒吧这样的地方开始的。十八世纪中叶，弗拉门戈在安塔露西亚风行一时，歌手们在塞维利亚等地的弗拉门戈酒吧以驻唱的方式，开始了他们的表演。接下来的50年是弗拉门戈的黄金时代。以歌唱为中心并伴以即兴舞蹈的表演形式，也在这个阶段逐渐形成。所以我们在迈阿密这个小小的西班牙酒吧所看到的，说不定就是那种最原始的弗拉门戈。

舞台上的弗拉门戈舞者跳得越来越投入。仿佛自己也被自己的舞蹈打动了。于是亢奋起来的神经，抑制不住地激情，他的舞步越来越疯狂也越来越绚丽。鞋跟蹬踏在舞台上的那种感觉就仿佛在跳踢踏舞。弗拉门戈所特有的那种对身体的控制。那手臂的舞动，手腕的婉转，手指的捻动。那奔放的热情，刚健的优美，仿佛直击你灵魂的深处。

伴随着舞者精彩的表演，是酒吧里不断响起的尖叫和喝彩。显然这位传承了弗拉门戈真髓的舞者已经做到了，与他的弗拉门戈的观众“灵魂交融”。于是几乎每个观众，都对这位舞者充满了敬意甚至迷恋。而这位表演者在中间休息的时候，竟然主动走过来和我们亲切交谈。那时候他的黑色衬衫已被汗水湿透，接下来他换上了一件红色衬衫，但还是很快就又湿透了。接下来的表演同样精彩，同样的尖叫声喝彩声，同样的群情振奋。直到舞台上的灯光熄灭，直到，西班牙旗帜上的斗牛也被笼罩在了黑暗中……

这位舞艺精湛的舞者显然已不再年轻。眼睛里透出了某种参透世事的沧桑。按照弗拉门戈的传统来说，他这样的年龄才是表演的最佳时期。他年富力强，还没有老到力不从心。却又已经有了很多经历，刚好能通过舞蹈，将他对人生的感悟表达出来。不知道这位在迈阿密献艺的舞者是不是也像流浪的吉卜赛人那样，满怀了思乡的忧伤。也或者他已经融入了美国的生活，只有当夜晚到来，在酒吧的舞台上表演着弗拉门戈的时候，才会因这家乡的舞蹈而黯然神伤。

弗拉门戈不仅是一种表演的形式，它也被用来形容一种人生的态度。对于一个正常的社会而言，弗拉门戈所代表的是一类放荡不羁，追求享乐，不事生产，并且经常生活在法律边缘的人群。但同时弗拉门戈也意味了对自由的追求，对金钱的唾弃，对墨守成规的蔑视与反叛。在略带忧伤的生存中，不放弃任何人间的欢愉。所以弗拉门戈又被称作是诠释人生的艺术，是灵魂在经历成长时的一种艺术的表现方式。

因而我们所看到的弗拉门戈才会既疯狂热烈，又发人深省。甚至每一段舞蹈、每一次歌唱都表现出了极强的命运感。

想不到在迈阿密的这个晚上这个昏暗的酒吧，我们竟能体验到弗拉门戈那所有的真实与辉煌。

最后和弗拉门戈的舞者告别。这时候他们已经换上了和酒吧里其他顾客一样的T恤衫坐在吧台前，享受着属于他们自己的这个午夜。显然他们和酒吧里的服务生以及一些顾客已经非常熟稔。他们相互了解，热情地招呼着。他们喝酒聊天，笑，或者含情脉脉……

然后离开这家给了我们整整一个晚上惊喜和欢愉的难忘的酒吧。

这时候酒吧外的那条小街上已经是一片清澈。刚刚的一场雨滤掉了白天的炎热与尘埃。雨过之后依然地喧嚷热闹。人们或来或往，熙熙攘攘。迈阿密，夜未央……

为贝蒂·弗瑞丹的离去

2月4日，贝蒂·弗瑞丹在她85岁生日那天离去。她的辞世让我想起1995年的那个夏季，这位美国女权主义运动的领袖曾来我家做客。弗瑞丹是美国当代妇女运动的思想先驱者。她谈女性革命的著作不仅享誉世界，而且在中国也早有译介。不记得什么时候我曾买到过她的《女性的奥秘》的中译本，后来她又把这本书的英文版送给了我。慢慢才知道弗瑞丹之于美国女权运动是怎样的重要，几乎所有听说我见过弗瑞丹的美国妇女，都会睁大她们的眼睛。

1995年是一个国际妇女的年度。秋季便有第四届世界妇女大会在北京召开。而这一年弗瑞丹所关心的似乎已不再是女性的权力，而是女人应该怎样超越她们的年龄。此间弗瑞丹已步入老年，她思考更多的是老年妇女该怎样才能有所作为。弗瑞丹说她正在写一本新书，她说女人在60岁后，应当依然是光彩照人的。

那一年好多次见到弗瑞丹。在北京大学的妇女文学研讨会上，在怀柔的NGO论坛上。还有就是在我天津的家中，那是个炎炎夏日的午后。无论弗瑞丹走到何处都光彩照人，显然她在用自己的行为诠释关于老年女人的理念。那天她来我家时穿着飘逸的长裙，黑色丝袜，灰白头发，口红，还有长长的睫毛，胸前挂着一串非常精美的水晶珠链。

这一年见到弗瑞丹的时候，她总是在讲话。不是听她讲演，就是听她长谈。即或来到家中，乃至在餐桌上，她也从不放弃话语的权力，更不会忘记推销她关于女性的新思维。她或者侃侃而谈，或者慷慨激昂。嗓音有点沙哑，伴随着强权的语气。那种一望便知的女权主义者。甚至她的微笑中也透露出一个反叛者极度的权威和自信。

应当说整个的1995年，弗瑞丹一个最强烈的需要表述的思想就是，人老了，特别是女人老了，不是末日，而是新一轮青春焕发的开始。而她在这一年之所以要反复地宣传这一观点，就是为了号召女人们向年龄宣战。

记得那时候伴随着西风东渐，在男人中，似乎已开始了“不问女人年龄”的风尚。那或者也是女人的一种愿望，希望化妆术和保养术能帮助她们永葆青春。因为在传统观念中，女人似乎只有青春和美丽是值得咏叹的。但流转的岁月是瞒不住的，无论你怎样自欺欺人地挣扎在那个社会所赋予你的女性角色中。那么当青春不再，你就不能有所作为了？

难道唯有年轻才能体现女人的价值和魅力？那么这是不是也是一种社会对女人、男人对女人的性别歧视呢？弗瑞丹说那种被隐瞒的衰老是虚荣、虚伪的。而用谎言保持青春是女人的自甘堕落，也是她们向社会偏见和男权统治的一种投降。

弗瑞丹大声疾呼，女人惧怕说出年龄的时代已经过去了。对女性的尊重不单单要尊重她们的青春和美丽，更要尊重她们在漫长的生命过程中始终不懈的努力和奋斗。

于是弗瑞丹身体力行。她从来就是自己思想的实践者。她没有因为年龄而放弃过自己，而是充满自信地更加适度地打扮自己，让自己成为优雅而智慧的并且保持深度和力度的美丽女人。如此，弗瑞丹照耀着我们，照耀着岁月。那便是女人的新希望。

如今弗瑞丹离开了我们。但那希望依然在。那是应当贯穿生命始终的信念。

为伊夫·圣·洛朗的离去

伊夫为什么弃我们而去?

在他带给了女人40年的美丽之后。

伊夫·圣·洛朗曾经说:在我看来,女人的身体本身就是最美丽的衣裳,除此之外,能够与这份美丽相匹配的,便是她们所爱的情人的臂膀。如果她们当中有些人还没有得到这份幸福,那么就让她们来找我吧!

然而我们今天还能到哪里去找伊夫?

伊夫在时装界整整做了40年。在40年的辉煌时刻,他戛然而止。这需要怎样的智慧和勇气,向那个他做国王的王国告别。伊夫让他的服饰经典成为了历史。伊夫让他的服装理念成为了永恒。从此,那个由S连缀着Y和L的我们所熟悉的特别的商标偃旗息鼓。伊夫走了。是他自己选择了谢幕。他的谢幕是令人崇敬并怀念的。

那是伊夫·圣·洛朗的40年。也是世界时装历史的40年。

记得在电视新闻中看到伊夫的告别晚会。伊夫的辞别是那样的凄婉。在他的身边，是那么美丽的女人和那么优雅的服饰。伊夫依依惜别的深情。他终于要离开他为之服务了40年的这个性别的群体了。是他英勇地改变了她们的生活。

伊夫的告别令我悲伤。就像是一个你已经习惯生活中有他的老朋友突然不做你的朋友了。你会觉得你的生活就那么无情地被抽走了一根闪光的支柱。就像几年前，听到范思哲突然被枪杀的消息。后来尽管还有范思哲的继承者们不断推出新的流行款式，但是总觉得没有了范思哲的范思哲帝国，便没有了灵魂。

伊夫在巅峰时刻毅然离去。于是人们可以不再看到伊夫的跌落，就像他的朋友说过的那样，在依然光彩照人的时刻离去，确实是一个好决定。从此伊夫永恒。

对伊夫有了很深的印象，始于八十年代中期的一次展览。那时候我还不知道伊夫·圣·洛朗是谁，就茫然去看了他在北京美术馆的时装展。那是极其偶然的，我走进了那个展厅。但偶然也是必然，那是上天引导我走进伊夫的殿堂，从此便不再离开。那是一个静悄悄的展览，那种参观时被震撼的感觉至今犹在。幽暗的展厅。宁静。模特是硬塑的。黑的白的，男人和女人，秃头，没有表情的。几束灯光打在穿着伊夫时装的模特上。伊夫便显现了那么精美的制作。线条和色彩，不同的风格，典雅而凝重。一些绸带，一些彩色的纸片。我有点寂寞地走在展厅里。那时候来看伊夫的人并不多。甚至少到不如展台上的模特多。我在那个有着轻轻的舒缓音乐的大厅里流连忘返，是因为伊夫·圣·洛朗太杰出了；是因为他让我看到了一个我从不曾见过甚至不敢想象的如梦如幻的世界。

伊夫让他的服饰沉湎于午夜般的感觉中。走出展厅，便是一片灿烂的午后阳光。

从此便记住了伊夫·圣·洛朗这个名字。记住了那个法国的高贵而时尚的服装设计大师。

因为被震撼，便开始不懈地追踪伊夫的脚步。是慢慢才知道对于服装来说，伊夫是一个近乎英雄的人物，甚至就是一个神话。于是更加庆幸于当年的那次偶然的与伊夫·圣·洛朗的面对面。在他第一次走进中国的时候，就能够那么切近地看到他。而今回首，就是那次的展览距今也已经将近20年了，岁月就是这么一天天地无声流走，而伊夫却成为了时尚主流中的主流。

随着时尚离我们越来越近，伊夫的消息也越来越多。无论是在电视节目中，还是在纷繁的杂志上，都能时常听到或看到伊夫名字，甚至商场里的那些伊夫品牌的专柜中。永远的伊夫·圣·洛朗。永远的创造力。就像世界公认的那样，是伊夫将那些对典雅的追求和对时尚的引导最完美地结合了起来。是伊夫的服装理念改变了女性生活的轨道和追求。也是伊夫，缔造了那个永远不会让女人失望的时装的帝国。对渴望美丽和爱情的所有女人来说，他就是“太阳王”。

而今伊夫却要弃我们而去。这是怎样的一种残酷。

伊夫就是这样的一个男人。中性的。抑郁的。对现实生活充满了羞涩和恐惧的，但却又拥有非凡的才华。他爱女人，以他独有的方式。他的劳作和灵感是为了女人能美丽；而他所肩负的神圣使命，却是让她们在美丽中拥有幸福。

不知道伊夫为什么要做出这个急流勇退的决定。更难以想象，在2002年1月7日这一天，他是怎样在巴黎的马尔索大街，关闭了他亲手建立的那家40年的时装店。

有人说，是上天派他来爱我们。

而女人们无尽的感伤，将会从此启航。

追逐另一种秩序

长篇小说《秋天死于冬季》的写作是一场认真的游戏，也是近年来我的一次重要的写作。

起因是，上海译文出版社希望我为昆德拉的小说写书评。于是读了他们已经出版的所有昆德拉的书。几百万字。但我最终写出的书评加起来却只有一万多字。于是留下很多的“一言难尽”。尤其是那些感性的东西，那些可以更深入地探讨下去的话题。

但是我没有用评论的方式去完成一部专著的热情。我觉得那样对我来说未免太枯燥了。然而又不想辜负了那些我曾经认真记下的笔记。于是有一天突发奇想。能不能把我的那些未尽之言，作为我小说中的组成部分呢？

如今小说五花八门。而小说中讲述的故事却陈陈相因。很多故事几百年前甚至千年以前就已经被人描述过了，所以写什么已不再重要，重要的是，该怎样重新讲述那些已属陈词滥调的故事。

在《秋天死于冬季》中，昆德拉无疑是一个重要的“构成”。昆德拉之所以能够成为那个构成，是因为，在昆德拉的小说中，有着太多和我们的过去以及我们的现在相似的东西了。譬如那个总是挥之不去的“布拉格情结”，譬如当下海外漂泊者们的那绵绵不尽的“乡愁”。所以无论“文革十年”的那段残酷的历史，还是如今世纪之初的喧哗生活，都能从昆德拉的小说中找到某种契合。那么丝丝缕缕的，默契。那种默契甚至是无处不在、如影随形的。

但是在《秋天死于冬季》里我不会太多涉及昆德拉和他的小说。而只是把他当做一种笼罩，或一种无形的精神，寓言一般的。在小说中，有以西江为导师的那个团体来研究昆德拉，就足以承载我对这位作家的理解了。

在《秋天死于冬季》中还有另一重笼罩。那就是始终在我心中萦绕的那位法国新浪潮电影的代表人物戈达尔。戈达尔的存在可被看作小说中的又一个主题。依然是寓言式的。他在他电影中的独白就犹如我混乱的小说中升起的一缕清音。

戈达尔成为我的尊崇其实纯属偶然。那是因为很多年前在一个莫名其妙的场合看了戈达尔的《芳名卡门》。那是我看到的戈达尔的第一部影片。影片所带给我的震撼自不待言。不久我又读到了《芳名卡门》的剧本。从此便将这部影片视为珍宝，甚至很多台词至今都能背诵。后来一度我曾经和戈达尔疏远。那是因为我没有机会看到他更多的影片。直到那些光碟制作者“高雅”到竟然连戈达尔的作品也翻制出来。

于是重读戈达尔，反复读。不厌其烦。而那种阅读的快感就隐藏在这一而再，再而三中。

于是《秋天死于冬季》被升华起来。仅仅是因为，戈达尔在他的画面中所给予我的那潺潺流水郁郁山冈。还有他不停地，不停地思考，他的话语，以及话语的方式。

就这样，我的小说开始了，以一种我所选择的方式。我所以对这部小说的写作始终保持了激情，在某种意义上就是因为我找到了这种近乎游戏的方式。

小说中的每一个章节都是一个相对完整的故事。或长或短。但都是人生的片断。而小说中的那些人物，就是靠着这些片断而慢慢堆积，不断丰富，并逐渐清晰完整起来的。于是那些片断也就成为了他们的历史。

读者可以从这部小说的任何一章进入故事。无论从哪个篇章开始，最终可以获得对人物和故事的完整印象。作者无非是把人物命运打碎来写。但命运的轨迹是不会变的，只是一开始读者无从知晓罢了。为此我曾希望这是一本在装帧上特立独行的书。把每一个故事分开装订，独立成篇，不分先后。这样读者就可以任意抽取，自由阅读。无论从哪个篇章进入，最终都能获知他们自己的那个认知的“全局”。但我的这个意愿很难实现。因为对于实际制作来说这是非常困难的。

《秋天死于冬季》的创作过程是一次十分任意的信马由缰的写作。议论和故事被混杂起来，很多不同时代的故事和背景被搅在一起，相互纠缠。一些正在发展的情节被无端打断。将一个话题兴之所至地说开去再说开去。语意的重复如同音乐中不断的主题再现。旁征博引则让一切似乎无章可循。而所以要旁征博引是因为大千世界的万事万物都是相互关联，可以彼此佐证的。所以说这是一次即兴式的写作。在自由的状态之下，追逐另一种秩序。

《秋天死于冬季》不像网上某些论者所说，是一个女博士与三个男人之间的故事。这显然有些误读。因为这部小说中的每个人物都曾经历过不止一次的复杂爱情。这些或扭曲或沉重的情感经历伴随着人物的成长，发生在历史的不同年代。这种女人和男人的纠葛不仅折射出了那个时代的社会环境，也代表了人类关系在社会演变中的深刻变革。譬如“文革”时期的爱情和拜金时代的性爱就有着极为不同的内涵，比照不同时代的男女关系应当也是我在这部小说中想要探讨的话题。每一个人物都是行进中的，不停变化的。他们谁都不是只有今天。其实我在写作中更为关心的是他们的历史，是他们在过往生活中的那些斑驳的经历。在这里，历史非常重要。历史是昨天，但同时往往也就限定了未来生命的轨迹。

陪伴着你在暮色里闲坐

显然，这不是一部传统意义上的小说，甚至是有些冒险的。

一切由李庄起。

那林林总总的爱与凄惶。

便由此而想到，能否写成小说?

不，不单单是小说，而是一些，似小说，又非小说的文字。或者，在故事与言论中游移的某种诉说。

自2010年最初的设想，到我此时此刻进入实际的写作。几年间，书店里已遍布了关于那女人的前世今生，于是我犹豫是否还忝列其间。但到底那女人的故事让我难以割舍，哪怕很多人在编织她的童话。终归不同的写作者会有不同的视角，文字的质地以及感知的方式也会迥然不同。你写的，就是你的，仿佛某种基因，每一个字都会镌刻下你自身的印记。

由李庄而起的这个故事确实美丽。那爱与死的挣扎和毁灭。那已逝的，不单单是诗人的死，还有爱过并被爱过的花样人生。当这种爱被升华到精神的维度，便必然会为人们留下神圣与永恒。

或者这就是小说的缘起。

对我来说，这段二三十年代的悱恻故事早已尽人皆知，成为经典，所以该怎样写，才不会落入历史的窠臼中。我只想在斑斓的往昔中探寻人性的真伪，在凄切的迷惘中寻觅爱的真谛，在交叉的纠葛中找到那个精美的角度，在似有曾无的虚实间，让文字依我的心意行云流水。

单单是体味心中那诸般的苦。单单是斯人已去的那无望和悲凉。于是便有了女人写给挚友的那封坦诚的信，说她是爱着逝者的。说自己有时的心，前几年不管对得起他不，倒容易——现在结果，也许我谁都没有对得起。又说是逝者警醒了我，他已然变成了一种激励存在于我的生命中。或恨，或怒，或快乐，或遗憾，或难过，或痛苦，我也不悔的……

写这样的爱的心路，一定是美的，却也很神伤。

或许这女人，从灵魂深处就迷失了。

于是想到了戏剧。想到了由演员来承载故人的今世前生。在舞台上，他们既是自己，又在扮演着别人的灵魂。而只有通过他们，才能幻化出当年的景象，展现出人物的苦乐沉浮。而他们的表达显然是多声部的，充满了戏剧性的，于是就成了那个时代的传声筒。

然后，慢慢地读，关于那女人所有的琐碎篇章。林林总总地，却最终在心中勾勒出一片迷人的景象。这个被称之为倾城倾国的女人。这个被比喻成旷世聪慧的女人。她的存在所以能成为瞩目的焦点，当然不单单是因为她水花镜月的貌，更因为她蕙心兰质的心。于是这种在知识圈中优雅的妇人，大抵是要让风流才子神魂颠倒的。这不是她的错，亦不是爱她的那些男人的错。

徽因随父游历英伦前后八个月。偏偏那位以诗为歌者，成为她生命中的第一个追求者。那时她大抵已被征服，诗人才敢冒天下之大不韪，与妻离婚。

但无论怎样眷恋，她最终还是选择了远离。在迷茫与无奈中，回到北京雪池的家。不久后便落入梁家的“圈套”。这曾是梁任公自诩的一个杰作。且年轻的思成风度翩翩，有着常人不及的家道和学养。于是两个年轻人彼此相悦，类似两小无猜的青涩与浪漫。

不久后诗人打道回府，才知道悔之晚矣，伊人已去，万念俱灰的心情可想而知。于是将所有情怀投笔于《新月》，以诗词歌赋，浇心中块垒。此间，徽因也常来《新月》游弋，和诗人有着丝丝缕缕的文学联络。当诗人终于知其不可为，便不再为之，任凭英伦的往昔化作天边云彩。

为此，我让小说中的人物承担起他们沉重的负荷。无论属于他们，抑或不属于他们的，浮生若梦般的悲凉。于是演员成为了小说中最具表现力的载体。唯他们能将当年的风云人物再现于舞台。为此，他们的自身也随之变得丰富，不仅要在表演中体现人格，还要出神入化地诠释出人物的命运。于是，自我，非我，分裂的精神状态，或者，终将不过是“花非花”的俗套。

灿若晨星的胡适、志摩、林长民及梁启超，让《新月》中盘根错节的关系短短长长。志摩和林长民自伦敦交好，而志摩和梁启超又有着忘年交。尽管梁启超对志摩的行止多有诘难，却始终坚称自己是爱着志摩的。在如此复杂而斑驳的关系中，唯其爱，才是其中最美好的，但这爱却又委曲回环着，绝不是志摩或思成所能驾驭的。一个团体的兴衰，竟被一个女孩的命运所牵系，或者这就是所谓《新月》的悲剧。

在这如此纷繁而隐忍的关系中，偏偏又迎来了泰戈尔的到访。对志摩来说，那当然是他最欣悦的成就。泱泱国中，大概也只有他能将大师请来。于是某个不期的机遇应运而生，泰戈尔在华期间，志摩和徽因始终全程陪伴。其时已心有所属的徽因并不曾拒绝，因那是《新月》共同的盛事。在泰戈尔的照片中，总有志摩和徽因的来踪去迹。但终究劳燕分飞，哪怕泰翁亲自说情。于是诗人痛断肝肠，只能在无望中独自嗟叹。

接下来演员粉墨登场，杰出者即为泰斗级大师。尽管他早已风采不再，但在体制改革的大潮中，依旧勇敢地创建了“火焰剧社”。失败的婚姻曾让他一度偏居一隅，独自落寞。后出演《新月》。在这部诗剧中，大师要先后扮演三个角色，徐志摩、梁思成和金岳霖。在不同的时间段和不同的角色中，表演出不同人物迥然不同的风度乃至内心。这对于大师来说亦属挑战，毕竟，他从未在舞台上同时扮演三个不同的角色，但这种尝试对他来说显然是值得的。

舞台上，一直是两个人在表演，表演者始终在承受着人格的分裂。为此让大师觉得难以承受，很多次都觉得自己几近崩溃。他显然已不愿承受那个时代的苦难和爱情，他觉得他们所经历的痛苦和不幸，已深深地淤积在了他的身体中……

不久后思成偕徽因前往美利坚游学，从此彻底断绝了诗人的念想。便是这人生的挫败，让他终于迷途知返，将早前的凄切付之一炬。随之掀开新的篇章，小曼登场。而这对于诗人来说，又几多风雨。原以为小曼终于成了诗人镜花水月的归宿，就像他诗中写的那般“甜美的梦撒开了青纱的网”。但不久后诗人便奔波于上海、北京的各个讲堂，赚取银两，以满足妻的翩跹妖娆的纸醉金迷。

倏忽间四年过去，思成与徽因返国。此时他们已完成婚礼，度过蜜月。伊人相见，已不似当年景象。徽因和思成很快便远赴东北大学任教，荒寒中，徽因少年时罹患的肺病复发。志摩闻讯出关探望。随之，思成将徽因送回京西香山的双青别墅养病。其间老金、从文等一干朋友每每结伴上山，探望徽因。志摩自然也常来常往，流连于香山的病榻之间。此间志摩身边既无小曼，思成也已返回教职，于是漫不经心中营造出某种心驰神往的氛围，一种彼此守望的炽烈与辉煌。他们的关系仿佛又回到某种从前，以至于香山成为了彼此最贴近的地方。

那些从清晨到黄昏的时光。这可从他们的诗歌和通信中觅得端倪。尤其徽因那些热烈而澄澈的诗行。绝美的诗句令志摩无限慨叹。或者，那就是徽因的文学起步，从此她写出无数动人的诗篇。“忘掉曾有着世界，有你”“落花似的落尽，忘了去”“吹远了一缕云，随那风冷”“那一天你要听到鸟般的歌唱，那一天你要看到凌乱的花影”“陪伴着你在暮色里闲坐，当我去了，还有没说完的话”“它知道，知道是风，一首诗似的寂寞”……

倒是，志摩因他的《爱眉小札》，抑或不尽如人意的晦暗的婚姻，反而变得不那么高蹈，写给徽因的信中尽是悲戚与无望。及至最后，才有了他为自己和徽因的《你去》。在信中，最让人伤感的是最后一语："我还牵记你家矮墙上的艳阳。"

那矮墙上的艳阳。

女演员曾经是大师的妻子，端庄美丽，聪慧而优雅。仿佛林徽因的角色就是为她量身定做的，在某种意义上，她本人的气质看上去就很像那个时代的女人。当然，她还要在舞台上挑战陆小曼，要将一个吸食鸦片的风情女人表现得淋漓尽致。

这是很多年后，女演员和大师的再度合作。相见时，他们似乎已无恩怨。她觉得她和大师之间的关系始终亦师亦友，她怀念他们在一起时的那段美好时光。她离开大师是因为剧作家灿烂的诗句，她觉得那些迷人的意象给了她不一样的人生。她决意离开，是因为喜欢那种更深邃的男人，她知道自己的选择很残酷。她当然期待和大师的再次合作。在心里，她一直是钦佩大师的，哪怕断绝良久。

接下来，《我们太太的客厅》，那部小说，像硝烟一般地弥漫在北总布胡同的徽因家中。太太的客厅，或者，下午茶，其实不过是复制了欧美上流社会的某种交际方式。来此做客的，当然是那个年代出类拔萃的诗人和学者。由此以私家客厅中相互切磋的方式，最终奠定了《新月》这个影响深远的文学流派。

如此以小说诟病徽因的客厅确乎不够厚道。显然那是种骨子里的小气与嫉妒。何以“太太”就像是带着光圈的女神，又何以风流才子们趋之若鹜地聚集在“太太”身边。亦有诋毁者讥言相向，称徽因不能将思成、志摩和老金一网打尽，便只能以“太太的客厅”作为某种补偿。志摩自然是“太太客厅”的常客。

不幸80年后的某个春节，《太太的客厅》被突然拆毁。曾经多少爱与恨的故事发生于此。但这一切的一切，终究归于虚无。于是，悲凉，愈加为“客厅”抹上了惨淡的色彩。

戏剧家曾是蜚声诗坛的诗人。因书写屈原投江的诗剧，被“火焰剧社”招纳。进入剧社后，为大师撰写了多部戏剧，自此蜚声剧坛。而他真正要写的，不是那些肥皂剧，而是这部关于诗人之死的诗剧。为此他殚精竭虑，呕心沥血，用十几年的心血打造这部对他来说经典而永恒的戏剧。为此他不惜突破戏剧模式，由两个演员来扮演剧中的所有角色。

与大师的合作，让剧作家始终心有余悸。尽管光阴荏苒，风卷残云，但他依旧不敢肯定大师是否能加盟他的戏剧。他知道，唯有大师才能担当这样的角色，而有了大师，他的《新月》才能成为永恒。为此他不在乎妻子和大师将怎样在舞台上表演他所描述的爱情，对他来说，能将这部诗剧完美地表现出来，便不枉此生。

然而谁也不曾想到，有一天，志摩竟真的会飞升了去。此前在清华的茶会上，徽因夫妇还见过志摩，并提及他翌日将回上海。当晚志摩再访梁家，未及相见，遂留下“明早六时飞行，此去存亡不卜”的字条。旋即徽因打去电话，问及志摩往返行程。约定19日赶回北京，听徽因在协和礼堂向外国使节讲述中国古建筑。19日当天，徽因收志摩登机前从南京发来的电报：“下午三点抵南苑机场，请派车接”。下午，思诚驾车前往机场，志摩的“济南号”却迟迟未到……

当晚徽因讲演大获成功。却始终记挂着何以没有志摩的消息。焦虑中，朋友们齐聚胡适家中，直至《晨报》刊发了诗人罹难的消息。随之思成、老金等前往济南，会同从文、一多、实秋等料理志摩后事。思成代徽因向志摩灵柩献上了亲手赶制的花圈。返回时，又遵徽因所嘱带回失事飞机的残片，从此白绫包裹，置于家中，直到离世。不久后，徽因在《晨报》发表了《悼志摩》的文章，句句令人肝肠寸断。四年后，她再悼志摩，依旧饱满着痛与悲伤。

显然，诗人爱得最苦的并不是他的妻，而是那“永失我爱”的林徽因。自世间有了这女子，她就再不曾离开诗人的心。而志摩爱徽因，则必定是爱得很凄惨，也很悲凉。而诗人的死，或者就因了，他再不想承受这人生的苦，不想再被虚妄的情怀所煎熬，亦不想在悲哀的守候中挨着无望的希望。于是冥冥中，他终于洞穿了自己的命运。在生命的最后时刻，为爱的女人写下了悲凉的《你去》。亦有论者说，志摩的人生，是将他的负心与伤悲、暗淡与心碎化作了光辉和迷醉。

大师所希冀的那个经纪人终于慕名而来，她说她对他们的合作充满期待。女人对大师似乎充满了虔诚与敬慕。她说，所以和一个昔日明星签约，完全是为了满足她母亲那一代人的愿望，由此他们当即签约。她说她公司的名称叫“堇色”，而她的名字叫羽。

事实上这个年轻的经纪人已做得风生水起，且很著名。她本来对大师这种过气的男人根本不屑一顾，但几乎当天，大师就让这女人上了他的床。当然，她不是大师喜欢的那类女性，对大师来说，她显然过于干练了。但是他只能接受这个有着好听的名字的女人了，是的，羽，因为她确乎能将大师萧条的岁月变得光焰复燃。为此他宁可在黑暗中释放自己的情欲。是的，羽就是能让他再度傲然舞台的女皇，羽就是他从此源源不断的财源。

然后是谦谦君子的梁思成，这个在任何情况下，都维持着贵族般高贵与斯文的男人。他生性平和，沉实敦厚，有着一颗包容的心。而那时的徽因就像一束散乱的花，寻到思成后，才知道自己到底拥有了什么。

不是什么人都能像思成这般，将爱情提升到一个宽广而崇高的境界。他或者从一开始就知道，徽因必定会置身于人们的爱慕中。当徽因最终选择了思成，他首先要做的，就是将徽因的朋友当作家庭的友人，从此往来唱和，不曾生任何嫌隙。

思成爱徽因，是爱到了不让徽因有哪怕一丝局促的地步；爱到了，倘若徽因爱上了别人也不会有任何阻遏的境地。于是才会有那么多各色才俊，尽日沉湎于徽因的客厅。他们中几乎每一个人，都不同程度地迷恋着这个被思成所描绘的“我那迷人的病妻”。或者就因了思成的大度，反而让喜欢徽因的那些友人，无形中有了某种底线。自此，无论谁，都不得不将这爱的感觉变成高贵的情怀，让曾经的迷乱化作缕缕飞烟。

所以，徽因说，她不悔在生命中选择了思成，倘若给予她重新选择的机会，她还是会做出同样的选择。是的，她可以飞扬，可以浪漫，可以写下那些真诚的诗篇，但唯独在她的生命中，不能没有思成。

只是，读志摩的死，总是不胜唏嘘，流潸然的泪。觉得志摩一路走来，爱得好隐忍，好艰辛，那，璀璨的苦。也知道，徽因，其实更从不曾放下过这位远逝的朋友，从不曾停息过刻骨的怀念。于是临终前，她才会特意在病榻前约见张幼仪，或者就为了，那个始终活在她们各自心中的诗人……

大师最终在舞台上崩溃。那一刻，他已经不能掌控自己的行为。他开始在舞台上胡言乱语，让不同人物的台词颠三倒四。他忘记了此时此刻自己扮演的究竟是哪个角色。但他却没有忘记他所扮演的那些男人都很不幸，其中包括他自己。他知道自己已不再能承受悲剧和死亡，宁可和他扮演的那些人物一道凋零。

如今徽因、思成、志摩及老金，均成为老照片中的故人，于是许多当年的细节已无从考证。时至今日，这段久远而凄美的故事，已慢慢变成传奇。所以人们今天追述的，往往已不再是岁月留痕的种种往昔了。

总之，不忘五月时油菜花开的美丽时节。不忘由李庄而起的这段迷人的往事。不忘走进李庄的那一刻，就笃定了，要“陪伴着你在暮色里闲坐”。

然后，一个字一个字地，涂抹出《矮墙上的艳阳》。

图书在版编目（CIP）数据

赵玫散文集：陪伴着你在暮色里闲坐 / 赵玫著. -- 北京：高等教育出版社，2016.8
ISBN 978-7-04-045739-1

Ⅰ. ①赵… Ⅱ. ①赵… Ⅲ. ①散文集－中国－当代 Ⅳ. ① I267

中国版本图书馆 CIP 数据核字（2016）第 156216 号

Zhao Mei Sanwen Ji：Peibanzheni Zaimuseli Xianzuo

策划编辑	游　滨	责任编辑	姚云云	项目统筹	王冰怿　于　嘉
版式设计	张　珺	封面设计	宋双成	责任印制	赵义民

出版发行	高等教育出版社	咨询电话	400-810-0598
社　　址	北京市西城区德外大街 4 号	网　　址	http://www.hep.edu.cn
邮政编码	100120		http://www.hep.com.cn
印　　刷	大厂回族自治县正兴印务有限公司	网上订购	http://www.hepmall.com
开　　本	787mm × 960mm　1/16		http://www.hepmall.com.cn
印　　张	23	版　　次	2016 年 8 月第 1 版
字　　数	220 千字	印　　次	2016 年 8 月第 1 次印刷
购书热线	010-58581118	定　　价	29.80 元

本书如有缺页、倒页、脱页等质量问题，请到所购图书销售部门联系调换

物 料 号　45739-00